Zu diesem Buch

Ohne Zellen gibt es kein Leben. Vom einzelligen Pantoffeltierchen bis zum massigen Blauwal von 125 Tonnen Lebendgewicht, von mikroskopischen Pollenkörnern bis zum 1000 Jahre alten Affenbrotbaum – Grundbaustein aller Formen des organischen Lebens ist die Zelle.
Die jüngsten Entdeckungen der Zellforschung haben dieses Gebiet der Biologie zu einem der erregendsten wissenschaftlichen Abenteuer unserer Zeit gemacht. Seit etwa 1940 sind den Biologen unglaublich genaue Beobachtungen des Zellinneren gelungen. Manche Lebensprozesse, die in der Zelle ablaufen, sind inzwischen so zutreffend erklärt, daß man sie künstlich reproduzieren kann.
Was ist Vererbung? Wodurch unterscheidet sich lebende Materie von unbelebter? Wie kommt es, daß sich die Zellen auf ihren Aufgabenbereich in bestimmten Organen spezialisieren können? Die Antwort auf diese Fragen ruht in einem Molekül mit dem zungenbrecherischen Namen Desoxyribonukleinsäure – kurz DNS genannt. Dieses Molekül ist die biologische Schlüsselsubstanz. Seit Watson und Crick die Doppel-Helix-Struktur des DNS-Moleküls erkannt haben, hat eine biologische Revolution begonnen, die vielleicht noch umwälzendere Ergebnisse haben wird als die Erkenntnisse der Atomstruktur.

Der Autor

John Pfeiffer wurde 1915 in New York geboren. Nach seinem Studium an der Yale University war er wissenschaftlicher Redakteur bei der Zeitschrift «Newsweek», Direktor der naturwissenschaftlichen Abteilung des Columbia Broadcasting System. Zeitweilig Präsident der National Association of Science Writers, schrieb John Pfeiffer zahlreiche Artikel und Bücher über die naturwissenschaftlichen Fortschritte unserer Zeit. Für seinen Artikel «DNS» in der Zeitschrift «Natural History» erhielt er den begehrten Westinghouse-Preis.

Wissenschaftliche Berater

Prof. René Dubos, The Rockefeller University
Prof. Henry Margenau, Yale University
C. P. Snow

Umschlagfoto: Prof. Dr. Robert D. Allen

Unter dem Interferenzmikroskop schillert eine lebende Zelle, ein winziges Tierchen, das nur aus einer einzigen Zelle besteht. Dieser Einzeller trägt den gelehrten Namen «Amöbe», was soviel wie «Wechselwesen, Veränderungstier» heißt. Denn solche einzelligen Lebewesen wechseln infolge der Fließbewegungen des Zellplasmas ständig ihre Gestalt: sie bilden nach allen Seiten Scheinfüßchen oder Pseudopodien, ziehen sie wieder ein und bewegen sich dadurch im Wasser auf noch kleinere Tiere oder Algen zu. Die Scheinfüßchen fangen ein Nahrungspartikelchen, kesseln es völlig ein, so daß die Beute ins Zellinnere der Amöbe eindringt (wie hier der dunkel konturierte Körper im weißen Kreis). Die Amöbe verdaut ihre Beute und gibt die «ungenießbaren» Schlacken wieder ab.

Die lebende Zelle

von John Pfeiffer
und der Redaktion der
TIME-LIFE-BÜCHER

Einführung von
Prof. René Dubos
The Rockefeller University, New York

rororo
Rowohlt

Titel der Originalausgabe: ‹The Cell›
Aus dem Englischen übertragen von LILO LOTTERMOSER
Für die Taschenbuchausgabe eingerichtet und bearbeitet
von der Sachbuchredaktion des Rowohlt Taschenbuch Verlages
(Gustav Hermann Gieselbusch)
Umschlagentwurf Werner Rebhuhn

1.–30. Tausend Dezember 1969
31.–45. Tausend Juli 1970
46.–50. Tausend Februar 1974
51.–58. Tausend April 1975

Veröffentlicht im Dezember 1969 mit freundlicher Genehmigung von
TIME-LIFE BOOKS, Time Inc., New York

Original English language edition published by Time Inc.
in the United States
Deutsche Taschenbuchausgabe: Rowohlt Taschenbuch Verlag GmbH,
Reinbek bei Hamburg
Satz: Alfred Utesch, Hamburg;
Druck: Mühlmeister & Johler, Hamburg;
Umschlagdruck und buchbinderische Verarbeitung:
Clausen & Bosse, Leck/Schleswig
Printed in Germany
ISBN 3 499 18007 3

Inhaltsverzeichnis

Einführung

1665 bemerkte der englische Physiker Robert Hooke in London, daß die Schnitte der Korkbaumrinde, die er gerade unter seinem Mikroskop betrachtete, aus kästchenförmigen Strukturen zusammengesetzt waren, die Bienenwaben ähnelten. Diese umrandeten Hohlräume nannte er «Zellen».

In den ersten 150 Jahren nach Hookes Entdeckung war die Zelle für die Forscher nur das kleine Kästchen, das die Substanz des Lebens enthielt. Heute wird im Gegensatz dazu auch die primitivste Zelle als ein ungeheuer komplexes und wesentliches Element der biologischen Maschinerie angesehen, bei dem jeder einzelne Bestandteil für die Erhaltung des Lebens unentbehrlich ist. Die Zelle ist im Grunde auch nicht einfach der Behälter, sondern geradezu der Stoff des Lebens.

In gewisser Weise betrachten aber viele Laien und selbt einige Naturwissenschaftler die Zelle noch heute von einem primitiven Standpunkt aus. Sie sind zwar von der Konstruktion der Zellmaschinerie fasziniert, beachten aber zu wenig, was diese Maschinerie zu einem lebenden Organismus macht. Ich glaube, dieser Band wird solche veralteten Ansichten einfach dadurch überwinden helfen, daß er klar und deutlich zeigt, daß es ohne Aktivität kein Leben gibt.

Der Leser wird sehen, wie das Zellaggregat unaufhörlich arbeitet, um Energie zu erzeugen und neue Stoffe aufzubauen. Dies ist ein Prozeß von unwahrscheinlicher Genauigkeit und von enormem Nutzeffekt, der sich allein im lebenden Organismus vollzieht.

Während der vergangenen 300 Jahre sind die Biochemiker in der Entdeckung und Beschreibung der kleinsten Zellstrukturen weit vorangekommen. Aber man kann das Leben nicht nur aus der Kenntnis der Struktur verstehen. Leben bedeutet funktionieren. Dieses Buch zeigt schon die Tendenz der Biologie von morgen, die sich mit der Reaktion des Organismus auf seine Umwelt beschäftigt. Erst dieses Phänomen macht das Leben zu einem so wandlungsfähigen und dynamischen Prozeß.

René Dubos
The Rockefeller University

In 3500facher Vergrößerung sind hier Zellen aus dem Knorpelgewebe vom Bein eines Wassermolchs (Gattung Triturus) zu sehen. In ihrem Aufbau und in ihren inneren Lebensvorgängen sind die Zellen der besonderen Aufgabe angepaßt, die sie in dem Organ ausführen, zu welchem sie gehören. Es gibt Hunderte von solchen spezialisierten Zelltypen, die einen lebenden Organismus entstehen lassen, ihn aufbauen und mit Energie versorgen.

1

Die Zelle: eine betriebsame Zentrale

Ohne Zellen gibt es kein Leben. Und wie das Leben, so zeigen auch die Zellen in ihren Formen und Funktionen große Mannigfaltigkeiten. Einige Zellen leben allein, als freibewegliche, unabhängige Lebewesen; andere gehören zu lose organisierten Gemeinschaften, die hierhin und dahin wandern. Noch andere verbringen ihre Lebenszeit in völliger Unbeweglichkeit als Teil eines Gewebes eines größeren Organismus. Welche Formen sie aber haben und wie immer sie sich verhalten mag, stets ist die Zelle die Grundeinheit aller lebendigen Materie. In die Zelle hat die Natur wie in ein mikroskopisches Paket alle die Bestandteile und Vorgänge eingebettet, die für das Überleben in einer sich fortwährend verändernden Welt gebraucht werden.

Obwohl die Bausteine der Organismen schon 1665 von dem englischen Naturforscher Robert Hooke (1635–1703) erkannt und Zellen genannt wurden, formulierte man die grundlegende Erkenntnis der modernen Zelltheorie – daß alles tierische und pflanzliche Gewebe aus Gruppen von Zellen aufgebaut ist – erst gegen die Mitte des vorigen Jahrhunderts. 1838 verkündete der deutsche Botaniker Matthias Schleiden (1804–1881), daß die Zelle die strukturelle Grundeinheit aller Pflanzen sei. Ein Jahr darauf zeigte ein anderer Deutscher, Theodor Schwann (1810–1882), daß «Zellen Organismen und daß sämtliche Tiere und Pflanzen gesetzmäßig aus diesen Grundorganismen zusammengesetzt sind». Alle späteren Untersuchungen über die Rolle der Zelle wurden von dieser, von Schleiden und Schwann experimentell gefundenen Grundlage aus unternommen.

Die modernen Mikroskope haben die erstaunliche Mannigfaltigkeit sowohl der Strukturen als auch der Funktionen der Zellen sichtbar gemacht. Zellen können die Formen von Stäben, Spiralen, Schuhkartons, Rechtecken, Kugeln, Gänseblümchen mit Stielen, Schneeflocken, Bohnenschoten und Gallerthäufchen haben. In einigen Fällen ist die Form der Zelle durch die Umgebung, in der sie lebt, bestimmt. Dies zeigt sich in augenfälliger Weise an den säuberlich rechteckig geformten Zellen, die sich in Pflanzenstielen finden und in den kugelförmigen, schwimmenden Eiern vieler Meerestiere.

Die Gestalt der Zelle kann aber auch funktional bestimmt sein. Die roten Blutkörperchen des Menschen sind ziemlich flach und schalenförmig und dadurch besonders zur Aufnahme von Sauerstoff und Kohlendioxyd ge-

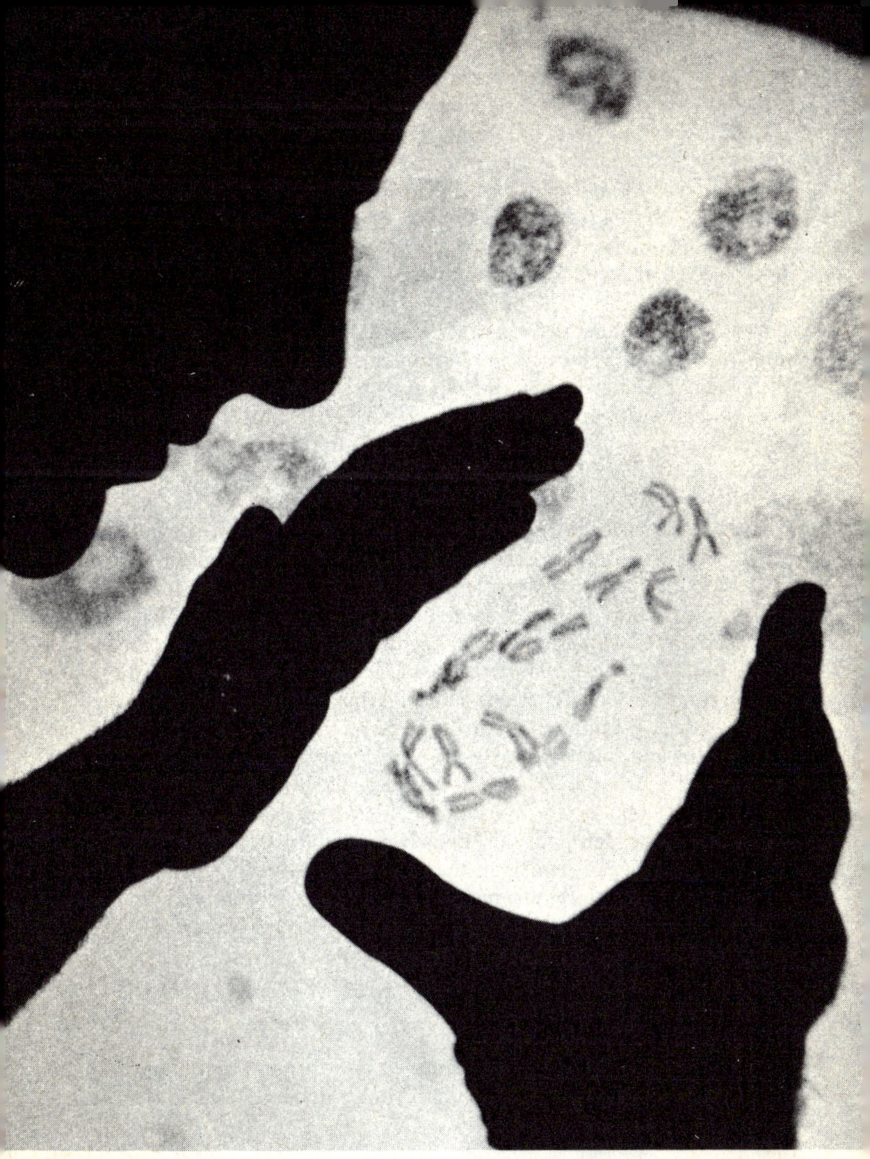

Der Griff der Wissenschaft nach dem Geheimnis der Vererbung. Die Zellforschung konzentriert sich auf das Wirken der Chromosomen. Diese mikroskopisch kleinen Fadengebilde sind die Buchstaben der Gesetze, nach denen Vererbung und Wachstum sich vollziehen. Bringt man eine lebende Zelle in ein starkes elektrisches Feld, so werden die Chromosomen verstreut: die Zelle verliert dadurch ihre Vermehrungsfähigkeit.

eignet, die sie durch den Körper transportieren, wogegen Nervenzellen lange und dünne Fortsätze zur Übermittlung von Nachrichten haben.

Zellen können selbstgenügsame Einheiten sein, die für sich allein existieren. Beispiele für diese frei lebenden Organismen sind Einzeller wie die Amöbe und das Pantoffeltierchen. Zellen können auch Spezialisten für eine besondere Aufgabe sein. Diese Zellen – einschließlich der meisten, aus denen die höheren Organismen zusammengesetzt sind – können nur innerhalb einer genau abgestimmten Gemeinschaft mit anderen Zellen leben.

Die Größenunterschiede der Zellen sind beachtlich: der Erreger der Lungenentzündung hat einen Durchmesser von einem zehntausendstel Millimeter, aber der Dotter eines Straußeneies ist so groß wie eine Apfelsine. Noch gewaltiger sind die Unterschiede bei den aus Zellen aufgebauten Organismen. Man vergleiche etwa eine Butterblume, eine Eintagsfliege, einen 125 Tonnen schweren Blauwal und einen 1000 Jahre alten Affenbrotbaum.

Trotz dieser riesigen Anzahl von Variationsmöglichkeiten sind aber alle Zellen nach einem Grundschema konstruiert, das ihnen gewisse gemeinsame Merkmale verleiht, die offenbar lebensnotwendig sind. Jede Zelle hat eine äußere Wand, durch die sie erst zu einer «Zelle», einem abgeschlossenen Raum, wird. Innerhalb dieser Zellwand oder Membran befindet sich eine zähflüssige Masse, das Zyto- oder Zellplasma, in dem sich die Stoffwechselvorgänge der Zelle abspielen. Plasma ist griechisch und bedeutet: das Gebildete, Geformte. Darin eingebettet ist der Kern der Zelle, der Nukleus (ausgesprochen: Núkle-uß), die Steuerungszentrale der Zelle, in welcher sich auch die Erbmasse befindet, die den Fortbestand der Art sichert.

Um die Rolle der Zelle als Einzelwesen und als Teil eines größeren Organismus zu verstehen, muß man sie auf verschiedenen Ebenen untersuchen: als Gesamtorganismus, als eine Konstruktion von komplexen Bauteilen und schließlich entsprechend den Molekulareinheiten, die die Grundbestandteile der Zelle und ihrer Teile bilden.

Der Fall der Tier-Pflanze

«Schönauge» ist der poetische Name eines winzigen Einzellers, der sich massenhaft in Teichen, Tümpeln und Pfützen findet. Die Biologen bezeich-

Einblick in das Innenleben einer typischen Leberzelle von der Ratte bietet dieses Schnittbild. Leberzellen sind zwar hochspezialisierte Gebilde, aber drei Grundbausteine haben sie mit allen Zelltypen gemein: den kugelförmigen Kern, das Zellplasma um ihn herum mit verschiedenen lebenswichtigen Organellen darin und die Zellmembran als abschließende Außenwand. Der Zellkern und das gallertige Protoplasma sind die kleinste selbständige Einheit alles Lebendigen.

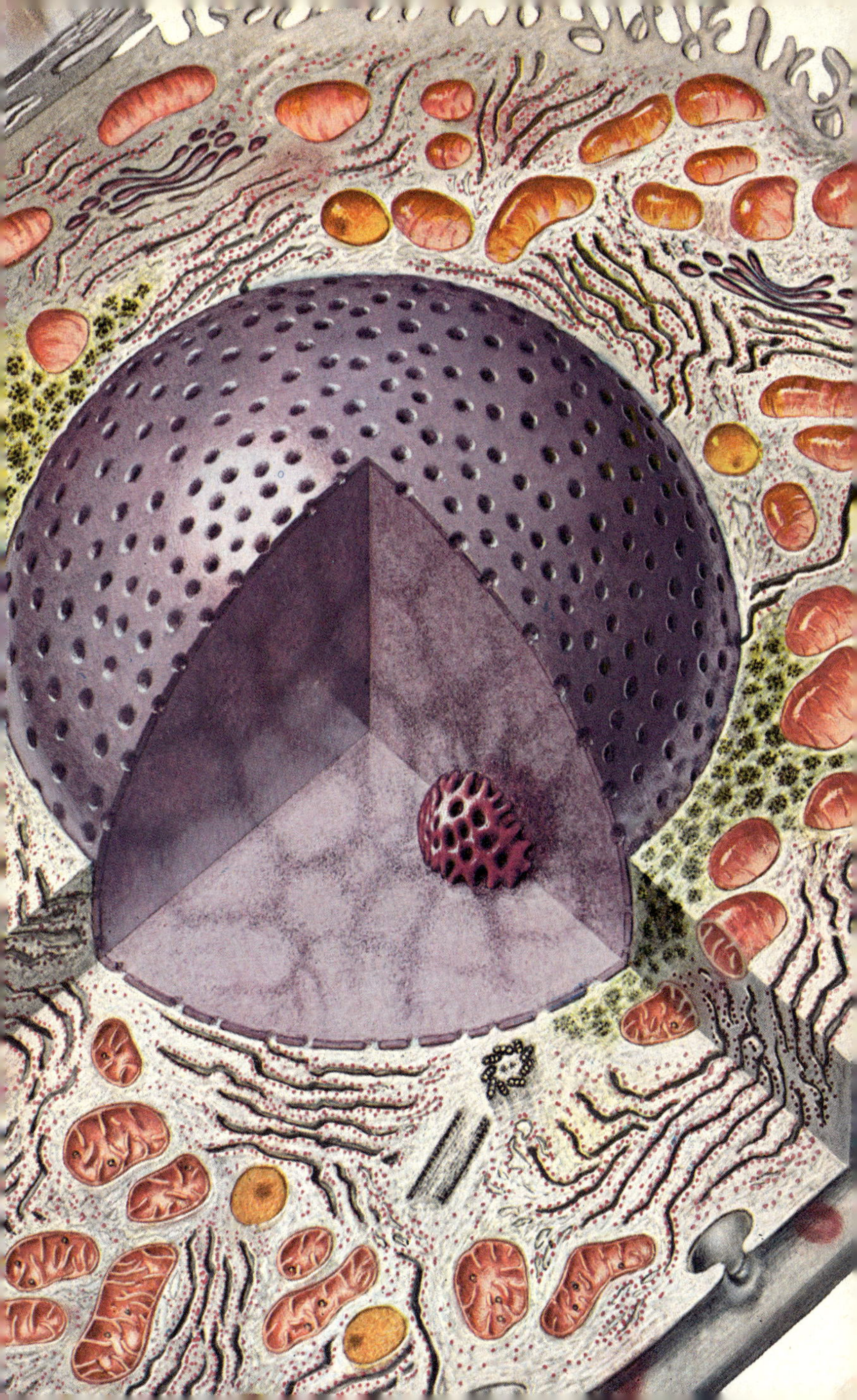

Ein einfaches Experiment: Gewöhnliches Teichwasser mit einer Kolonie von einzelligen Geißeltierchen (Schönauge oder Augentierchen, wissenschaftlich Eugléna genannt) wird in einen Glasbecher gefüllt. Über den Becher stürzt man einen Blechzylinder mit Schlitz. Licht kann nur durch den Schlitz in den Becher eindringen. Das Schönauge ist ein Grenzgänger zwischen dem Tierreich und dem Pflanzenreich. Steht ihm die Strahlungsenergie des Lichts zur Verfügung, so baut es aus einfachen unorganischen Stoffen in seinem Chlorophyll durch Assimilation Stärke auf und lebt also von Wasser, Kohlendioxyd und einigen Mineralstoffen. Im Dunkeln hört die Assimilation sofort auf. Das Schönauge ernährt sich dann als echtes Tier von organischen Stoffen.

nen dieses mikroskopisch kleine Tierchen mit dem griechischen Wort für «Schönauge»: Eugléna. Die Euglena ist ein Geißeltierchen oder Flagellát (lateinisch flagellum = Peitsche, Geißel) und eines der wandlungsfähigsten einzelligen Wesen. Sie ist besonders gut zur Untersuchung der Zellstruktur und zur Erforschung der Verhaltensweisen der Zelle als Lebewesen geeignet. Geißeltierchen leben in der Oberflächenschicht kleiner, stehender Gewässer. Und obwohl sie in vieler Hinsicht einzigartig sind, haben sie doch gewisse Grundeigenschaften mit anderen einzelligen und mit allen höheren Lebewesen, auch mit dem Menschen, gemein. Eines der ungewöhnlichsten Merkmale der Euglena ist die Fähigkeit, sogar ihr Wesen zu wechseln – von der Pflanze zum Tier und wieder zur Pflanze zu werden –, je nach ihrer Umgebung. Dieses mikroskopische halb Pflanzen-, halb Tierwesen ist daher ein ideales Objekt für das Studium der Zellbestandteile in beiden Lebensbereichen.

Geißeltierchen können als ganze Zelle schon in der relativ großen Maßeinheit des Mikron (Kurzzeichen: μ; der griechische Buchstabe μ – My – steht am Anfang des griechischen Wortes mikrón = klein), das ist ein tausendstel Millimeter, gemessen werden. Sie zeigen unter dem Lichtmikroskop bei hundertfacher Vergrößerung eine leuchtend grüne Färbung, sind schwach durchsichtig und erscheinen in der Größe einer Reißzwecke. Ihre Form ähnelt etwa der von langen, schmalen Booten: an einem Ende abgerundet, an dem anderen spitz zulaufend und in der Mitte breiter. Sie werden von ihrer sich schlängelnden Geißel vorwärts bewegt.

Bei tausendfacher Vergrößerung erinnert das Aussehen der Geißeltier-

Entfernt man nach einiger Zeit den Blechzylinder, so hat sich die Schönaugenkolonie hinter dem Lichtschlitz versammelt. Denn hier war die Strahlungsenergie erhältlich, die für die Assimilation im Chlorophyll lebensnotwendig ist. Allerdings sieht man deutlich, daß die Schönaugen allzu grelles Licht meiden. Das Experiment zeigt: Auch die winzigsten Lebewesen passen sich ihrer veränderten Umwelt an; sie nehmen Reize von außen auf, verarbeiten sie zweckmäßig und beantworten den Reiz in einem angepaßten Verhalten.

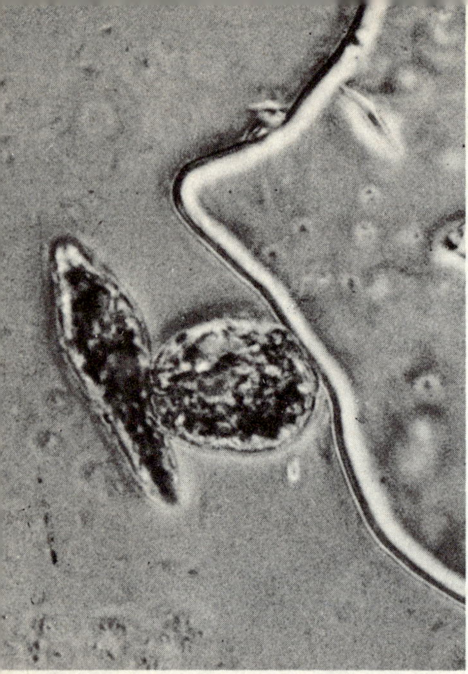

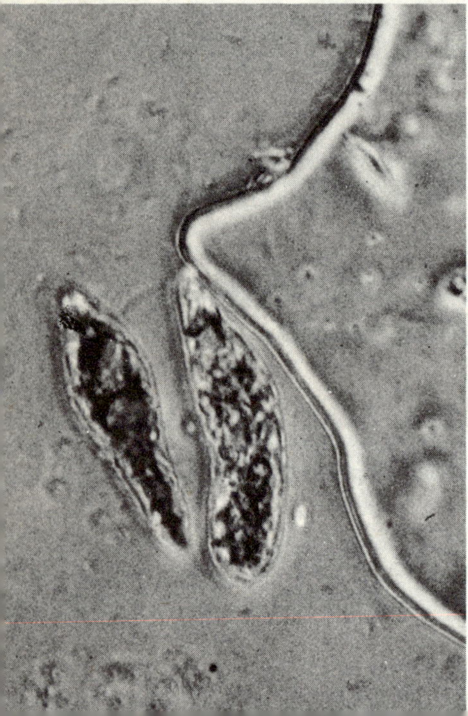

Auf diesen vier Mikrofotografien ist der Geißelfaden aus Plasma des Schönauges oder Augentierchens nicht sichtbar. Ein Schönauge ist gewissermaßen vor Anker gegangen. Ein anderes Schönauge ist zwischen den Artgenossen und das Hindernis-Kap geraten und hat sich zunächst geballt. Auf den Bildern 2 bis 4 streckt sich das Schönauge wieder und läßt sich vom Sog ihrer Plasmageißel durch die «Meerenge» schleppen.

chen an lebende Korkenzieher. Der körperlange, kräftige Plasmafaden (Geißel) am abgerundeten Vorderende wird beim Schwimmen nach vorn gerichtet und sehr geschwind auf einer kegelmantelförmigen Bahn herumgeschwungen. Die Geißel wirkt dann wie ein Flugzeugpropeller und zieht den Körper nach sich. Gelegentlich ändert eine Euglena ihre Art der Fortbewegung. Sie zieht dann ihre beiden Enden ein, so daß sie fast einen Ball bildet, streckt wieder das vordere Ende aus und holt das andere nach, und so immer fort.

Die durchsichtige Membran (lateinisch membrána = das dünne Häutchen) des Geißeltierchens, die die Zellwand bildet, ist durchlässig und erlaubt daher das Eindringen von Molekülen bestimmter Nahrungsstoffe in die Zelle. Doch gibt es auch schon eine Mundöffnung und einen primitiven Schlund, die Nahrungsteile aufnehmen. Die Zellmembran umschließt die Zellflüssigkeit, das gallertartige Protoplásma oder Zytoplásma, in dem sich die meisten Lebensvorgänge der Zelle abspielen. Im Zytoplasma der Pflanzenzellen finden sich außerdem

Beim Schönauge ist die Plasmageißel am Vorderende des Einzellers angebracht. Sie wirkt wie ein Flugzeugpropeller, indem sie den Zellkörper des Schönauges nach sich zieht. Der Geißelfadenpropeller führt 40 bis 60 Umdrehungen in der Sekunde aus. Schwimmt das Schönauge rückwärts, was nur für Augenblicke geschieht, so wird die Drehrichtung des Propellers umgekehrt. Schönaugen erreichen ein Tempo von zwölf Millimeter pro Minute.

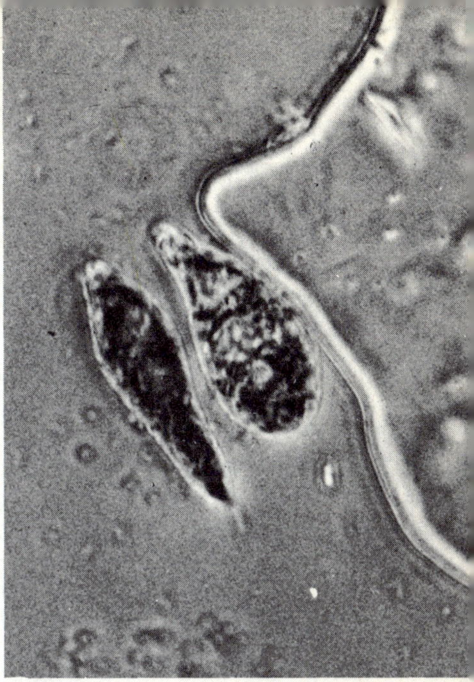

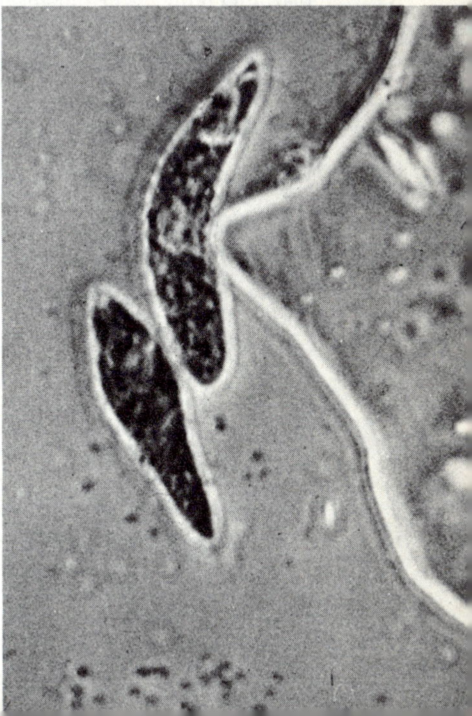

noch grüne Körperchen, die Chloroplasten (ausgesprochen: kloropläßten; das griechische Wort bedeutet «Grünmacher»). Es sind kleine Fabrikationszentren, die den Farbstoff der Pflanze, das Chlorophyll (ausgesprochen: klorofüll; griechisch «Blattgrün»), enthalten. Eingebettet in das Zytoplasma liegt auch der Zellkern (Nuklëus), der das Erbmaterial der Zelle enthält — den Bauplan für alle folgenden Generationen jeder einzelnen Euglena.

Da die Euglena ihre Chloroplasten zur Produktion von Pflanzennahrung aus Sonnenlicht, Luft und Wasser benutzt, wird sie gemeinhin als einfache Pflanze angesehen. Eigentlich ist sie aber nicht so leicht einzuordnen, denn sie verwandelt sich oft in ein Mitglied des anderen großen Reiches der belebten Natur — der Tierwelt. Bekommt sie kein Licht, so wird diese Pflanze zum Tier, das heißt, sie verliert vorübergehend ihre grüne Farbe und die Fähigkeit, Licht zur Erzeugung von Nahrung aus einfachen, unorganischen Stoffen (Wasser, Kohlendioxyd und in Wasser gelöste Mineralstoffe) zu verwenden und lebt, wie die Amö-

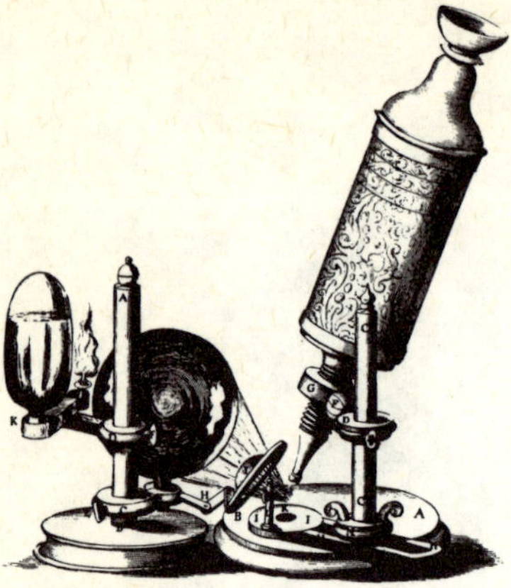

Mikroskop aus Hookes Buch, 1665

ben und andere Mikroorganismen, die als Angehörige des Tierreichs angesehen werden, von den flüssigen organischen Nährstoffen, die ihre Umgebung ihr bietet. Wenn sie wieder Sonnenlicht erhält, kann die Euglena wiederum ihre grüne Farbe annehmen und eine pflanzliche Existenz führen.

Eine Zelle, die sehen kann

Obwohl sie ein so einfacher Organismus ist, kann die Euglena «sehen». Vorn an der Wurzel des Geißelfadens, nicht weit vom Schlund entfernt, befindet sich ein einzelnes rötliches «Auge», ein Augenfleck. Er wird als Lichtsinnesorganelle gedeutet. «Organellen» (lateinisch = «kleine Werkzeuge») nennt man die zu besonderen Leistungen befähigten Teile des Zellkörpers einzelliger Lebewesen; «Organe» sind dagegen die aus bestimmten Gewebearten in bestimmter Anordnung aufgebauten Lebenswerkzeuge der mehrzelligen Organismen. Organe sind zum Beispiel Wurzel, Blatt und Blüte bei den Pflanzen und Haut, Knochen, Herz, Nieren, Leber der Tiere und des Menschen.

Während die Euglena sich durch das Wasser peitscht und dreht, nimmt der Augenfleck die Umgebung wahr. Offenbar besteht eine Verbindung zwischen dem Augenfleck und dem Bewegungsmechanismus der Euglena, denn sie richtet ihre Schwimmbewegungen immer auf das Licht.

Gemeinschaften von Euglenen zeigen außerdem einen Zeitsinn. Obwohl die einzelne Euglena nicht einmal einen ganzen Tag lang lebt, bevor sie sich durch Zellteilung vermehrt, ist experimentell erwiesen, daß eine Kolonie von Euglenen in ihren Bewegungen einem vierundzwanzigstündigen Rhythmus folgt. In diesem Experiment wird eine Euglena-Kolonie in einen durchsichtigen Wasserbehälter gebracht, durch den ein Lichtstrahl geschickt wird, der außerhalb des Behälters auf eine sogenannte Photo-

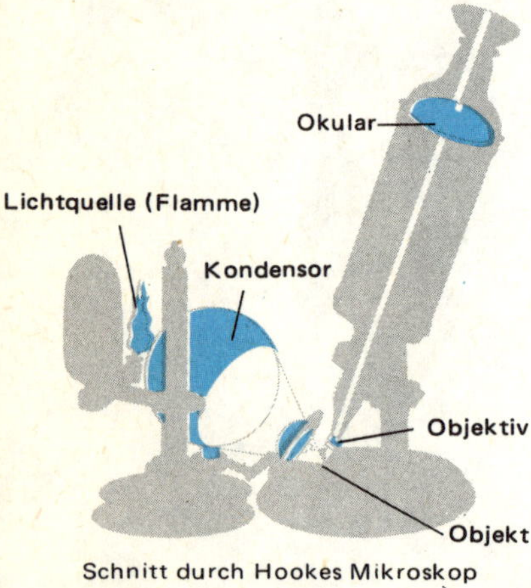

Schnitt durch Hookes Mikroskop

zelle trifft, die Lichtschwankungen in elektrische Stromschwankungen umwandelt und dadurch die Lichtintensität mißt. Wenn die Euglena-Kolonie dem Lichtstrahl zuwandert, um die für die Stoffwechselvorgänge nötige Energie zu finden, gelangt weniger Licht zur Photozelle. Ein der Photozelle angeschlossenes Registriergerät verfolgt dann die Bewegungen der Kolonie. Wiederholte Tests mit diesem Apparat haben einen etwa vierundzwanzigstündigen Rhythmus in den Bewegungen der Euglena-Kolonie aufgezeigt. Zwölf Stunden lang reagiert sie auf das Licht und sammelt sich im Strahl. Dann, in den folgenden zwölf Stunden, ignoriert sie das Licht und zerstreut sich. Der Rhythmus bleibt erhalten unter unveränderten Laboratoriumsbedingungen, das heißt wo Tag und Nacht die Beleuchtung gleich ist. Die periodischen Bewegungen der Euglena-Kolonie, die in keiner Beziehung zu irgendwelchen Veränderungen in der Umgebung stehen, halten einige Tage lang an. Das läßt vermuten, daß nicht nur die einzelne Euglena eine Zeitmessungsfähigkeit hat, sondern daß es sich um eine vererbte Eigenschaft handelt, die von einer Generation zur anderen weitergegeben wird. Dieser Zeitsinn ist nur einer der Grundzüge, die die Euglenen mit vielen anderen Einzellern und mit den höheren Organismen gemein haben.

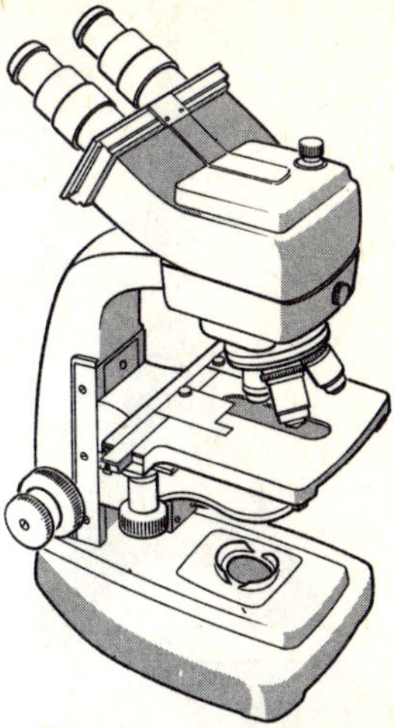
Lichtmikroskop mit binokularem Tubus

Diese gemeinsamen Eigenschaften, etwa die Fähigkeit zur Fortpflanzung, die Reaktion auf Reize und die Fähigkeit, die chemischen Verbindungen zu bilden, die für das Leben der Zelle notwendig sind, deuten auf die Verwandtschaft zwischen allen Arten von Zellen hin. Diese gleichen Merkmale unterstreichen auch die Tatsache, daß alle Arten von Lebewesen, auch die komplizierten Zellverbände der größeren Organismen, aus einer einzigen Zelle hervorgegangen sind.

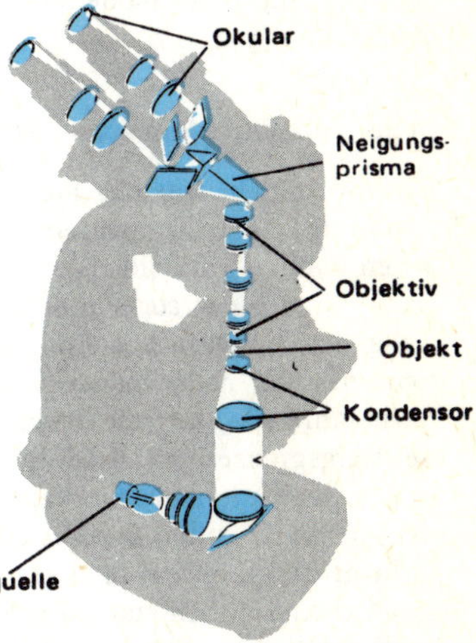

Schnitt durch ein modernes Mikroskop

Zellen zeigen aber noch feinere

Die Wissenschaft von der Zelle arbeitet mit mikroskopisch kleinen Maßeinheiten, die den Dimensionen der kleinsten Einheit lebender Materie angemessen sind. Die Grafiken auf diesen Seiten sollen das unanschaulich Kleine anschaulich machen. Nehmen wir einmal die Abmessungen einer Streichholzschachtel mit 5 cm Länge, 3,5 cm Breite und 1 cm Höhe an. Der Pariser Eiffelturm ist 300 Meter hoch (ohne die Fernsehantenne). Legt man am Fuß dieses mächtigen Bauwerks einen Stapel von drei Streichholzschachteln auf den Erdboden, so kann man an dem gewaltigen Höhenunterschied ermessen, wie verschwindend klein 1 Mikrometer oder Mikron (= 1 μm oder 1 μ) im Vergleich zu der Strecke von 1 Zentimeter ist. Denn die Höhe des Eiffelturms verhält sich zur Höhe des Stapels aus drei Streichholzschachteln wie ein Zentimeter zu einem Mikron. 1 Mikrometer = 1 tausendstel Millimeter = 1 zehntausendstel Zentimeter = 1 hunderttausendstel Dezimeter = 1 millionstel Meter. Die Wissenschaftler schreiben: 1 μm = 10^{-6} m.

Anzeichen der Einheit allen Lebens. Um diese verborgenen Beziehungen aufzuzeigen, bedarf es einer anderen Beobachtungsebene: Man muß gewissermaßen den Blick nicht mehr auf die ganze Zelle als biologische Grundeinheit richten, sondern ins Innere der Zelle vordringen und dort ihre einzelnen Bauteile untersuchen und deren Funktionieren miteinander beobachten. Dieser Wechsel der Maßstäbe ist ein Problem der Vergrößerung, das sich nur mit Hilfe modernster Methoden der Elektronik und Biochemie lösen läßt.

In der submikroskopischen Welt

Bis vor kurzem war das menschliche Wissen über die Zelle auf das beschränkt, was man durch ein mit sichtbarem Licht arbeitendes Mikroskop sehen konnte. Tausend- oder zweitausendfache Vergrößerungen, die praktische Grenze des sogenannten Lichtmikroskops, zeigten die Umrisse der Zelle, das Zellplasma und darin den Zellkern. Kleinere Strukturen erschienen entweder als winzige Punkte oder Fäden — oder blieben unsichtbar. Viele Jahre scheiterte die Beobachtung der submikroskopischen Welt an der Leistungsgrenze der gewöhnlichen Lichtmikroskope. Was man sehen wollte, lag unterhalb der Vergrößerungsfähigkeit der Mikroskope (daher der Ausdruck «submikroskopisch»), weil diese Instrumente mit sichtbarem Licht arbeiten. Sichtbares Licht aber hat im Verhältnis zu den submikroskopischen Teilchen eine zu große Wellenlänge, es hat gleichsam einen zu großen Filter, in dem die gesuchten Teilchen sich nicht einfangen lassen.

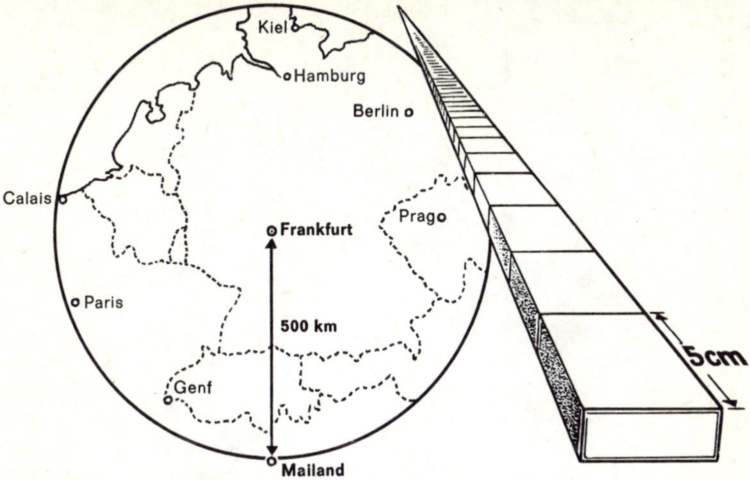

Das Mikrometer oder Mikron (= 1 millionstel Meter) ist eine Langstreckendistanz im Verhältnis zu derjenigen Maßeinheit, mit welcher Wellenlängen des Lichts gemessen werden. Diese kleinste Maßeinheit wird nach dem schwedischen Physiker Anders Jonas Ångström (1814–1874) genannt. 1 Ångström (1 Ångström-Einheit, abgekürzt 1 Å oder 1 ÅE) ist nur der zehntausendste Teil eines Mikrometers! Ein Ångström verhält sich zu einem Millimeter wie die Länge einer Streichholzschachtel zu der Entfernung Frankfurt–Mailand. 10 Millionen Streichholzschachteln müßte man aneinanderlegen, um diese 500-km-Distanz zu überbrücken. 1 Ångström = 1 zehntausendstel Mikrometer = 1 zehnmillionstel Millimeter = 1 hundertmillionstel Zentimeter = 1 milliardstel Dezimeter = 1 zehnmilliardstel Meter. Die Wissenschaftler schreiben: 1 Å = 10^{-8} cm. Die Reichweite selbst modernster Elektronenmikroskope endet bei zwei Ångström.

Etwas Kleineres als Lichtwellen wurde deshalb benötigt, um die winzigen Bestandteile der Zelle zu «sehen».

Der bedeutsamste Schritt auf dem Wege zur Erforschung des Zellinneren erfolgte durch die Entwicklung des ersten praktisch verwendbaren Elektronenmikroskopes. Dieses ziemlich große Instrument verwendet hohe elektrische Spannungen, die einen Elektronenstrahl durch ein Vakuum treiben, wodurch das Bild des Gegenstandes unter Beobachtung vergrößert wird. Da die Wellenlänge dieser Elektronen ungefähr ein Hunderttausendstel der Wellenlänge normalen weißen Lichtes beträgt, kann das Elektronenmikroskop wesentlich kleinere Objekte unterscheiden als das Lichtmikroskop. Tatsächlich sind die heutigen Elektronenmikroskope etwa eintausendmal so leistungsfähig wie die besten Lichtmikroskope.

Eine zweite Hilfe bei der Untersuchung der Zelle war die Entwicklung der modernen Biochemie. Hauptsächlich durch die Verwendung radioaktiver Substanzen können die Wissenschaftler heute die Atome und Moleküle, aus denen die Bauteile der Zelle zusammengesetzt sind, «etikettieren» und sie im Verlauf der verschiedenen Lebensvorgänge verfolgen.

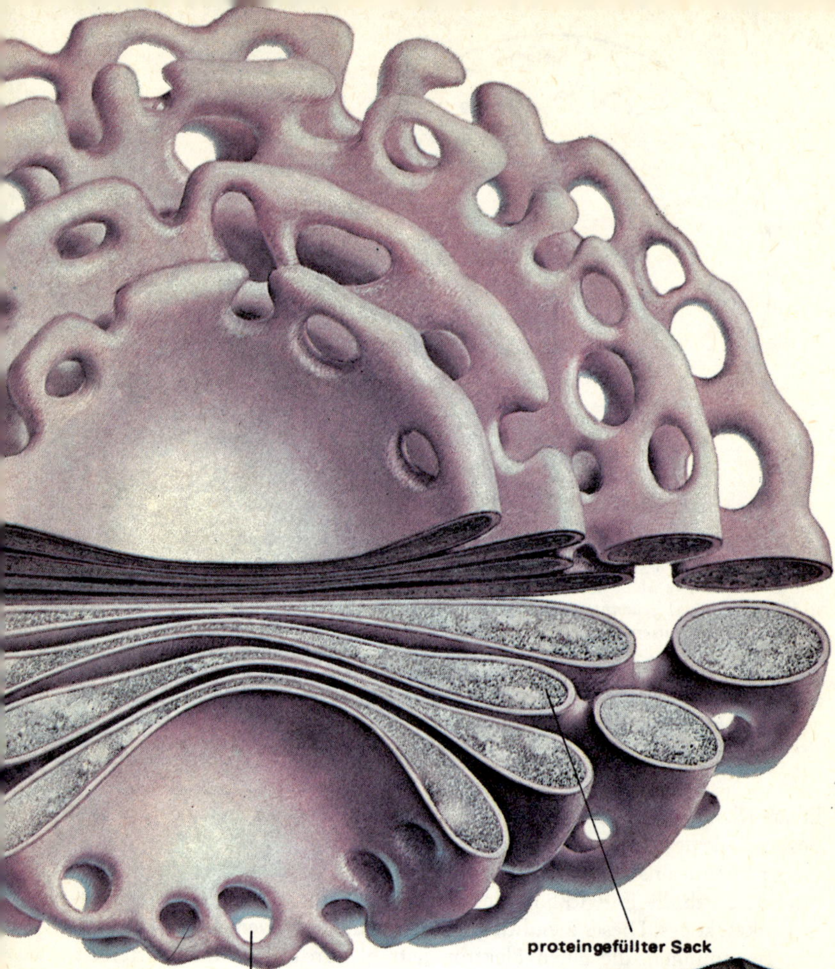

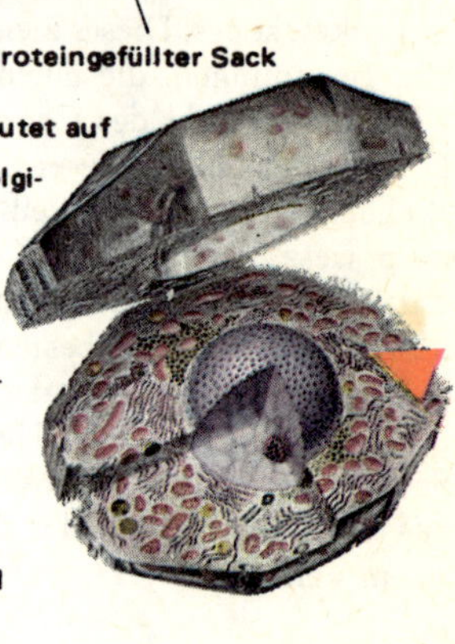

Keil deutet auf den Golgi-Apparat in der Abbildung auf Seite 11

Das abgebildete Organell «Der Golgi-Apparat» wird heute als Dictyosom bezeichnet. Die Gesamtheit der Dictyosome einer Zelle wird international als Golgi-Apparat zusammengefaßt.

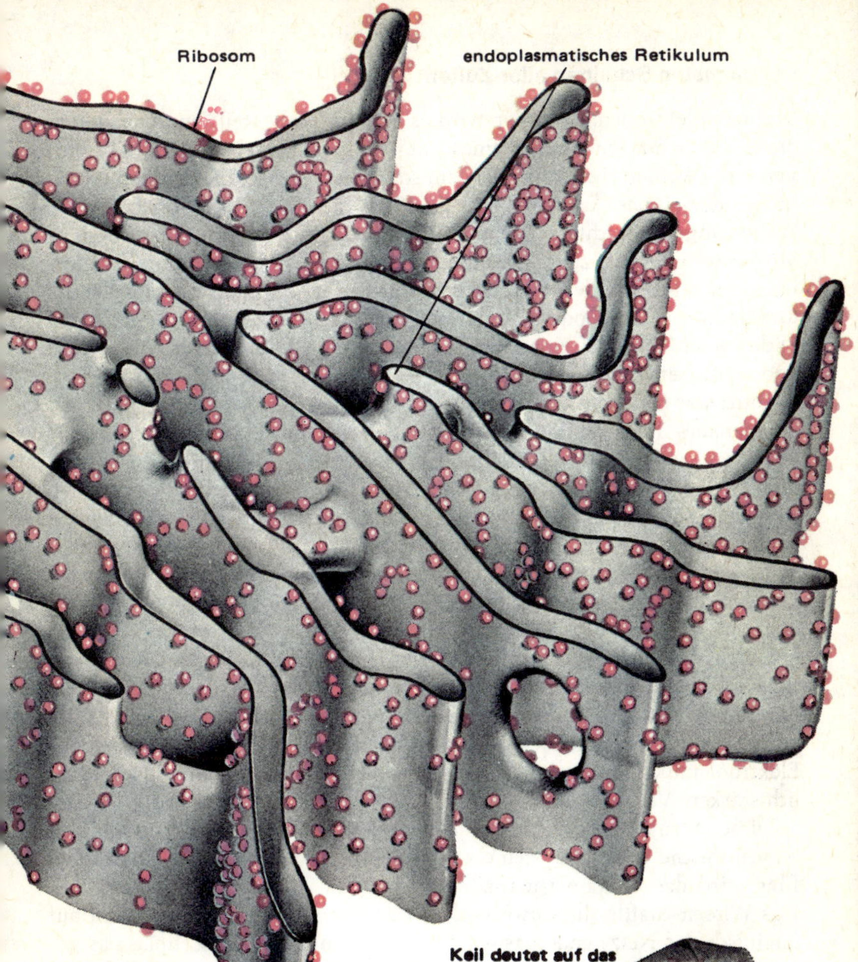

Das endoplasmatische Retikulum (kurz ER) ist ein winziges Kanalisationssystem im Zellplasma. Die Funktion des ER dürfte der rasche Transport von den Orten der Nahrungssynthese zu denen des Verbrauchs innerhalb der Zelle sein. Die Ribosómen auf der Außenseite des ER dienen der Proteïnsynthese.

Keil deutet auf das endoplasmatische Retikulum in der Abbildung auf Seite 11

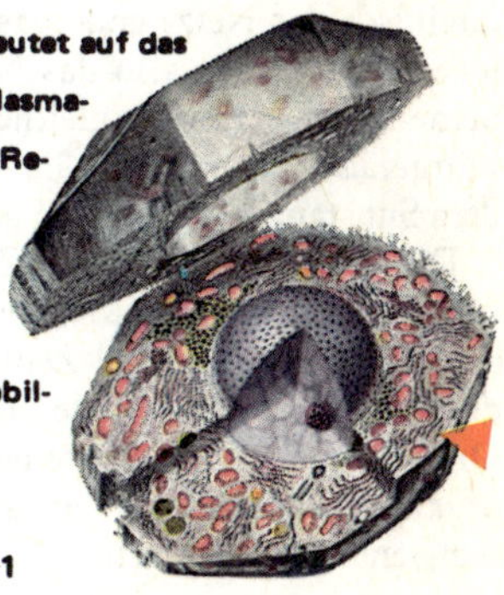

Die dünnsten Schnitten aller Zeiten

Mit dem Elektronenmikroskop wird es möglich, Zellenteile zu untersuchen, die in der winzigen Einheit eines Ångström (ausgesprochen: Ongßtröm) gemessen werden (benannt nach dem schwedischen Astronomen und Physiker Anders Jonas Ångström [1814–1874], der diese Maßeinheit für die Wellenlänge des Lichtes verwandte). Ein Ångström ist ein zehnmillionstel Millimeter oder ein zehntausendstel μ (Mikron). Zur Gewinnung brauchbarer Präparate werden die Zellen in durchsichtige Kunststoffe eingebettet und dann mit Glas- oder Diamantmessern in Scheiben geschnitten, deren Dicke nur Millionstel eines Zentimeters beträgt. Diese werden bei bis zu 200 000facher Vergrößerung untersucht.

Durch das Elektronenmikroskop und die biochemische Forschung hat man ein genaues Bild der äußeren Zellmembran oder Plasmahaut (Plásmalemma) gewonnen. Das einzellige Geißeltierchen, menschliche Zellen und die Zellen aller dazwischenliegenden Arten haben grundsätzlich denselben Typ von Zellwänden, der aus einer dünnen Fettschicht besteht, die auf beiden Seiten mit einer Eiweißverbindung namens Protein (ausgesprochen: Prote-ín; übersetzt bedeutet Protein: «erster, wichtigster Stoff») belegt ist. Diese «Schichttorte» ist ungeheuer dünn, nämlich nur ein millionstel Zentimeter!

Durch das Elektronenmikroskop wurden nicht nur *mehr* Einzelheiten bereits bekannter, sondern auch bis dahin unbekannte Teile der Zelle sichtbar. Auch das Lichtmikroskop zeigte bei kunstvoller Färbungstechnik strangförmig erscheinende Strukturen im flüssigen Zellplasma, aber das Elektronenmikroskop zeigte ihren genauen Aufbau durch die unvergleichlich stärkere Vergrößerung.

Diese «Strukturen», die in das Plasma der Zelle eingebettet sind, bilden labyrinthische Leitungssysteme aus allerfeinsten Kanalröhren. Dieses Gefüge wird das «Endoplasmatische Retikulum» genannt – abgekürzt ER. Das Wissenschaftlerchinesisch ist leicht zu übersetzen: retículum heißt auf lateinisch das Netz; endoplasmatisch heißt: innerhalb des Zellplasmas gelegen. Das ER ist also das Netz aus Kanälen im zähflüssigen Zellplasma. Seine Verzweigungen gleichen dem Wurzelwerk der Pflanzen oder einem Blutgefäßsystem. Man hält das ER für das Transportsystem der Zelle, in dem Substanzen von einer Stelle zur anderen befördert werden.

Die «Fabrikanlagen» der Zelle liegen ebenfalls im Zellplasma, und zwar in den zahlreichen «Ribosómen», winzigen Kügelchen von weniger als einem viertelmillionstel Zentimeter Durchmesser. In den Ribosómen werden die Proteine der Zelle erzeugt, die einen Hauptbestandteil eines jeden Organismus bilden. Proteine oder Eiweiße – das sind verschiedenartige organische Verbindungen aus Kohlenstoff, Wasserstoff, Stickstoff und meistens auch Schwefel – finden sich in allen Zellen der Gewebe und

Eine Zelle enthält bis zu eintausend solcher Gebilde. Das Mitochóndrion «schwimmt» im Zellplasma, von dem es durch eine Doppelmembran abgegrenzt ist. Die Innenmembran ist mannigfach eingestülpt und bildet so Falten (Crístae), Röhren (Túbuli) oder Säckchen (Sácculi). Die Mitochondrien sind Träger von Atmungsenzymen und wandeln die Nahrungsstoffe der Zelle in Energie um. Die erst in neuerer Zeit elektronenmikroskopisch entdeckten Körnchen sind runde, kurz gestielte Partikel, die auf der Innenseite der inneren Membran aufsitzen. Vielleicht sind in ihnen die Atmungsenzyme lokalisiert? Diese geheimnisvollen Körnchen erhielten den wissenschaftlichen Namen Oxysómen (gleich «Sauerstoffkörper»).

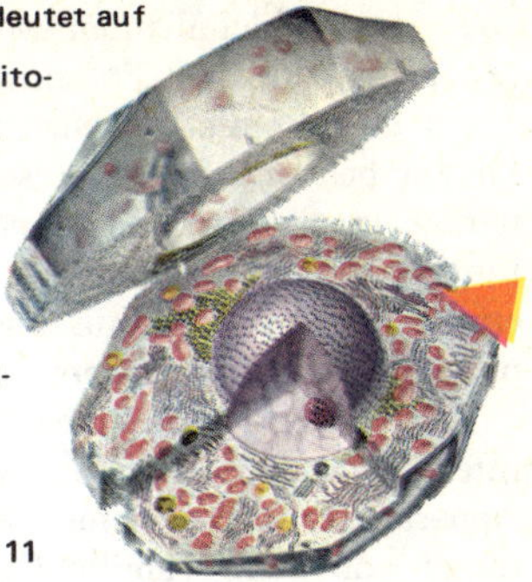

Keil deutet auf ein Mitochondrion in der Abbildung auf Seite 11

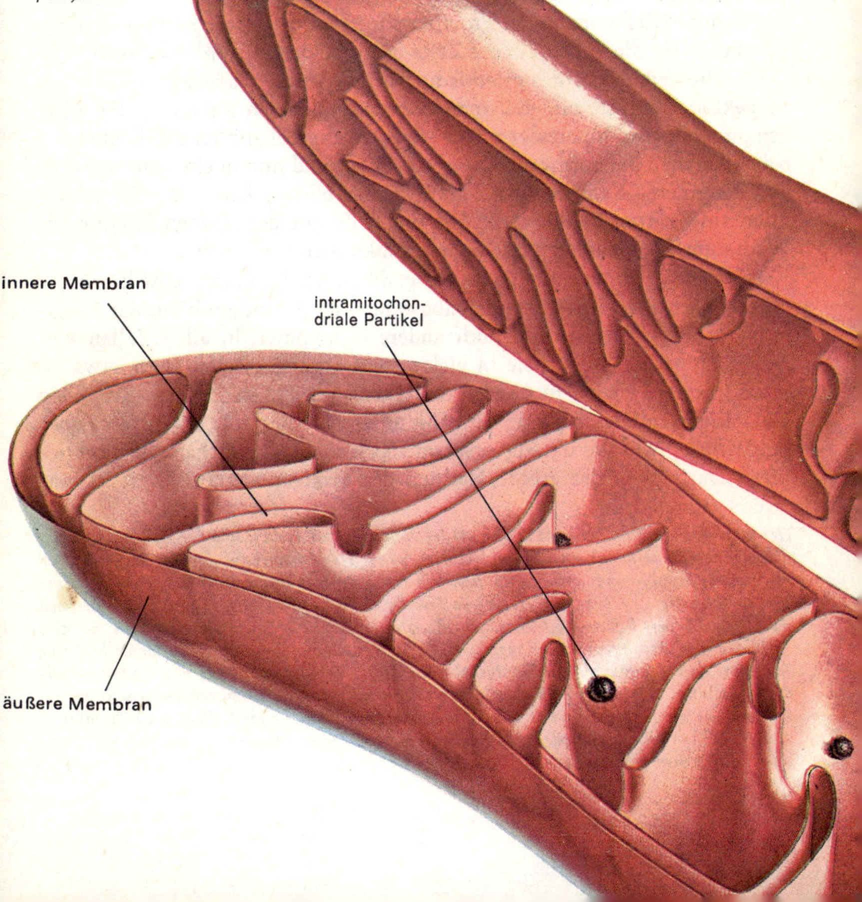

Organe, in Schleimhäuten, Muskelfasern, in Haut, Knochen und Knorpeln. (Zu den wichtigsten Proteinen gehören die Substanzen, die man Enzyme nennt und die die lebenswichtigen Stoffwechselvorgänge in Gang halten; Enzým bedeutet übersetzt soviel wie «im Sauerteig», denn die Enzyme wirken im Stoffwechsel eines Organismus wie Sauerteig beim Gären des Brotes). Zur Erzeugung aller notwendigen Proteinverbindungen braucht eine Zelle manchmal Tausende von Ribosómen, von denen einige im Zytoplasma schwimmen, andere am ER hängen wie Beeren am Strauch.

Zwei weitere Bestandteile der Zelle werden zur Zeit mit besonderem Interesse studiert: die Golgi-Apparate und die Mitochondrien. Der Golgi-Apparat hat seinen Namen nach dem italienischen Arzt und Nobelpreisträger von 1906 Camillo Golgi (1844–1926; ausgesprochen: Góldschi), der ihn Ende des letzten Jahrhunderts in den Gehirnzellen von Schleiereulen entdeckte. Er besteht aus vier oder fünf flachen, ausgehöhlten Scheiben, die verdickte Ränder haben und wie Teller übereinander gestapelt sind. Die Biologen wissen heute, daß der Golgi-Apparat für die «Verpackung» der von der Zelle erzeugten Proteine sorgt, indem er sie zu Päckchen zusammenstellt, die außerhalb der Zelle weiterbefördert werden können.

Ein Mitochóndrion (das griechische Wort bedeutet «Fadenknorpel») ist so ausgeklügelt aufgebaut, daß man die Mitochóndrien Zellen in der Zelle genannt hat. Ihr Inneres erinnert etwas an die bekannten Schiffsmodelle, bei denen man die Bordwand weggelassen hat und nun in ein Wabensystem von Kammern, Kabinen und Trennwänden blicken kann. Die Mitochóndrien sind winzige Kraftwerke, die die Zelle mit der nötigen Energie für Wachstum, Fortpflanzung und andere Funktionen versorgen.

Die meisten Innenbauteile der Zelle, die durch die moderne Mikroskopie entdeckt wurden – das ER, die Ribosómen, die Mitochóndrien, der Golgi-Apparat, der Zellkern und noch andere – kommen in allen Zellen vor. Mikrofotografien weisen sie in vielen spezialisierten Zellen nach, etwa im menschlichen Herzen, in Gehirn und Leber, aber auch in dem einzelligen Geißeltierchen Euglena. Eine Aufzählung der Bauelemente erklärt aber noch lange nicht, wie die daraus zusammengesetzte Maschinenanlage funktioniert. Darin liegt der größte Nachteil des Elektronenmikroskops: Es ver-

Der meist kugelrunde Zellkern (Núklëus) ist vom umgebenden Plasma der Zelle abgegrenzt durch eine Doppelmembran mit zahlreichen Poren. Der Innenraum des Zellkerns ist von Kernsaft (Karyolymphe) erfüllt. Im Kernsaft ist das fadendünne Chromatín- oder Kerngerüst netzartig angespannt – regellose Knäule aus Chromosómen. Diese Chromosomen enthalten in verschlüsselter Geheimschrift den genetischen Code. Der Zellkern ist also gleichsam das Archiv der Erbanlagen (Gene), das genetische Steuerzentrum der Zelle. Seine Funktion ist die unveränderte Weitergabe sämtlicher Erbinformationen von Zelle zu Zelle durch Teilung, wobei die Tochterzelle garantiert die gleiche Chromosomenausrüstung bekommt, die die Mutterzelle vor der Kernteilung besaß. Ein hoher DNS-Gehalt charakterisiert auch den Nukléolus oder das Kernkörperchen. Jeder Zellkern hat regelmäßig einen oder auch mehrere Nukléoli.

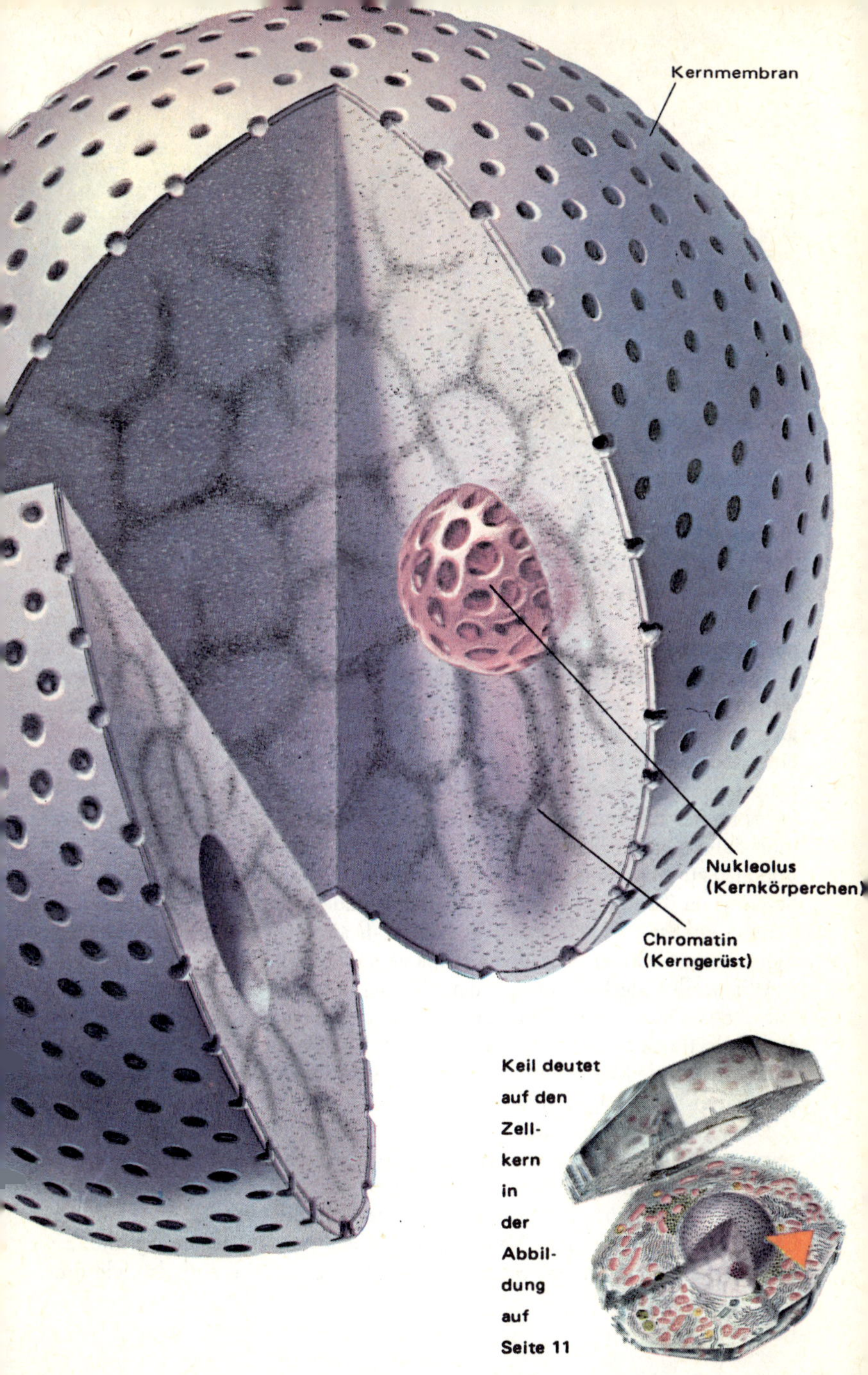

Keil deutet auf den Zellkern in der Abbildung auf Seite 11

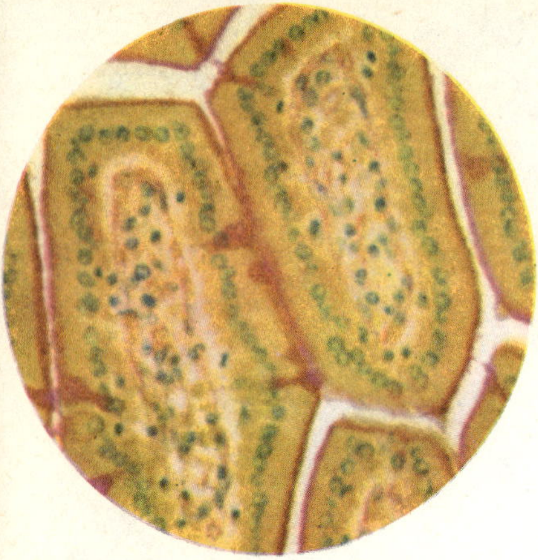

Darmgewebe einer Maus

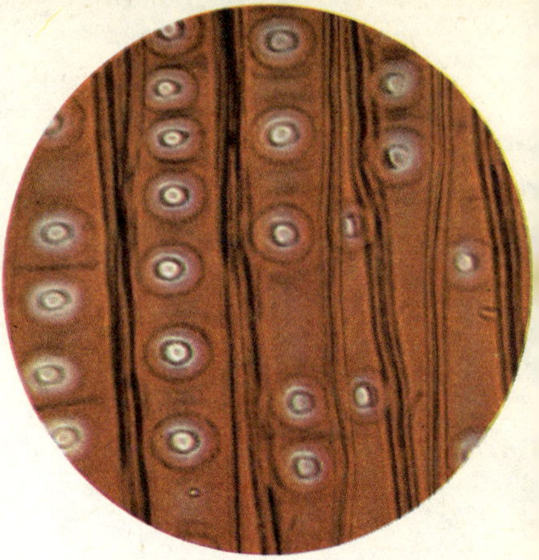

Tracheïden im Kiefernholz

mittelt nur Bilder toter Materie, Bilder von Zellabschnitten, in denen alle Zellaktivität «eingefroren» ist. Das Problem, mit dem sich die Biologen auseinanderzusetzen haben, ist deshalb die Rekonstruktion der dynamischen Prozesse im Zellinnern allein mit Hilfe einiger Momentaufnahmen aus dem Leben einer Zelle.

Was passiert in einer lebenden Zelle? Welche biologischen Prozesse laufen im Zellinnern ab? Stellen wir doch einmal ein Gedankenexperiment an! Wir denken uns irgendeine durchschnittliche Zelle und bauen danach ein Arbeitsmodell, dem wir alle Informationen eingeben, die durch mikroskopische und biochemische Untersuchungen gewonnen worden sind. Zwar ist es immer riskant, mit einer solchen Arbeitshypothese zu operieren, weil man dabei Gefahr läuft, alles viel zu stark zu vereinfachen, zu vergröbern und also zu verfälschen und obendrein bloße Vermutungen an die Stelle von bewiesenen Tatsachen zu setzen. Aber trotzdem hat eine brauchbare Arbeitshypothese zweifellos den Vorzug, daß sie uns die Zelle als ruhelose, dynamische Grundeinheit alles Lebens verstehen hilft.

Wir wollen deshalb annehmen, daß jemand ein Instrument erfunden habe, das einen lebendigen, einzelligen Organismus dreidimensional in einhunderttausendfacher Vergrößerung zeigt. Das lebendige Modell wäre dann eine runde Masse von zwei Meter Durchmesser, das von einer dünnen, dehnbaren Haut umgeben ist.

Dieser hypothetische Riese ist ein lebensfähiger Körper, der fortwährend seine Form ändert, indem er sich ausdehnt und pulsiert, an einer Stelle aufquillt und sich an der anderen zusammenzieht. Selbst die Außenhaut erweist sich als außerordentlich aktiv. Sie streckt fühlerähnliche Arme aus in unaufhörlicher Suche nach Nahrung und einem passenden Untergrund. Sie legt sich um eingefangene Stoffe und verschlingt sie. Sie enthält viele Ein-

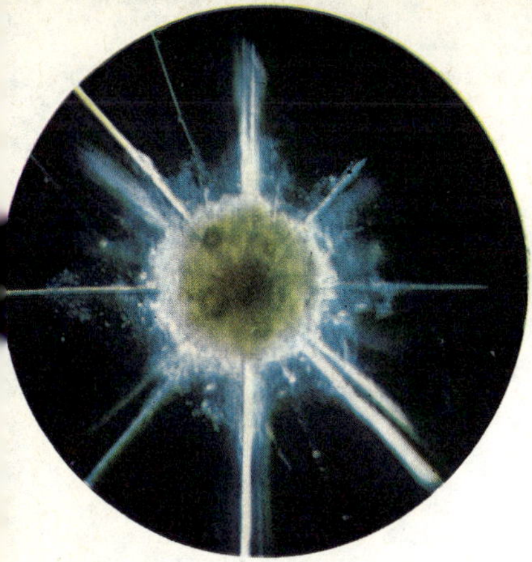

Strahlentierchen

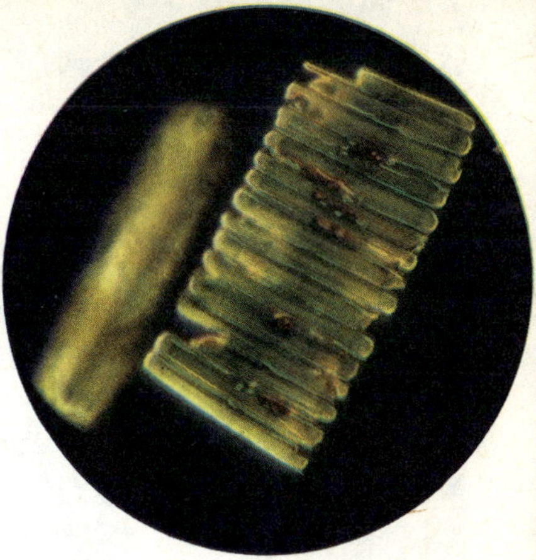

Kieselalgen

und Ausgänge für ganz bestimmte Moleküle, und der Verkehr an diesen Ein- und Ausfahrten fließt lebhaft und ohne Stauung.

In dem flüssigen Innern dieses Riesenmodells schwimmen die Mitochóndrien von der Größe und dem Aussehen einer prallen Salamiwurst. Wie Fische in einem Korallenriff schießen die Mitochóndrien durch das Gitterwerk des ER. Teilweise verdeckt, liegt in der Mitte des Plasmas der Zellkern oder Nukleus, ein dichter Körper, der etwa wie ein Medizinball aussieht. Die Flüssigkeit zwischen dem Kern und der Außenhaut hat an manchen Stellen Wolkenflecken, die die Anwesenheit von Ribosómen anzeigen. Aber selbst bei dieser ungeheuren Vergrößerung sind die Ribosómen nicht größer als Streichholzköpfe.

Aufruhr im Zytoplasma

Das Innere der Riesenzelle ist in fortwährendem Aufruhr. Das ER treibt nicht nur und wogt hin und her wie Seetang in der Brandung an einer Felsenküste, sondern zerfällt sogar gelegentlich und formt sich wieder neu. Die Mitochóndrien sind als walzenförmig beschrieben worden, aber so sieht man sie nur in den Bruchteilen einer Sekunde, die man für eine Momentaufnahme braucht. In der lebenden Zelle gleiten sie in Windungen durch die Zellflüssigkeit wie Aale – allerdings sonderbare Aale, da sie sich fortwährend teilen und dann wieder zu vielen aneinanderreihen und zu langen, schwimmenden Gebilden werden. Mit ihnen treiben in der Plasmaströmung Fettkügelchen und Teile des ER.

Was für ein feines Gleichgewicht von Kräften hält wohl die höheren Organismen zusammen? Sie sind schließlich aus Systemen aufgebaut, die aus diesen fortwährend sich ändernden, in hektischer Aktivität begriffenen

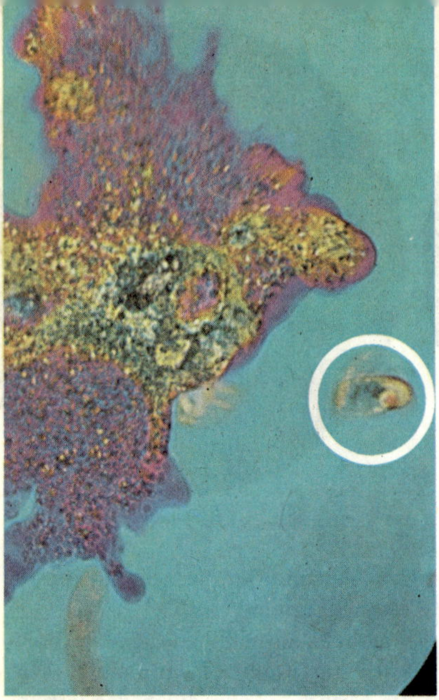

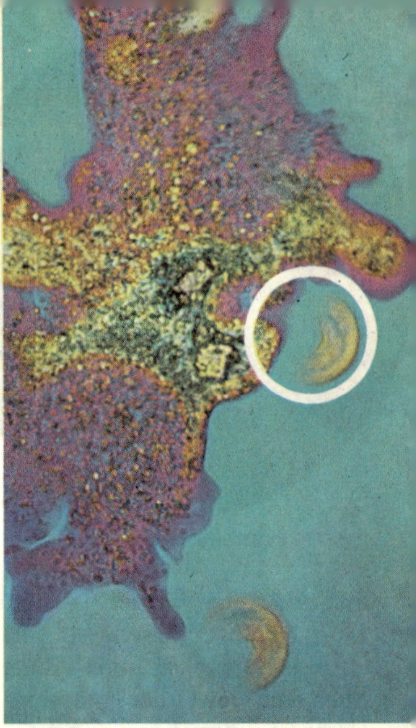

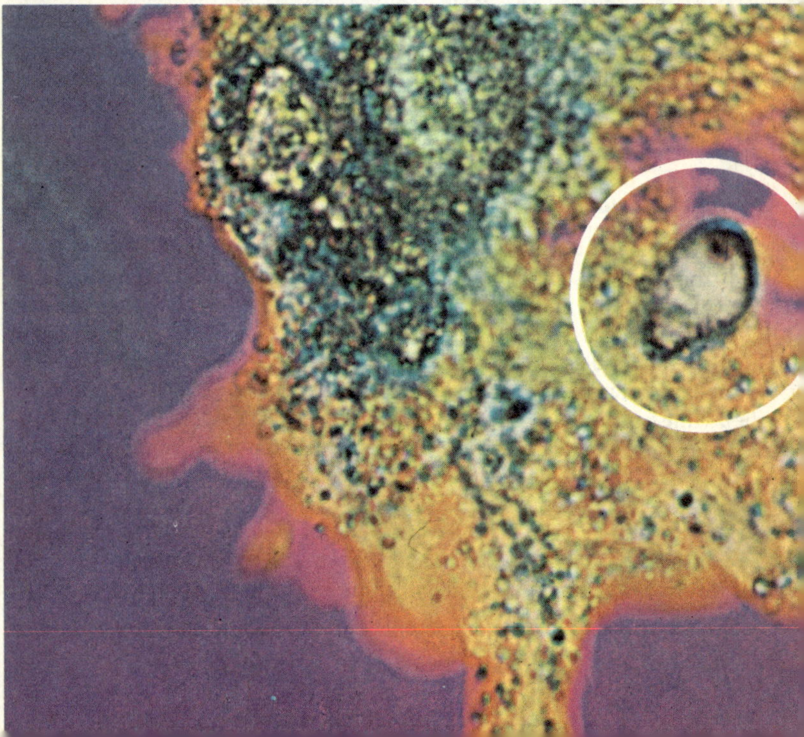

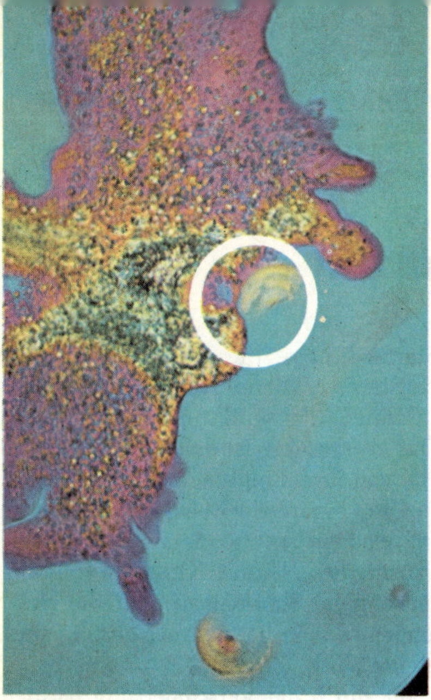

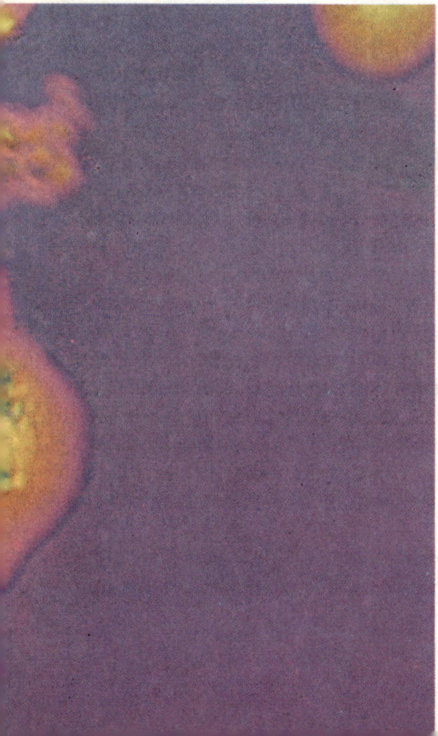

Auf diesen Fotos sieht man, wie sich eine Amöbe (Wechseltierchen) mit ihren Scheinfüßchen (Pseudopódien) an eine Beute – in den weißen Kreisen – heranmacht, sie umschließt und sich einverleibt. Die farblose Amöbe schillert nur hier unter dem Interferenzmikroskop in allen Regenbogenfarben. Amöben fressen andere Kleinlebewesen und Algen. Nach 24 Stunden hat der gierige Einzeller sein Körpergewicht verdoppelt und ist «zum Platzen voll» – seine Haut kann die Masse nicht mehr halten, und er teilt sich in zwei Tochterzellen. Ein neuer Kreislauf im Leben der «unsterblichen» Zelle beginnt.

Zellen bestehen. Der Körper eines erwachsenen Menschen enthält schätzungsweise 60 Billionen Zellen, von denen jede den Gesetzen ihrer Gruppe gehorcht. Und trotzdem bleibt jede stark individualistisch, durchaus fähig, auszubrechen und sich über die Gesetze hinwegzusetzen. Ein Beispiel für ein solches asoziales Verhalten ist der Krebs, der dem Körper eine Art Pöbelherrschaft rebellierender Zellen aufzwingt.

Es ist ein Beweis für die Qualität des Kontrollmechanismus im Körper, daß es viel weniger Störungen gibt als normale Abläufe. Wir bleiben im wesentlichen immer die gleichen Leute, die wir gestern waren, und zwar dank einer gewissen Zelldisziplin. Allerdings ist diese Disziplin nicht starr. Jeder Organismus muß während seines ganzen Lebens sein biologisches Gleichgewicht wahren. Jede Sekunde sterben 50 Millionen unserer Körperzellen. Und in derselben Zeit werden 50 Millionen neue Zellen geboren, die den Platz der sterbenden einnehmen.

2

Lebensenergie aus einem Lichtstrahl

Leben überhaupt ist eine Folge des Sternenlichtes. Alles Leben auf der Erde wird durch die Strahlung eines gelben Sterns mittleren Alters erhalten, den wir Sonne nennen. Die Energie des Sonnenlichts wird auf dem Weg über Pflanzen- und Tierzellen zu Leben. Das Wesentliche ist dabei die Umwandlung einer Energieform in eine andere, von Strahlungsenergie in chemische Energie. Jede Zelle braucht Energie, um ihre organische Maschinerie in Gang zu halten und die Vielfalt mechanischer, elektrischer und chemischer Leistungen zu vollbringen, die ihr Leben ausmachen. Dieses Kapitel folgt dem Weg dieser Energie, von ihrem Ursprung im Sonnenlicht über die elektrischen und chemischen Umwandlungen, durch die sie zu Nahrung und Treibstoff für die lebende Zelle aufbereitet wird.

Das Licht der Sonne, die Energie, die durch die Verschmelzung leichter Atomkerne zu schweren im Atomreaktor unserer Sonne freigesetzt wird, strahlt nach allen Richtungen in den Weltraum aus. Ein winziger Bruchteil der ganzen Sonnenenergie, ungefähr ein halbes Milliardstel, das bedeutet 0,000 000 05 Prozent, erreicht die Oberfläche der Erde. Die Pflanzen fangen etwa ein Hundertstel dieses Bruchteils ein und verwenden es, um die Lebensvorgänge anzutreiben.

Welche Rolle die Sonnenenergie bei den Lebensvorgängen auf der Erde spielt, wird durch ein einfaches Experiment klar. Eine Schnecke wird in ein Glasrohr gelegt, das zu zwei Dritteln mit Teichwasser gefüllt ist und ein Stück von einer grünen Wasserpflanze enthält. Dann wird das Glas, dessen offenes Ende luftdicht versiegelt worden ist, ins Sonnenlicht gelegt. In dem versiegelten Glas geht das Leben weiter. Vom Sonnenlicht angeregt, nimmt die grüne Pflanze Kohlendioxyd und Wasser auf und gibt Sauerstoff ab, während sie neue Baustoffe bildet und verbrauchte ersetzt. Die Schnecke nimmt den von der Pflanze abgegebenen Sauerstoff auf, gibt Kohlendioxyd ab und ernährt sich von dem Pflanzengewebe, das passende Nahrung für Tierzellen bildet. Wenn der Austausch sich ausgleicht und der Stoffwechsel der Pflanze schnell genug ist, um das von der Schnecke verzehrte Gewebe zu ersetzen, ergibt sich ein System, das wochen- und monatelang reibungslos funktionieren kann.

Die Zellen der grünen Pflanzen besitzen die Fähigkeit, aus dem Kohlendioxyd der Luft mit Hilfe des Sonnenlichts Kohlenstoff abzuspalten und in

Diese Wasserpflanze (es handelt sich um einen Sproß der Wasserpest, Elódea canadénsis) ist völlig eingetaucht in Teichwasser. Die Energie des Sonnenlichtes läßt die Pflanzenzellen Kohlendioxyd aus dem Wasser ziehen und verbindet sich mit ihm zu Zucker und Sauerstoff. Der Sauerstoff, der hier in einer silbrigen Perlenkette von der Pflanze zur Wasseroberfläche und in die Luft aufsteigt, ist für die Pflanze nur ein Abfallprodukt. Von dem Zucker und Sauerstoff der Pflanzen leben aber alle Tiere und der Mensch. Die grünen Pflanzen der Erde erzeugen durch Photosynthese im Jahr über eine Billion (= 1000 Milliarden) Tonnen lebender Substanz.

organischer Form an die Elemente des Wassers zu binden. Weil das Sonnenlicht für diese Assimilation (Angleichung, Anverwandlung) des Kohlenstoffs der Pflanzenzelle die nötige Energie liefert, nennt man diesen Vorgang Photosynthese. Dieser Ausdruck bedeutet wörtlich «Lichtzusammenfügung», das heißt: Aufbau organischer, chemischer Verbindungen mit Hilfe von Sonnenlicht. Frühere Naturforscher glaubten, daß die Pflanzen all ihre Nahrung aus dem Boden entnähmen – eine Annahme, die allgemein als Humus-Theorie bekannt ist. Jan Baptist van Helmont (1577–1644), ein flämischer Arzt, bewies die Unrichtigkeit dieser Theorie um das Jahr 1630, indem er ein 2,25 Kilogramm schweres Weidenbäumchen in 90 Kilogramm Erde pflanzte und nach fünf Jahren feststellte, daß der Baum ungefähr eineinhalb Zentner zugenommen, der Boden aber nur knapp 60 Gramm abgenommen hatte, obwohl die Pflanze nach einer strengen Wasserdiät ernährt worden war, also außer Wasser keinerlei andere Nährstoffe bekommen hatte.

Bevor eine Pflanzenzelle Sonnenlicht in chemische Energie umwandeln kann, muß sie zunächst das Licht einfangen. Fangeinrichtungen der Zelle sind die Chloroplásten. Ultradünnschnitte von Chloroplasten zeigen im Elektronenmikroskop, daß sie aus geldrollenähnlichen Stapeln aufgebaut sind, den sogenannten Grana. Ein Granum wiederum setzt sich nach neueren Anschauungen aus photosynthetischen Elementareinheiten zusammen. Diese «Münzen» in der Granum-Geldrolle nennt man Quantosómen. Die Schichten eines Quantasoms bestehen aus Lipoproteïden, Carotinoïden und Chlorophyll. In diesen und noch weiteren Substanzen findet der Photosyntheseprozeß statt.

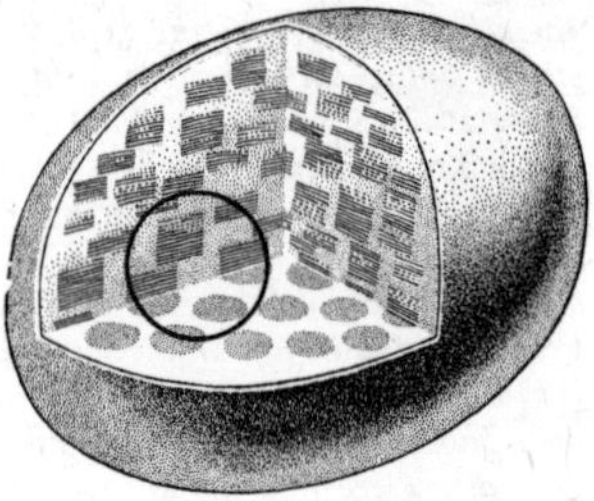

Chloroplasten mit Grana

Jan van Helmont schloß daraus, daß das Wasser und nicht der Boden die Pflanze ernährt haben müsse. Erst später wurde bewiesen, daß das Pflanzenwachstum auf der Kombination von Wasser und Kohlendioxyd beruht und daß die Energie für diesen Herstellungsprozeß aus dem Sonnenlicht stammt, das von den Blättern der Pflanzen eingefangen wird.

Wir wissen heute, daß der einzigartige Assimilationsvorgang, der bei der Photosynthese abläuft, in zwei Stufen vor sich geht. Die erste Stufe nennt man Lichtreaktion. Dieser Vorgang spielt sich nur im Licht ab und ist ein charakteristisches Merkmal der Stoffwechselvorgänge in Pflanzenzellen. Wenn dieser erste Schritt, der nur in der Pflanzenwelt möglich ist, vollzogen ist, kann der weitere Ablauf dieser lebenswichtigen Energietransformation ohne Licht vor sich gehen. Diese passend benannten «Dunkelreaktionen» finden überall statt, in Tier- wie in Pflanzenzellen.

Die Pflanze in dem versiegelten Glasrohr vollzieht die Lichtreaktion – eine Reihe von chemischen Umwandlungen, die zur Zeit noch intensiv erforscht werden. Denken wir uns einen einzelnen Sonnenlichtstrahl, der in das Glasgefäß eintritt und durch die Außenhaut einer Zelle der Wasserpflanze und dann durch eine weitere Trennwand innerhalb der Zelle dringt – durch die Außenwandung eines der vielen kugelförmigen Körper im Zellplasma. Diese Körper sind die Chloroplasten («Grünmacher»), und sie enthalten die Apparatur für die Photosynthese.

Die Lichtfalle

In den Chloroplasten befinden sich lichteinfangende Moleküle einer Substanz, die Chlorophyll («Blattgrün») heißt. Die erste Reaktion des photosynthetischen Vorgangs findet in diesen grünen Chlorophyllmolekülen statt. Um zu verstehen, wie diese Reaktion abläuft, muß man die Anordnung der Atome untersuchen, die dem Chlorophyll seinen chemischen Charakter geben.

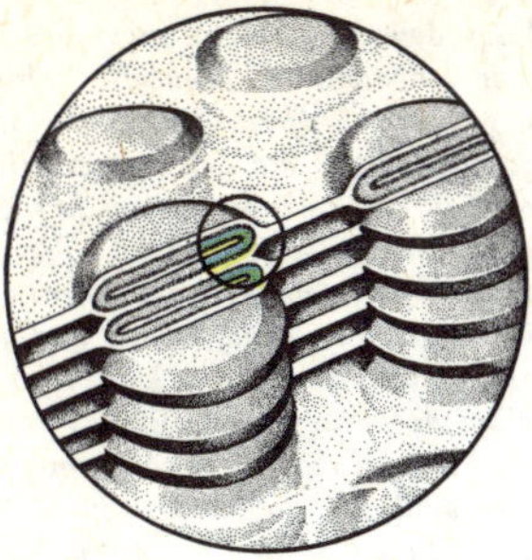

Grana: Stapel von Quantasomen

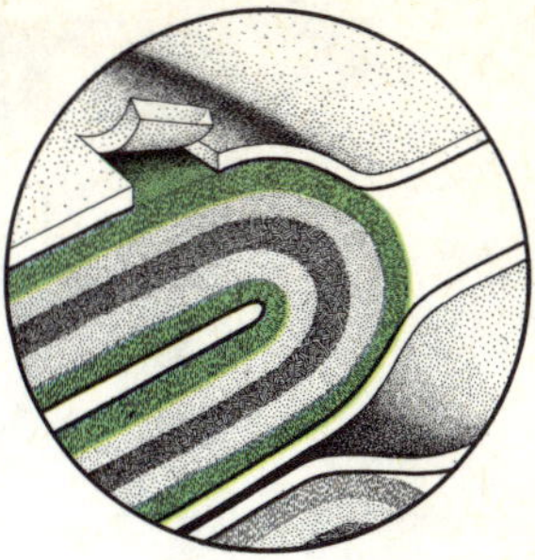

Quantasom mit Chlorophyll

Das Chlorophyllmolekül ist eine komplexe Verbindung aus Kohlenstoff-, Wasserstoff-, Stickstoff- und Sauerstoffatomen, die um ein Magnesiumatom gruppiert sind. Zu diesen Atomen gehört eine Wolke aus kreisenden, negativ geladenen Elektronen, die sich normalerweise in einem Zustand niedriger Energie befinden. Wenn ein Sonnenstrahl auf die grüne Pflanze trifft, kann eins dieser energiearmen Elektronen ein Teilchen (Photon oder Lichtquant) der Lichtenergie aufschlucken und dadurch auf ein höheres Energieniveau springen.

Um sich diesen Prozeß grob zu veranschaulichen, denke man sich einen Mann, der auf dem Jahrmarkt am «Lukas» seine Stärke beweisen will. Er schlägt den Hammer mit Wucht auf den Hebelarm, so daß das Gewicht nach oben saust und den «Lukas» umwirft.

Das Gewicht in diesem Vergleich stellt das Elektron dar, nachdem es ein Photon absorbiert und ein höheres Energieniveau erreicht hat. Man stelle sich nun vor, daß im nächsten Augenblick das Elektron, genau wie das Gewicht, wieder zu Boden fällt und dabei seine Energie abgibt. So etwa läuft der Vorgang ab, der sich fast unaufhörlich in der atomaren Welt abspielt. Überall auf der Erde nehmen unzählbare Elektronen Energie auf und geben sie wieder ab, absorbieren Licht und strahlen es wieder ab und springen von einem Energieniveau auf das andere.

An diesem Punkt in der Photosynthese beginnt das Leben. Ohne ein außerordentliches Zusammentreffen in diesem wichtigen Augenblick wäre die Erde vielleicht so unbelebt wie am Anfang. Um von Nutzen für die «Zündung» des Lebens zu sein, muß ein Elektron in den Vorgang der Photosynthese einbezogen werden, während es eine Extraladung Energie trägt oder, wie die Wissenschaftler sagen, «angeregt» ist. Wenn der gegebene Zeitraum nicht eingehalten wird, verliert das Elektron spontan seine Ladung und kehrt in seinen energiearmen Zustand zurück.

Vorläufig ist die genaue Art und Weise, in der das angeregte Elektron in den Vorgang der Photosynthese gerät, noch unbekannt. Man nimmt auf

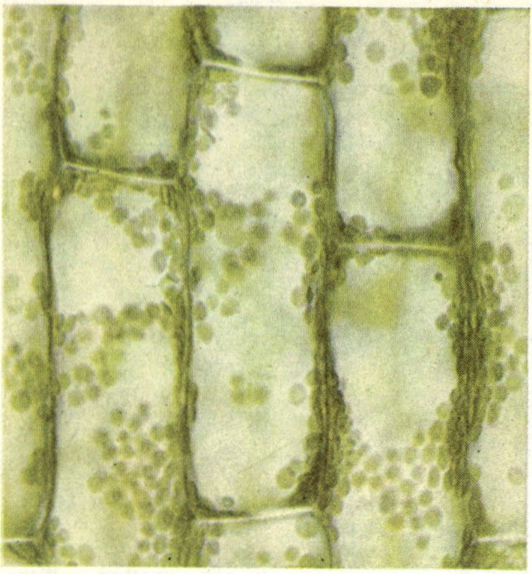

Unter dem Mikroskop wirkt das Innere einer lebenden Pflanzenzelle ruhig und ausgeglichen. Aber diese Ruhe ist nur scheinbar, denn die Zelle ist in Wirklichkeit von schäumender chemischer Aktivität erfüllt. Tausende von kompliziert zusammengesetzten Verbindungen werden hier unaufhörlich aufgebaut und wieder auseinandergenommen. Das Foto zeigt Zellen der Wasserpest (Elódea canadénsis). Die zahlreichen linsenförmigen Gebilde sind Chloroplasten. In ihnen bewerkstelligen grüne Chlorophyllmoleküle die Photosynthese.

Grund der gewonnenen Erkenntnisse an, daß das durch ein Lichtquant aufgeladene Elektron, das nun genug Energie hat, um das Chlorophyllmolekül zu verlassen, sich zu einem besonderen «Fangzentrum» begibt. An diesem Ort trennt sich das Elektron vorübergehend von dem Chlorophyllmolekül und geht zu einem benachbarten Körper über, dem sogenannten «Akzeptormolekül» («Empfängermolekül»). Sprung und Fang des Elektrons müssen sehr schnell vor sich gehen, denn das Elektron bleibt gewöhnlich nur für weniger als den hundertmillionsten Teil einer Sekunde angeregt.

Ein Kettenförderer für Energie

Nachdem das erste Akzeptormolekül das Elektron außerhalb des Chlorophylls eingefangen hat, wird der noch immer angeregte Ausbrecher über eine Kette von vier anderen Akzeptormolekülen weitergereicht. Jeder dieser Elektronenträger nimmt etwas von der Energie des angeregten Elektrons auf, bevor er es an seinen Nachbarn weitergibt. Der letzte Schritt des Elektrons ist die Rückkehr zum Chlorophyllmolekül. Nach derzeitigen Theorien arbeitet dieser elektronische Kettenförderer — die Atmungskette — während der ganzen Photosynthese ohne Aufhören. Solange Licht vorhanden ist, bewegen sich Elektronen auf bestimmten Wegen von den Chlorophyllmolekülen über eine Reihe von Akzeptormolekülen wieder zurück zu den Chlorophyllmolekülen. Im Laufe dieser schrittweisen Bewegung verteilen die Elektronen ihre überschüssige Energie als Treibstoff für die Stoffwechselvorgänge. Diese Bewegungen der Elektronen sind eigentlich eine Art Elektrizität. Das Leben wird durch diese Energie in Gang gehalten, und die Generatoren, die sie produzieren, befinden sich in den Lichtfallen der Chloroplasten, nämlich in den Chlorophyllmolekülen.

Der Ablauf von Prozessen innerhalb der Zelle, die elektrische Energie erzeugen, fordert gewisse Voraussetzungen. Organisation, Pläne und Schaltkreisdiagramme sind dazu genauso nötig wie für die von Menschen gebauten Elektrizitätskraftwerke. Die Natur bedient sich genauer Pläne und einer Spezialausrüstung für die Energieerzeugung in der Zelle. Darüber hinaus haben die starken modernen Mikroskope auf der molekularen Ebene noch weitere Einzelheiten aufgedeckt, die auf die Existenz eines noch kunstvolleren Schaltkreissystems hinweisen. Hier liegt zur Zeit die Grenze der Zellforschung.

Das Elektronenmikroskop weist innerhalb der Chloroplasten gewisse trommelförmige Körper nach, die Grana, die kettenförmig miteinander verbunden sind. Bei neunzigtausendfacher Vergrößerung wird sichtbar, daß jedes Granum aus etwa einem Dutzend scheibenförmiger Membranen besteht, die übereinander liegen wie aufgetürmte Münzen. Die flachen Chlorophyllmoleküle sind zu klein, um selbst bei einer solchen Vergrößerung sichtbar zu werden, aber man nimmt an, daß sie sich in den Membranen der Grana befinden.

Auf dieser Ebene, wo Biologie und Elektronik sich treffen, wirkt sich die volle Komplexität der Zellorganisation aus. In den Grana, den dichtgepackten zylinderförmigen Körpern innerhalb der Chloroplasten, scheinen sich dieselben Grundphänomene abzuspielen wie in den Kristallgittern der Transistoren, die heute in Fernseh-, Radio und Radargeräten, in elektronischen Armbanduhren und den Lenksystemen von

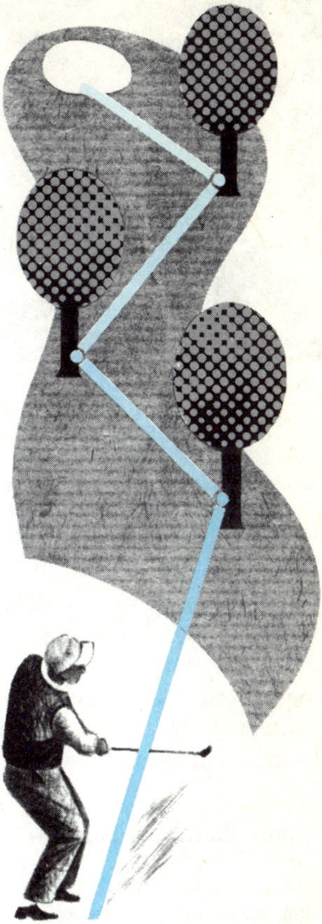

In dieser Zeichnung stellt der Schläger des Golfspielers ein Photon dar, der Golfball ein Elektron. Schlägt ein Photon auf ein Chlorophyllmolekül, wird ein Elektron in Bewegung versetzt («angeregt»). Auf einer Zickzackbahn saust das Elektron (der Ball) von einem Akzeptormolekül (Baum) zum anderen. Dabei verliert es Energie – der Ball fliegt immer langsamer, bis er auf der Rasenfläche ausrollt, auf der er vorher gelegen hatte. Die bei jedem Aufprall abgegebene Energie dient der Erzeugung von ATP.

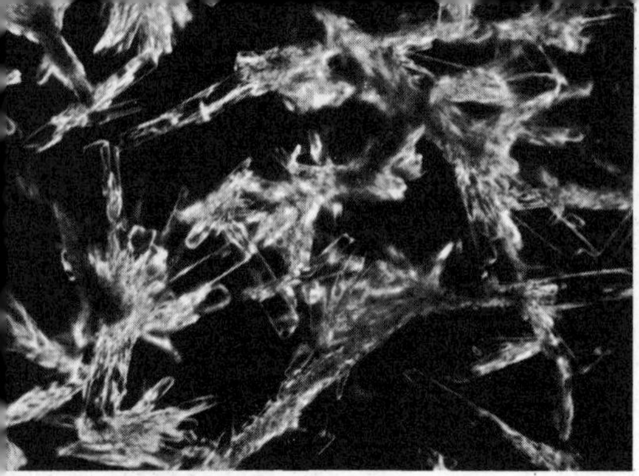

Hier sieht man Kristalle der energiereichen Verbindung Adenosíntriphosphat (ATP). Die «Atmung» der Pflanzenzelle wird in der Wissenschaft auch Dissimilation genannt. Bei der Photosynthese wird mit Hilfe der Strahlungsenergie des Lichts Wasserstoff aus dem Wasser abgespalten und Sauerstoff freigesetzt. Der Wasserstoff wird auf das Kohlendioxyd übertragen und geht eine Kohlenstoffverbindung ein. Diese «Assimilation des Kohlendioxyds» wird bei der Dissimilation oder Atmung umgekehrt: die Kohlenstoffverbindung (Kohlenhydrat) wird mit Sauerstoff oxydiert und gibt die darin enthaltene Energie frei. Bei der Atmung zieht die Zelle die gesamte Energie wieder heraus, die bei der Photosynthese in das Kohlenhydrat hineingesteckt wurde. Atmung (Dissimilation) ist also der oxydative Abbau der Kohlenhydrate (Zucker), der sich in mehreren Stufen vollzieht. Auf jeder Stufe der Atmungskette wird ein bestimmter Energiebetrag verfügbar. Das ATP-Molekül fängt diese «überschüssige» Energie auf und leitet sie an die Orte der Zelle weiter, an denen Energie für Stoffwechselleistungen benötigt wird.

Langstreckenraketen verwendet werden. Die Arbeitsweise der Transistoren verlangt einen kontrollierten Elektronenfluß durch fixierte atomare Strukturen. Die Pflanzenteile, die die Sonnenenergie einfangen, scheinen in gleicher Weise zu funktionieren. Die Substanz der Zellen ist eine flüssige, gallertartige Masse; aber in ihr befinden sich stabile, festweiche Strukturen. In jeder Pflanzenzelle arbeitet etwas Kristallines und etwas Elektronisches.

Sonnenbatterien des Menschen

Was ist also bis jetzt mit der Pflanze in dem versiegelten Glasgefäß geschehen? Die Chlorophyllmoleküle in den Chloroplasten haben einen kontrollierten Elektronenstrom produziert. Lichtenergie ist in elektrische Energie umgewandelt worden. Die wesentliche Aufgabe der Assimilation ist aber nicht die Erzeugung von Strom, sondern von energiereichen Nahrungsstoffen aus dem Kohlendioxyd und dem Wasser, das die Pflanze ihrer Umgebung entnimmt. Der nächste Schritt der Photosynthese verwendet einen anderen Umwandlungsprozeß, und zwar die Umwandlung von elektrischer in chemische Energie. Die Energie, die von den Elektronen der Chloroplasten abgegeben wird, muß jetzt in eine chemische Verbindung eingebaut werden. Diese Umwandlung der Energie, mit der die Elektronen der Chloroplasten aufgeladen sind, vollzieht sich, während sie ihre Extraladung an die Kette der Akzeptormoleküle abgeben. Das Ergebnis dieses energieverteilenden Vorgangs ist die Bildung einer lebenswichtigen chemischen Verbindung, des Adenosintriphosphats, abgekürzt ATP (Sauerstoff

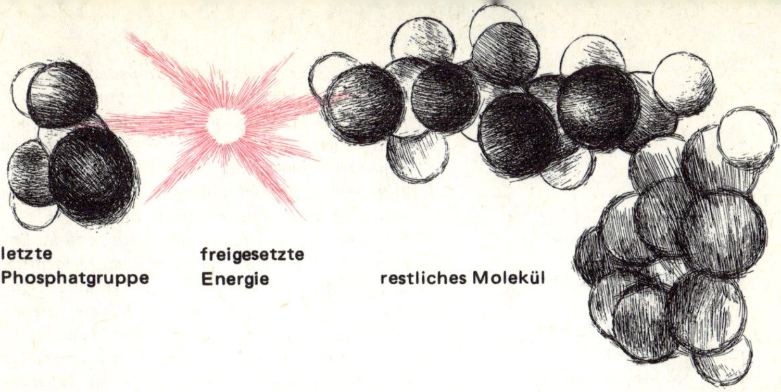

In jeder lebenden Zelle befinden sich unzählige Moleküle, die für die chemischen Prozesse verantwortlich sind, welche es der Zelle ermöglichen, sich zu bewegen, zu wachsen und sich zu vermehren. Diese Reaktionen bedürfen der Energie, die durch ATP geliefert wird, das sich in allen Zellen findet. ATP enthält eine Phosphatgruppe mit einer energiereichen chemischen Bindung, die durch das entsprechende Enzym abgespalten wird und ihre Energie freigibt zur Bildung von Eiweiß beispielsweise oder zur Muskelkontraktion.

und Phosphor). Dieses Molekül enthält drei Phosphatatomgruppen. Sie sind wie der Schwanz an einen Papierdrachen an die Hauptgruppe von Atomen angehängt, die das Molekül bilden. Die chemische Energie, die aus der Elektronenbewegung innerhalb der Chloroplasten stammt, ist nun in die Kraft eingegangen, die die letzten dieser Phosphatgruppen an das ATP-Molekül bindet.

Brennstoff für die Flamme des Lebens

Diese Synthese der geladenen ATP-Moleküle ist eine außerordentlich wichtige Zellfunktion, da sie den unbedingt notwendigen Brennstoff für alle Stoffwechselvorgänge liefert. Die Energie, die ursprünglich durch die Sonne freigesetzt und dann nacheinander in Licht und Elektrizität verwandelt wurde, hat schließlich in einer organischen Verbindung ihren Ruheplatz gefunden. Die Energie, die nötig war, um die dritte Phosphatgruppe zu binden, ist nun im ATP-Molekül eingeschlossen und wird frei werden, wenn die Verbindung auseinanderbricht und die dritte Phosphatgruppe sich abspaltet. Das Molekül gleicht einer stramm aufgezogenen Spiralfeder, die in dem Augenblick der Auslösung eines Sperriegels abläuft.

Während die aufgeladenen ATP-Moleküle erzeugt werden, läuft eine Begleitreaktion in den Chloroplasten ab, die energiereiche Elektronen verwendet, um das von der Pflanze aufgenommene Wasser zu «spalten». Das Ergebnis dieser Reaktion ist die Bildung von Trägermolekülen $TPNH_2$, die etwas von dem Wasserstoff aus dem «gespaltenen» Wassermolekül binden. Diese Reaktion gibt an die Atmosphäre Sauerstoff ab, der von den tierischen Organismen gebraucht wird.

Geeignete, aber abgeneigte Moleküle

Diese drei Zeichnungen veranschaulichen in scherzhafter Form die Wirkung von Enzymen. Junge und Mädchen stellen Moleküle dar, die wohl zusammenkommen könnten, aber zu schüchtern sind. Jetzt schaltet sich Mutter Enzym ein und führt die beiden zusammen. In schönster Harmonie kommen die Moleküle in Schwung – das Enzym zieht sich zurück. Enzyme oder Fermente (von lateinisch ferméntum = Gärstoff) sind kompliziert aufgebaute organische Verbindungen, die den Ablauf chemischer Umsetzungen durch Erhöhung der Reaktionsgeschwindigkeit beschleunigen, ohne selbst chemisch verändert zu werden. Solche Substanzen heißen Katalysatoren (griechisch = «Auflöser»). Es sind mehr als 700 Enzyme bekannt – Biokatalysatoren also, wie zum Beispiel das Ptyalín im Speichel, das Stärke aufspaltet, oder das Pepsín der Magenzellen, das Eiweißmoleküle umsetzt und für die Verdauung wichtig ist.

Das Enzym tut seine Pflicht

Geeignete und geneigte Moleküle

ATP und $TPNH_2$ sind die Hauptprodukte der ersten Stufe der Photosynthese. Die zweite Stufe besteht aus einer Gruppe miteinander verwandter Reaktionen («Dunkelreaktionen»), die Kohlendioxyd und Wasserstoff als Rohstoff für die Produktion einer Reihe von Substanzen benutzen, die für den Bau und die Erhaltung von Pflanzengewebe benötigt werden. Das Kohlendioxyd für diesen Herstellungsprozeß wird aus der Luft eingeatmet, Wasserstoff kommt von den $TPNH_2$-Molekülen. Die Energie für diesen Vorgang, die durch das ATP geliefert wird, steht nach Auslösung des «Sperriegels» zur Verfügung, worauf die aufgezogene «Feder» abläuft und die dritte Gruppe der Phosphate von dem ATP-Molekül abspaltet. Ein Hauptendprodukt dieser ATP-getriebenen zweiten Phase der Photosynthese ist die Nährstoffverbindung Glukose (Traubenzucker), eine Zuckerform. Das Glukosemolekül enthält in einer bestimmten Anordnung sechs Kohlenstoff-, zwölf Wasserstoff- und sechs

Die wechselseitige Abhängigkeit von Tier und Pflanze beweist dieses berühmte Experiment des englischen Theologen und Naturforschers John Priestley (1733–1804). In einen fest verschlossenen Glashafen setzte er eine Maus und eine Pfefferminzpflanze. Die Pflanze atmete Sauerstoff aus, den die Maus brauchte; die Maus atmete Kohlendioxyd aus, welches die Pflanze brauchte. Dieselbe Maus erstickte jedoch, wenn sie allein in dem Glashafen war.

Sauerstoffatome – alles Stoffe, die den von der Zelle aus Luft und Boden absorbierten Rohmaterialien entstammen. Diese Herstellungsarbeit – eine Neukombination von chemischen Elementen mittels Sonnenenergie – ist eine Art Baukastenspiel, in dem die Strukturen Stück für Stück und Schritt für Schritt aufgebaut werden, und in dem jede Veränderung nach genauem Plan vor sich geht. Das Endergebnis dieser Fließbandproduktion ist eine chemische Verbindung, Glukose, die die Energie des Sonnenlichts und das Abbauprodukt Sauerstoff, das für alle höheren Lebensformen notwendig ist, eingefangen hat. Glukose behält ihre Energie, bis sie gebraucht wird.

Obwohl die Sonnenenergie der wesentlichste Brennstoff für die Photosynthese ist, reicht sie allein nicht aus. Die primären chemischen Stoffe, die dabei eine Rolle spielen, reagieren nur träge miteinander, viel zu langsam, um die unaufhörlichen und wählerischen Ansprüche der lebenden Zellen zu befriedigen. Tatsächlich kann man alle bei der Photosynthese benötigten Grundstoffe im Labor zu einer Lösung mischen, und es geschieht nur sehr wenig.

Die Natur beschleunigt die chemischen Reaktionen in der Zelle durch die Proteinverbindungen, die man Enzyme nennt, und die als Katalysatoren wirken. Das Enzym kann wie ein Blasebalg, der ein heruntergebranntes Feuer anfacht, eine chemische Reaktion außerordentlich beschleunigen, so daß die Zelle in einer Minute vollbringt, was sonst einige tausend Jahre dauern würde. Ohne Enzyme könnte es kein Leben geben, wie wir es kennen.

Die Photosynthese ist ein unwahrscheinlich wirkungsvoller Prozeß, obwohl er durch die Kombination von elektronischen und chemischen Reaktionen stark kompliziert wird. Die Laboratoriumsanalyse zeigt, daß durch Photosynthese bis zu 75 Prozent der Lichtenergie, die von der Pflanze aufgenommen worden ist, in chemische verwandelt wird. Die von Menschen hergestellten Maschinen zur Umwandlung von Energie, zum Beispiel

Dampfmaschinen, haben einen durchschnittlichen Wirkungsgrad von 30 Prozent.

Es muß darauf hingewiesen werden, daß viele der einzelnen Schritte in der Photosynthese erst noch genauer erforscht werden müssen. Die Wissenschaftler wissen, daß Licht, Wasser und Kohlendioxyd an einem Ende der Photosynthese stehen und Glukose und Sauerstoff am anderen, wobei die Glukose in dem Pflanzengewebe gespeichert und der Sauerstoff in die Atmosphäre abgegeben wird. Aber viele Zwischenschritte des Vorgangs sind noch weitgehend unbekannt, so daß es vorläufig nur Hypothesen und kein exaktes Wissen geben kann.

Öffnen des Energiepakets

Der zweite Teil des großen natürlichen Systems, der zusammen mit der Photosynthese einen Kreislauf der Stoffwechselvorgänge bildet, vollzieht sich auch in tierischen Zellen. Seine Funktion besteht darin, die in der Glukose «verpackte»

Dieses lebhafte Äffchen wohnt in einem blaugestrichenen Metallkäfig, der gegen Außenluft hermetisch abgeschlossen ist. Warum erstickt es nicht? Weil Millionen Algen in der Glasapparatur links Sauerstoff abgeben, wenn sie Licht erhalten und dieses «Abfallprodukt» der Algen in den Affentank geleitet wird. Der Affe seinerseits atmet Kohlendioxyd aus, das die Algen unbedingt zum Leben brauchen.

FREISETZUNG DER ENERGIE IM ZUCKER

DER ERSTE SCHRITT einer Tierzelle zur Wiedergewinnung der von der Pflanze im Zucker gespeicherten Energie ist die Spaltung jedes Zuckermoleküls in zwei Brenztraubensäure- oder Pyruvat-Moleküle. Dieser Vorgang vollzieht sich in mindestens 11 Reaktionsschritten, deren jeder durch ein bestimmtes Enzym ausgelöst wird. Das Ergebnis ist die Freisetzung von ungefähr 56 000 Energiekalorien aus jedem Zuckermolekül und die Bildung von ATP-Molekülen, die einen Teil der entstandenen Energie auffangen (goldene Sterne).

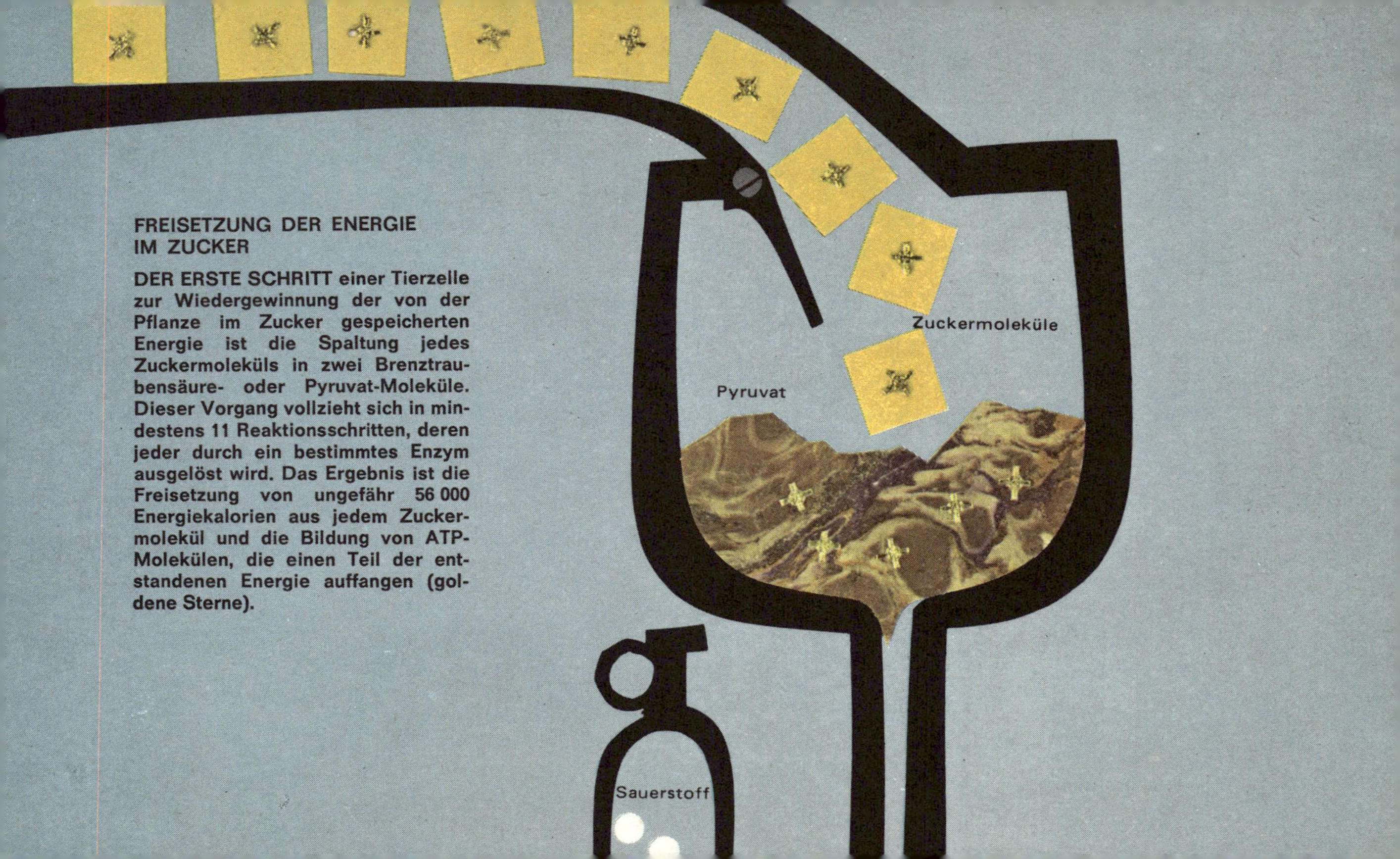

BRENZTRAUBENSÄUREMOLEKÜLE werden von bestimmten Zytoplasmastrukturen, den Mitochondrien, aufgenommen, wo sie in einer Reihe von enzymgesteuerten Reaktionen, die man in ihrer Gesamtheit als Krebszyklus bezeichnet, umgewandelt werden. Die Entdeckung dieser «Mühle» war ein wichtiger Meilenstein auf dem langen Wege der Biochemie.

DAS PRODUKT des Krebszyklus ist Kohlendioxyd. Die während des Zyklus frei gewordenen Elektronen werden einer Reihe von Elektronenträger-Molekülen der Atmungskette zugeleitet und verbinden sich schließlich mit Sauerstoffatomen, die dann Wasserstoff zur Bildung von Wasser an sich reißen. Ein Teil der Elektronenenergie wird zur Synthese von weiteren ATP-Molekülen verwendet. Auf jedes bei der Atmung beteiligte Zuckermolekül kommen 38 neue ATP-Moleküle, die die Zelle mit der lebensnotwendigen Energie versorgen.

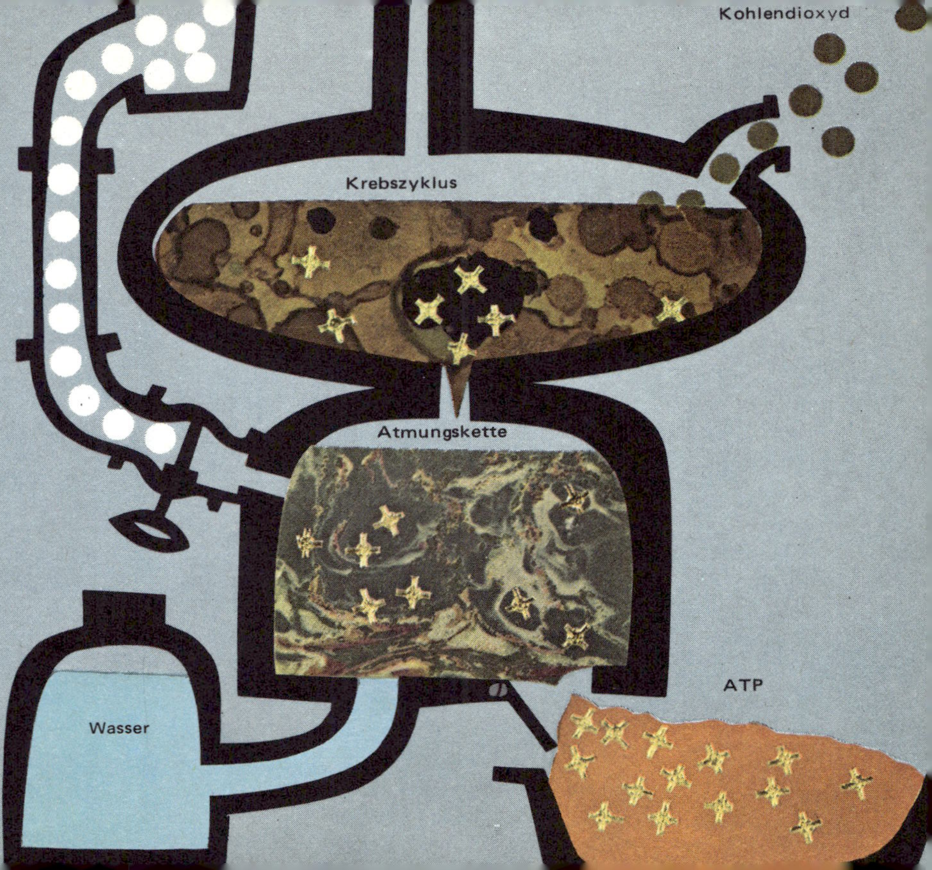

Energie in eine Form zu bringen, die vom tierischen Organismus verwendet werden kann. Auch dieses zweite Hauptsystem ist in dem versiegelten Glasgefäß mit der Wasserpflanze und der Schnecke zu beobachten. Der Prozeß beginnt, wenn die Schnecke die grünen Blätter der Pflanze abgenagt hat und den von ihr als Abfallprodukt abgegebenen Sauerstoff aufnimmt. Die Energie enthaltende Glukose, die von der Pflanze synthetisiert und von der Schnecke verzehrt wurde, wird mit dem Blutkreislauf zu den einzelnen Zellen transportiert und durch die äußere Zellmembran aufgenommen.

Tiere brauchen genau wie Pflanzen den hochwertigen Treibstoff ATP für ihren Stoffwechsel, aber sie stellen ihn nicht aus Sonnenlicht her. Statt dessen synthetisieren sie ihn mit der aus der Glykolyse gewonnenen Energie. Der erste Schritt dieses Vorgangs findet im flüssigen Teil der Zelle, im Zytoplasma, statt und wird Glykose genannt (das griechische Wort Glykolýse bedeutet: Lösung des Süßen; Aufspaltung des Traubenzuckers). In einer Reihe von Reaktionen, die von ATP angetrieben und von den entsprechenden Enzymen beschleunigt werden, ergibt jedes Glukosemolekül zwei Moleküle eines neuen Stoffes, der Brenztraubensäure heißt. Während der Glykose werden immer zwei ATP-Moleküle verbraucht (die aus vorangegangenem Glukoseabbau stammen), aber vier neue erzeugt, so daß zwei übrig sind.

Die Glykolyse ist die Vorstufe eines komplizierten Vorgangs, der nach dem 1900 in Hildesheim geborenen Biochemiker und Nobelpreisträger Sir Hans Adolf Krebs benannt ist, der ihn 1937 entdeckte. In diesem Zyklus, der auch den Namen Zitronensäurezyklus führt, nimmt die tierische Zelle unter Anwesenheit von Sauerstoff Brenztraubensäure auf und wandelt sie in einem Kreislauf von Reaktionen in Kohlendioxyd um. Dabei entsteht zugleich Wasser und ATP.

Die Elektrizitätswerke der Zelle

Der Krebszyklus benutzt in den tierischen Zellen die Mitochondrien für einen Prozeß, der im wesentlichen eine Umkehr der Photosynthese ist. Die Mitochondrien sind längliche Kapseln, die mit einem starken Lichtmikroskop sichtbar gemacht werden können. Sie haben eine durchlässige äußere Wand, die bereitwillig die für den Krebszyklus notwendigen Stoffe einläßt.

Der in den Mitochondrien verlaufende Krebszyklus kann, ähnlich dem photosynthetischen Vorgang in den Chloroplasten der Pflanzenzellen, einem Fließband mit angeschlossenem Energieproduktionssystem verglichen werden. Wie auch in der Photosynthese verwendet der Krebszyklus spezifische Enzyme, um die chemischen Reaktionen zu beschleunigen, die jede der zwölf oder mehr Stufen des Gesamtvorgangs ausmachen.

Mit den durch die Glykolyse freigesetzten Brenztraubensäuremolekülen

Die Feinstruktur eines Mitochóndrions zeigt sich nur im Elektronenmikroskop. Bei dem aufgeschnittenen Modell oben ist deutlich zu sehen, daß eine glatte Außenmembran die mannigfach eingestülpte innere Membran umhüllt. In den Mitochondrien findet die Umsetzung der Nahrung in Energie statt. Diese Leistung erbringen die Mitochondrien mit Hilfe von Atmungsenzymen. Die Vergrößerung im Kreis deutet an, wie wir uns die Enzyme auf der labyrinthischen Innenoberfläche des Mitochondrions lokalisiert denken müssen.

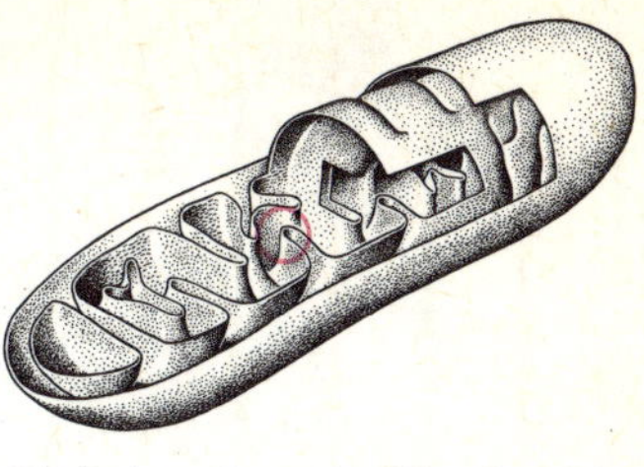

Doppelmembran des Mitochondrions

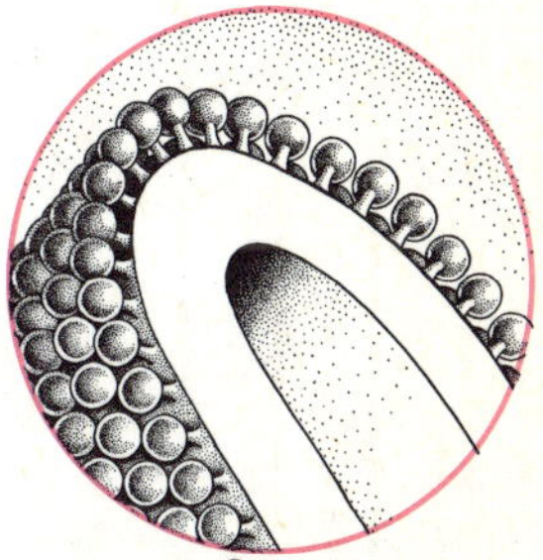

Oxysomen
(Enzyme der Atmungskette, sowie des Citrat-Zyklus)
[Ca, Mg-Ionen Speicher]

beginnend, erzeugen der Krebszyklus und das ihm angeschlossene Elektronentransportsystem 36 ATP-Moleküle für jedes Glukosemolekül, das ursprünglich dem glykolytischen Prozeß zugeführt wurde. Diese gewaltige Energieproduktion liefert als Abbaustoffe Kohlendioxyd und Wasser.

Obwohl noch viele Einzelheiten über die Stufen dieser Vorgänge unbekannt sind, weiß man, daß einige Reaktionen denen in den Chloroplasten der Pflanzen ähneln, in denen energiereiche Elektronen von einem Akzeptormolekül zum anderen transportiert werden und dabei ihre Energie abgeben, die dann zur Erzeugung von ATP gebraucht wird. In den Mitochondrien sind die Elektronen dagegen mit der aus dem Krebszyklus gewonnenen Energie aufgeladen (der wiederum seine Energie aus dem Glukoseprodukt Brenztraubensäure bezieht) und nicht mit Sonnenlichtenergie.

Bei den Energie übertragenden Vorgängen in den Mitochondrien vollzieht sich also offenbar ein ähnlicher Prozeß wie bei der ATP-Erzeugung in Pflanzenzellen, aber die Endprodukte sind sehr verschieden voneinander. In der (pflanzlichen) Photosynthese werden dem Wasser Wasserstoffatome zur Freisetzung von Sauerstoff entzogen. In der Energiekette innerhalb der Mitochondrien dagegen werden die Wasserstoffatome, die Nebenprodukte des Krebszyklus sind, in positiv geladene Protonen und negativ geladene Elektronen aufgespalten. Die Elektronen werden dann von Molekül zu

Das Seewasser absorbiert die Spektralfarben des Sonnenlichts in unterschiedlicher Stärke, je nach der Wassertiefe. Rote Lichtwellen werden bereits in den oberen Regionen absorbiert, grüne dagegen dringen viel tiefer hinab. An dieses Phänomen haben sich die Meeresalgen einzigartig angepaßt. Die oberflächennahen Grünalgen (z. B. der Meersalat) nehmen rotes Licht auf, dagegen weisen die Algen in größerer Tiefe eine rote Färbung auf, die ihnen bei der Umwandlung des grünen Lichts in Energie hilft.

Molekül weitergereicht (wie bei der Photosynthese), bis sie fast alle Energie für die Erzeugung von ATP abgegeben haben. Schließlich verbinden sich die Protonen mit freien Elektronen zu Wasserstoffatomen, die dann mit Sauerstoffatomen zusammen Wasser bilden. So ergeben also zwei im wesentlichen ähnliche Reaktionen in einem Fall als Endprodukt Wasser, im anderen Sauerstoff.

Eingetopfte Pflanzen werden hier verschiedenfarbigem Licht ausgesetzt, um die Wirkungen unterschiedlicher Lichtwellenlängen auf die Photosynthese zu untersuchen. Das Wachstum der grünen Pflanzen zeigt meßbare Unterschiede, aus denen sich die Abhängigkeit der Photosynthese von der Lichtwellenlänge ergibt. Rotes und blaues Licht liefern mehr Energie für Photosynthese und Wachstum als zum Beispiel Gelb oder Orange.

Den Vergleichskampf mit einer Dampflokomotive gewinnt ein Mitochondrion spielend: Es verwandelt rund 50 Prozent der Nahrung in Energie, die Dampflok aber nur 8 Prozent. Ein Mitochondrion hat also einen sechsmal höheren Wirkungsgrad!

Auf der Spur des Unsichtbaren

Untersuchungen, wie die Energieumwandlungen in der Zelle vor sich gehen, sind nur ein Teil der augenblicklichen Forschung auf dem Gebiet der Photosynthese, des Krebszyklus und der mit ihnen verbundenen Systeme. Nach dem Prinzip, daß Form und Funktion unweigerlich in Beziehung zueinander stehen, untersuchen die Wissenschaftler auch die Struktur und Organisation der Arbeitsteile dieser Systeme auf molekularer Ebene.

Sowohl Mitochondrien als auch Chloroplasten sind gebaut nach bis ins kleinste durchdachten Plänen. Wenn Mitochondrien Ultraschallwellen oder Reinigungsmitteln ausgesetzt werden, tritt der halbflüssige Stoff, mit dem sie gefüllt sind, aus, und die Mitochondrien können ihre Hauptaufgabe im Krebszyklus nicht mehr erfüllen. Es ist daher anzunehmen, daß der Zyklus sich in den flüssigkeitsgefüllten Räumen der Mitochondrien vollzieht. Der Elektronenkreislauf aber geht weiter, woraus geschlossen werden kann, daß diese Systeme in den unveränderten Innenwänden der Mitochondrien ihren Platz haben.

Neuere Ergebnisse der Forschung scheinen anzudeuten, daß die Innenwände sowohl der Mitochondrien als auch der Chloroplasten in Mosaikform aus vielen tausend Teilchen aufgebaut sind. Jede Grundeinheit des Mosaiks hat einen Durchmesser von ungefähr 25 Millionstel eines Millimeters. Darunter sind kaulquappenförmige Elemente, die die einzelnen Akzeptormoleküle der Transportkette enthalten. Sie sind bei den gewaltigen, bis zu achthunderttausendfachen Vergrößerungen der Elektronenmikroskope deutlich erkennbar.

Die Untersuchungen zeigen, daß die Moleküle der Elektronentransportkette in einer bestimmten Anordnung nahe beieinanderliegen, um das Fließband für die Erzeugung von ATP zu bilden. Daraus könnte man schließen, daß der kontrollierte Strom geladener Teilchen in Tier- und Pflanzenzellen, in künstlichen genau wie in natürlichen elektronischen Systemen offenbar einer festen Ordnung von Bauelementen und eines besonderen

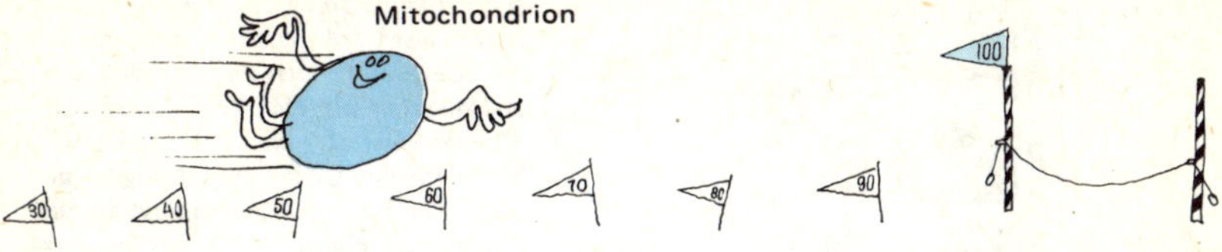

50 Prozent Wirkungsgrad

Schaltplans bedarf. Einer der wesentlichsten Fortschritte der sich sehr schnell entwickelnden Biologie ist die Entdeckung, daß die Natur ihre mit großer Sorgfalt konstruierten elektronischen Einrichtungen in alle Organismen eingebaut hat.

Die freien Elektronen, jene winzigen elektrischen Ströme, die entlang der Transportkette weitergeleitet werden, sind die Schlüssel zum Leben sowohl der Pflanzen- als auch der Tierzellen. Wie zu erwarten ist, wird der Strom stärker, je aktiver der Organismus ist. Bei einem ruhenden Menschen wandern vielleicht drei Elektronen in einer Sekunde die Kette entlang. Während der Zeit stärkster Aktivität kann die gleiche Kette bis zu 30 Elektronen pro Sekunde befördern. Wenn man bedenkt, daß jedes Mitochondrien etwa 15 000 Ketten enthält, eine Zelle zwischen 50 und 5000 Mitochondrien und der menschliche Körper Milliarden von Zellen, wird es deutlich, daß der in uns fließende gesamte Elektronenstrom gewaltig sein muß.

Die Vorgänge in den Mitochondrien spielen eine Hauptrolle bei der Erhaltung des Energiegleichgewichts aller Organismen. Wenn reichlich Nahrung und Energie vorhanden sind, werden zum Beispiel einige der durch den Oxydationsprozeß erzeugten Verbindungen aus dem Krebszyklus herausgenommen und in eine andere Bahn geleitet, wo sie in Fette verwandelt und in der Zelle gespeichert werden.

Wie wir hungern

Diese Fettreserven in den Zellen werden in Notzeiten abgerufen. Wenn ein Mensch einen oder zwei Tage aller Nahrung entbehren mußte, wird diesem Mangel mittels der in verschiedenen Organen (etwa der Leber) gespeicherten Zucker- und Stärkevorräte abgeholfen. Dauert die Hungerzeit jedoch länger, müssen die Fettreserven der Zellen in Anspruch genommen werden. Die Mitochondrien der fetthaltigen Zellen vermehren sich und ziehen aus den Fetten der Zelle die Energie. Während einer absoluten Hungerperiode kann sich der Körper für etwa neun bis zehn Wochen dadurch erhalten,

Um Weltraumfahrer reichlich mit Nahrung und Sauerstoff zu versehen, arbeiten die Biotechniker an einem geschlossenen ökologischen System für die Raketenkapsel. Algenkulturen scheiden Atemsauerstoff aus und können dem Astronauten als Nahrung dienen. Der Mensch liefert die lebenswichtigen Stoffe für das Gedeihen der Algen, vor allem atmet er Kohlendioxyd aus. Theoretisch bleibt dieses System ausbalanciert, solange es gebraucht wird.

daß die Fettreserven zur Oxydation durch den Krebszyklus zurückgeleitet werden.

Diese Fettreserven retteten einen Piloten und seinen Passagier, die 1963 über der kanadischen Wildnis abstürzten. Der Vorfall erregte damals viel Aufsehen. Trotz einer Temperatur von unter Null Grad überlebten die beiden sieben Wochen Hunger. Da sie nur ganz kargen Proviant hatten, der kaum für eine Woche reichte, blieben sie sechs Wochen lang völlig ohne Nahrung. Als sie endlich gefunden wurden, waren wahrscheinlich ihre letzten Fettreserven verbraucht. Auf alle Fälle hatten schon die letztmöglichen Erhaltungsmaßnahmen des Körpers eingesetzt, nämlich der Abbau der Proteine aus den Muskeln und anderen Geweben, die dann dem Krebszyklus zur Energiebildung zugeführt wurden. Daraus erklärt sich auch die charakteristische Magerheit in den letzten Stadien des Verhungerns.

In der heutigen Forschung verbinden sich die Anstrengungen der Biologie und der Elektronik, um diese letzten Untersuchungen der Photosynthese, des Krebszyklus und verwandter biochemischer Prozesse auszuwerten und weiter zu verfolgen. Zukünftige Studien dürften auf noch komplexere Phänomene stoßen, als sie bisher erkannt wurden. Dabei hat es trotz intensiver Anstrengungen ein halbes Jahrhundert gedauert, bis man zu den heute bekannten Ergebnissen gelangte. Das Problem ist nicht mehr länger darauf begrenzt, Einzelschritte der biochemischen Reaktionskette von Glukose bis zum Krebszyklus herauszubekommen. Die meisten Schritte sind bekannt, und jeder besteht aus einer relativ einfachen Reaktion. Die große Aufgabe ist jetzt das Verständnis der Beziehung des Ganzen zu seinen Teilen. Der Krebszyklus und die Glykolyse bestehen aus etwa 22

Sinnbild der Atmung: die lebenden Zellen, aus denen die Körper dieser Froschmänner bestehen, verbrauchen für jede Bewegung Energie. Die Nahrungssubstanzen müssen dabei in den Zellen verbrannt werden. Dazu atmen die Taucher Sauerstoff ein. Abfallprodukte der Atemluft – Kohlendioxyd – blubbern zur Wasseroberfläche empor.

enzymatischen Reaktionen, die alle ineinandergreifen. Jede Veränderung an irgendeiner Stelle dieses Netzwerks zieht notwendigerweise den gesamten Komplex in Mitleidenschaft.

Einen kleinen Eindruck von der Komplexität der modernen Biologie vermittelt vielleicht die Tatsache, daß eine einzige Krebszelle der Schauplatz von mehr als 2000 enzymatischen Reaktionen sein kann.

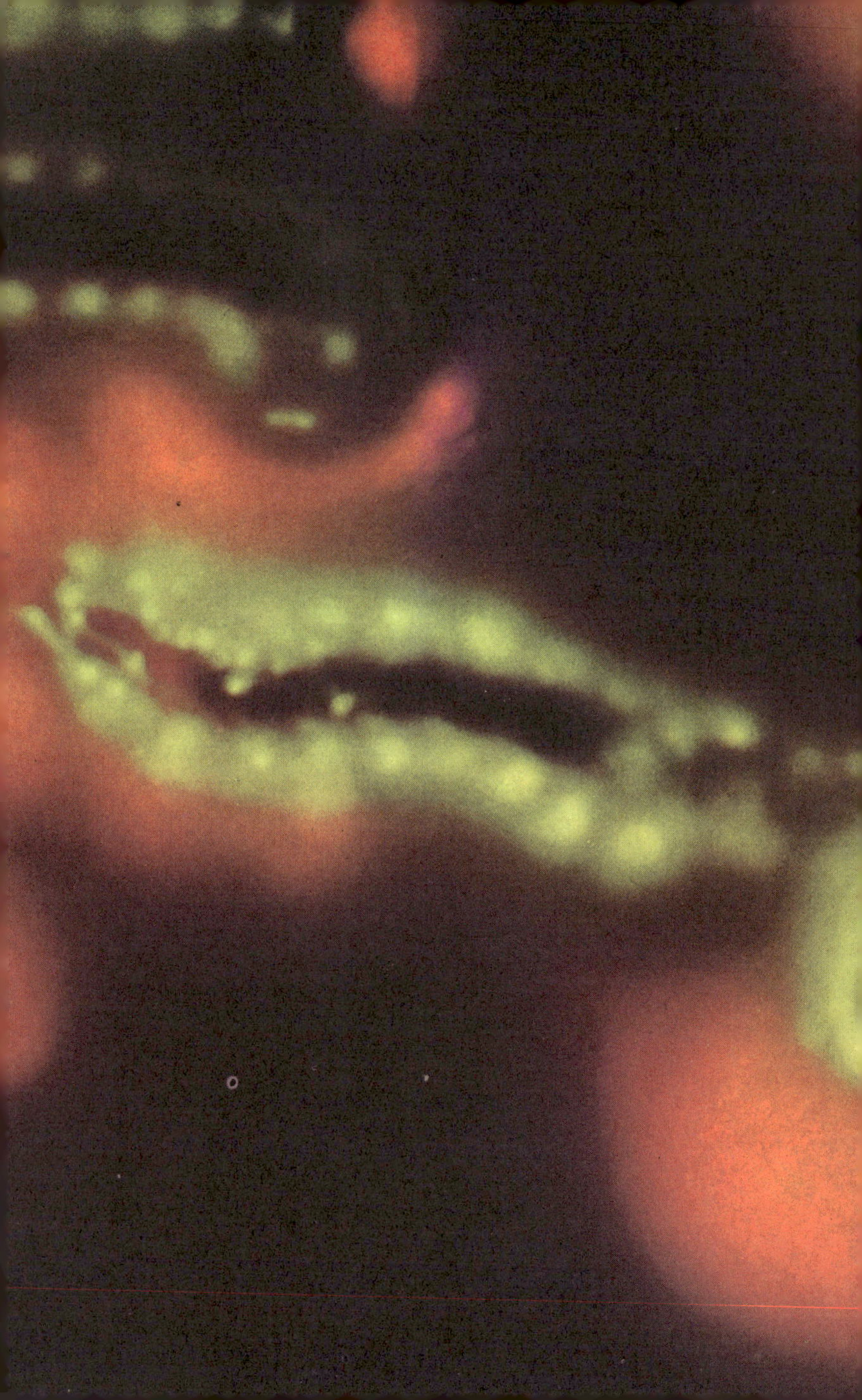

In Südamerika lebt ein Käfer, dessen Larven «railroad worms» genannt werden. Denn diese «Eisenbahnwürmer» können rote und grüne Signallampen aufleuchten lassen (links), wenn sie erregt werden. In Ruhe gelassen, rollen sich die unscheinbaren Maden zusammen. Die chemische Energie für das Leuchten wird von Enzymen in spezialisierten Zellen aus ATP-Molekülen entbunden. Elf Paare grün-gelber Flecke ziehen sich in Reihen auf beiden Körperseiten hin, am Kopfende liegen zwei rote «Ampeln». Nachts gehen die roten Lichter an. Nur wenn der Eisenbahnwurm gestört wird, leuchten auch die grünen Scheinwerfer auf und schrecken Feinde ab. Ohne ATP könnte das Würmchen nicht leuchten, könnte überhaupt kein Lebewesen existieren. Denn Leben braucht Energie. Und Energie ballt sich im ATP-Molekül, aus dem Enzyme sie wärme- und kraftspendend herausreißen.

3

Der Architekt und der Baumeister

Der lebendigste Eindruck von den Vorgängen innerhalb der Zelle wird durch Zeitrafferaufnahmen bei tausendfachen Vergrößerungen vermittelt. Zeitrafferfilme zeigen das Geschehen in beschleunigter Form, in der etwa eine Minute wirklicher Ablaufzeit in eine Sekunde zusammengedrängt wird. Dadurch erscheint das Leben der Zelle natürlich viel turbulenter, als es wirklich ist. Das Bild zeigt eine wirbelnde, brodelnde Flüssigkeit, durch die die Mitochondrien rasen wie steuerlos gewordene Rennwagen.

Mitten in diesem Aufruhr liegt das ruhige «Herz» der Zelle – ein «toter Punkt», in dem es kaum Bewegung zu geben scheint. Dieser Teil, den eine doppelte Membran von der ihn umgebenden Flüssigkeit abschließt, ist der Zellkern, der Núklëus. Seine Ruhe ist nur Schein; denn er enthält den Schlüssel zu dem größten Geheimnis des Lebens. Die moderne Mikrobiologie hat gerade über den Zellkern und seine Funktionsweise revolutionierende Entdeckungen gemacht – aufsehenerregende Erkenntnisse, die zum erstenmal einen tiefen Einblick in die Funktionsweise der Vererbung gewähren.

Vererbung ist der Prozeß, durch den körperliche und geistige Anlagen der Eltern auf ihre Nachkommen übertragen werden. Jeder weiß, daß es hier viele Unsicherheiten gibt. Ein Kind kann die Gesichtszüge von seiner Mutter, die Haarfarbe aber von seinem Vater haben. Oder es kann eine völlig unerwartete musikalische Begabung entwickeln, obwohl alle anderen Familienmitglieder nicht einmal einfache Kinderlieder bewältigen können. Und es kann auch einen Erbfehler haben, obwohl seine Familie völlig normal erscheint.

Das Rätsel der Vererbung hat die Forscher schon seit Jahrhunderten beschäftigt. Man kannte im großen und ganzen die Gesetze der Vererbung und arbeitete mit ihnen in der Tierzucht und im Gartenbau mit wechselnden Erfolgen. Die unglücklichsten Folgen hatte eine Sitte, die bereits in vorgeschichtlicher Zeit aufkam, als einige Völkerstämme den Adel für erblich erklärten. Vielleicht handelten sie aus der Überlegung: Wenn Gesichtszüge erblich sind, müßten es Charaktereigenschaften auch sein. Die Annahme, daß sich Stärke und Intelligenz vom Vater auf den Sohn übertragen, wurde durch die Jahrhunderte in der verschiedensten Weise verteidigt. Eine weitverbreitete Theorie, die sich bis in die Neuzeit hinein erhalten hat, behauptete, daß der Vater im Zeugungsakt ein winziges Ebenbild seiner selbst in

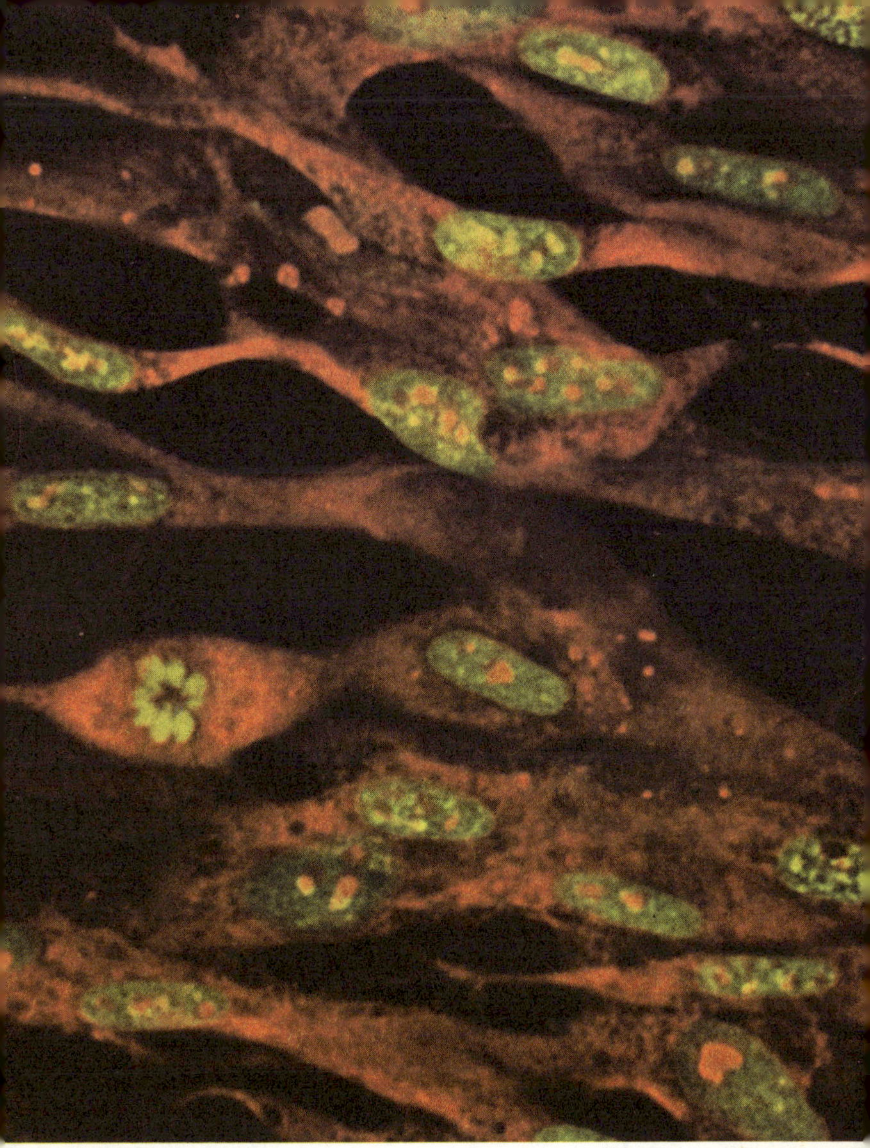

In diesem leuchtend gefärbten Präparat menschlichen Lungengewebes werden die beiden wichtigsten Stoffe, die in jeder Zelle zu finden sind, klar erkenntlich. Die DNS-Moleküle, die den Lebenslauf der Zelle festlegen und steuern, sind gelb und grün gefärbt. Die roten und orangefarbigen Teile sind verwandte RNS-Moleküle, die, durch DNS gelenkt, das ganze für die Proteïnerzeugung in den Zellen benötigte Material ordnen.

den Schoß der Mutter bette, deren Aufgabe dann nur darin bestand, das kleine Wesen zu nähren und zu beschützen, bis es groß genug war, um geboren zu werden. Noch stärker verbreitet aber war ein anderer Irrtum, nach dem die Eigenschaften durch die Mischung des elterlichen Blutes auf das Kind übertragen wurden. Er hat sich in Redewendungen wie Blutlinie für Abstammungsverlauf oder königliches Blut für königliche Abstammung noch andeutungsweise erhalten.

Die Geschichte der Menschheit hat es sattsam bewiesen: Die Natur kennt keinen Erbadel! Diejenigen geistigen Eigenschaften, die zu überlegener politischer Führung befähigen, vererben sich leider nicht. Die menschliche Vererbung hat zu viele Unsicherheitsfaktoren. Mehr als eine königliche Dynastie endete in Mittelmäßigkeit, und Stämme und ganze Nationen sind von Dummköpfen oder gar Irrsinnigen regiert worden, die Söhne guter und fähiger Herrscher waren.

Auf der anderen Seite waren aber die Menschen schon früh erfolgreich in der Anwendung der Vererbungsprinzipien auf die Tierzucht. Haustiere wurden durch Auswahl der besten gezüchtet, wodurch sich im Laufe von Generationen der gesamte Viehbestand laufend verbesserte.

Mendels geniale Experimente

Während die Landwirtschaft nach diesen groben Regeln arbeitete, war die Wissenschaft sich völlig im unklaren darüber, warum die Bauern erfolgreiche Viehzüchter waren. Erst um die Mitte des letzten Jahrhunderts wurden auf diesem Gebiet die ersten wirklichen Fortschritte gemacht – und zwar gleich in einem so gewaltigen Sprung nach vorn, daß man erst Jahrzehnte später ihre wahre Bedeutung erkannte. Dieser Durchbruch gelang Gregor Johann Mendel, der 1822 in Heinzendorf in der heutigen Tschechoslowakei geboren wurde. Sein Vater war ein armer Bauer, hatte aber erhebliche Kenntnisse im Obstbau. Der Sohn Gregor wurde von seinem Vater in der Obstgärtnerei angeleitet und entwickelte ein bleibendes Interesse am Experimentieren mit Pflanzen. Da es der Familie an den finanziellen Mitteln fehlte, ihm eine Universitätsausbildung zu ermöglichen, ging er ins Kloster, wo er, nach seinen eigenen Worten, «der immerwährenden Sorge um den Lebensunterhalt enthoben war». Jedenfalls konnte er dort seinen beiden Neigungen, der zur Religion und der zur Gärtnerei, nachgehen.

Als junger Augustinermönch erhielt Mendel nur einen schmalen Streifen Land für seine Arbeit zugewiesen. (Später, als er Abt des Klosters war, stand ihm alles nötige Land zur Verfügung, aber die Verwaltung des Klosters ließ ihm kaum Zeit für seine Pflanzen.) Er schaffte es jedoch, auf dem kleinen Stück eine große Menge Pflanzen, Gemüse und Blumen für seine Experimente zu kultivieren, konzentrierte aber schließlich seine

Mit strahlenden Gesichtern zeigen die Schauspielerin Shirley MacLaine und ihre Tochter Stephanie den erstaunlichen Grad ihrer Ähnlichkeit. Doch sind Mutter und Kind trotz des gleichen Aussehens wesensmäßig verschieden, denn das Kind hat nur die Hälfte seiner Chromosomen, durch die sein Wesen unweigerlich bestimmt wird, von seiner Mutter, die andere Hälfte erhält es vom Vater.

Untersuchungen auf die Saaterbse (*Pisum sativum*). Er hatte 22 Sorten – kurzstämmige, hochstämmige, solche mit purpurroten und solche mit weißen Blüten, Sorten mit glattrunden Samen und Sorten mit runzligen Samen. Dann begann er, sie zu kreuzen – kurzstämmige mit hochstämmigen, rotblühende mit weißblühenden und so fort. Jeden Tag während der kurzen Blütezeit im Frühling bestäubte er selbst die Blüten und stülpte über jede einen kleinen Kattunbeutel. Wenn die Schoten reif waren, sammelte er die Erbsen und verwahrte sie sorgfältig bis zum nächsten Frühjahr. Dann wurden die Hybriden ausgesät – was mochte nun wohl daraus erwachsen? (Übrigens: eine Hybríde ist ein Pflanzen- oder Tierindividuum, dessen Eltern sich in einem oder mehreren Erbmerkmalen unterscheiden; hýbrida oder híbrida heißt lateinisch «Mischling, Bastard».)

Die Ergebnisse von Mendels Arbeit wurden 1865 in einer kleinen Schrift veröffentlicht. Für den Laien ist die Studie kaum mehr als eine komplizierte und scheinbar bedeutungslose Zahlentabelle. Hinter den Zahlen aber verbargen sich Schlußfolgerungen von ungeheurer Bedeutung. Als erstes stellte Mendel fest, daß ein ererbtes Merkmal als Ganzes ererbt wurde – das

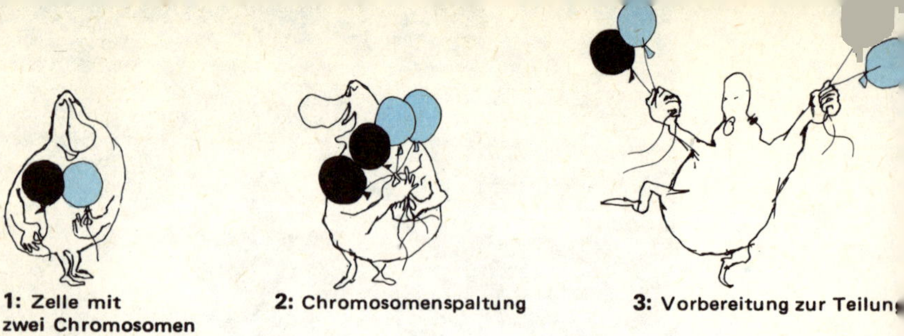

Vermehrung durch Teilung: Die meisten Zellen vermehren sich durch Kernteilung (Mitóse) Dabei erhält jede Tochterzelle die gleiche genetische Information. 1: Zwei Ballons symbolisieren die zwei Sätze paarweise gleichgestalteter Chromosomen, wie sie sich in einer Körperzelle finden. 2: Die Mitose beginnt mit einer Längsspaltung der Chromosomenpaare

heißt, wenn eine hochstämmige Erbse mit einer zwergwüchsigen gekreuzt wurde, waren die Nachkommen in der ersten Generation entweder hoch oder niedrig; eine zufällige Mischung – etwa eine mittelhohe Pflanze – gab es nicht. Außerdem entdeckte er, daß viel mehr Pflanzen hoch wurden als niedrig, viel mehr purpurrot als weiß, und so weiter. Immer dominierten bestimmte Merkmale.

Als nächstes beobachtete er: Obwohl die reinrassigen hohen Pflanzen mit niedrigen gekreuzt normalerweise hohe Nachkommen ergaben, *konnte* diese zweite Generation hoher Pflanzen niedrige Nachkommen haben. Mit anderen Worten, die erblichen Eigenschaften beider Elternteile waren in den Nachkommen vorhanden, selbst wenn sie unsichtbar blieben. Außerdem konnten diese «deckbaren» (rezessiven) Merkmale unverändert auf die Enkel übertragen werden: niedrige Kinder hoher Eltern hatten die gleiche Größe wie ihre niedrigen Großeltern. Der Grad der «Niedrigkeit» war in keiner Weise verändert worden, während dieses rezessive Merkmal in einer Generation von dem herrschenden («dominanten») Merkmal Hochwüchsigkeit der Eltern überdeckt wurde.

Schließlich stellte Mendel fest, daß, obwohl Vererbung wie das Glücksspiel ein Element der Unsicherheit enthält, einige Dinge doch voraussagbar waren – genau wie beim Würfeln. Mendel konnte nicht voraussagen, ob eine bestimmte Pflanze hoch oder niedrig sein würde, aber er konnte nachweisen, daß in einer gegebenen Kreuzungsserie ein gewisser Prozentsatz der Erbsenpflanzen hoch und ein geringerer Prozentsatz niedrig sein würde. Dadurch entriß er die Vererbung dem Bereich des Unberechenbaren und brachte sie in den Bereich definierbarer mathematischer Gesetzmäßigkeiten.

Mendels Arbeit war revolutionär – aber außer Mendel merkte es niemand. Er starb 1884, noch immer mit Pflanzen beschäftigt, im Alter von 62 Jahren. Der Wissenschaft war er praktisch ein Unbekannter geblieben.

Während Mendel in seinem Garten experimentierte, erforschten die Naturwissenschaftler mit wachsendem Interesse die Zelle mit Hilfe stärkerer

4: Zweiteilung der Zelle

5: Zwei neue identische Zellen

in je zwei Chromatíden. 3: Die auf diese Weise entstandenen Tochterchromosomen wandern zu den entgegengesetzten Zellpolen. 4: Die Mutterzelle spaltet sich in zwei Tochterzellen auf. 5: Die Mitose garantiert schließlich, daß die Tochterzellen zuverlässig die gleiche Erbaussteuer erhalten haben.

Mikroskope und neuer Präpariermethoden. Unter anderem hatten sie endgültig einige der jahrhundertealten falschen Theorien über Vererbung entlarvt. Sie hatten entdeckt, daß auch die Vererbung ein Zellvorgang war — daß Kinder durch die Vereinigung von zwei Zellen gezeugt wurden, aus der Eizelle der Mutter und der Samenzelle des Vaters. Sie wußten jetzt, daß alle erblichen Anlagen durch diese Zellen übertragen wurden.

Aber noch früher hatten die Forscher durch das Mikroskop ein faszinierendes Phänomen beobachtet. Wenn die Zelle im Ruhezustand war (also nicht im Prozeß der Zellteilung), zeigte der Nukleus eine schwache Gitterstruktur. Die Mikroskopierer pflegen ihr Beobachtungsobjekt chemisch zu färben, um das Präparat erkennbarer zu machen. Und nun zeigte sich etwas Überraschendes: Dìe Substanz, die das Gitter um den Zellkern bildet, nahm diesen Farbstoff besonders willig auf. Diese noch unerforschte Substanz wurde deshalb Chromatin genannt (ausgesprochen: Kromatìhn; das Wort ist von griechisch chroma = Farbe abgeleitet und bedeutet etwa «Farben-Stoff»).

Die Wissenschaftler hatten dann entdeckt, daß während der Zellteilung das Chromatinmuster sich plötzlich veränderte. Die netzartige Substanz ballte sich zu einem Knäuel kleiner Fäden zusammen, die Chromosómen, das heißt «Farbkörper», genannt wurden (griechisch chroma = Farbe und soma = Körper). Unter den Augen der Forscher teilte sich jedes Chromosom der Länge nach, und dann zog eine unsichtbare Kraft jede Chromosomenhälfte in eine der beiden neuen Zellen. Das Endergebnis waren zwei Zellen, von denen jede die gleiche Anzahl von Chromosomen hatte wie die Mutterzelle. Wenn die neuen Zellen sich völlig getrennt hatten, lösten sich die Chromosomen auf, und jeder Nukleus wies wieder nur sein schwaches Chromatinmuster auf.

Dies war alles während des bekannten Zellteilungsvorgangs geschehen, der Mitose genannt wird (Mítos heißt auf griechisch der Faden; Mitóse ist also die indirekte Kernteilung der Zelle mit Halbierung der «faden»-förmi-

1: Zelle mit vier Chromosomen

2: Die Chromosomen verdoppeln sich

Sexuelle Fortpflanzung: Bei der Befruchtung verschmelzen die Kerne zweier geschlechtsverschiedener Zellen (Gaméten). Die befruchtete Zelle erhält dabei einen väterlichen und einen mütterlichen Chromosomensatz. Bei jeder folgenden Generation käme es nun zu einer fortschreitenden Verdoppelung der Chromosomensätze, wenn nicht die Natur diese Chromosomenwucherung zu verhindern wüßte: sie reduziert die Chromosomenzahl in

gen Kernschleifen oder Chromosomen). Aber mit der Mitose war noch nicht alles bekannt. Es war beobachtet worden, daß die Anzahl der Chromosomen in einer reifen menschlichen Keimzelle immer gleich ist. Wenn aber im Fortpflanzungsprozeß die männliche Zelle mit der normalen Anzahl Chromosomen sich mit einer weiblichen Zelle mit gleicher Chromosomenzahl vereinigte, so würde die aus dieser Vereinigung hervorgehende neue Zelle die *doppelte* Anzahl von Chromosomen haben – und wenn dann zwei solcher Nachkommen sich vereinigten, würden deren Kinder das Vierfache der ursprünglichen Anzahl tragen, und so weiter. Das war offensichtlich unmöglich – und die Wissenschaftler entdeckten auch bald, daß die Natur dieses Problem in scharfsinniger Weise gelöst hatte.

Bei der Beobachtung der Keimzellen unter dem Mikroskop nach einer Mitose wurde entdeckt, daß das Chromatin sich zunächst verdickte und sich die Chromosomen bildeten wie bei einer gewöhnlichen Zellteilung. Aber dann zeigte sich ein wichtiger Unterschied. Die Zelle teilte sich wohl, jedoch nicht die Chromosomen. Statt dessen suchte jedes Chromosom sich einen Partner unter den anderen Chromosomen, und als sich die Zelle teilte, kam

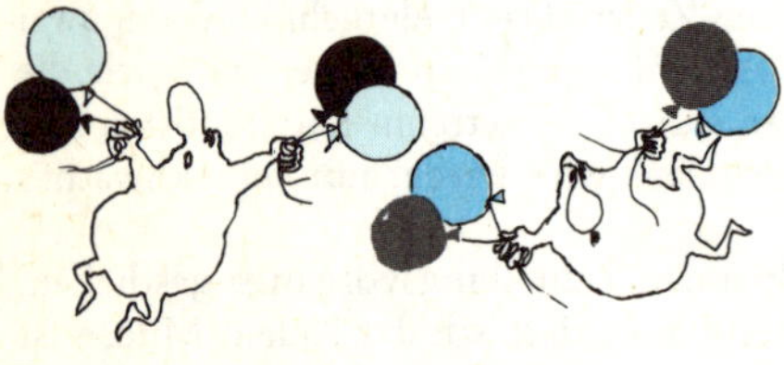

5: Vorbereitung zur zweiten Teilung

6: Die Tochterzellen teile

3: Die Zelle beginnt sich zu teilen

4: Zwei Tochterzellen

beiden elterlichen Keimzellen auf die Hälfte. Diese Reduzierung auf die halbe Anzahl heißt Meióse. Die Karikaturen auf diesen Seiten zeigen in sieben Phasen die entsprechenden Zellvorgänge. Der Einfachheit halber wurde eine Keimzelle mit vier Chromosomen als Ausgangspunkt gewählt. Menschliche Keimzellen haben 46 Chromosomen. Bedeutungsvoll bei der Meiose ist die willkürliche Verteilung der elterlichen Chromosomen.

nur ein Chromosom von jedem Paar in die neue Geschlechtszelle. Jede Zelle hatte also nur halb so viele Chromosomen wie die Zelle, aus der sie stammte, so daß, wenn sie sich später mit einer anderen Geschlechtszelle vereinigte, das Produkt (das Kind) die richtige Anzahl von Chromosomen erhalten würde. Dieser Prozeß wurde Meiose genannt (Meióse kommt von griechisch méion = weniger und bedeutet schlicht «Verringerung»). Diese meiótische Teilung der Keimzelle mit Verringerung der Chromosomenzahl wird auch Reduktionsteilung oder Reifungsteilung genannt.

Im Jahre 1900, als die Vorgänge der Mitose und Meiose als vollständig erkannt gelten konnten, entdeckten die Wissenschaftler plötzlich Mendel. In jenem Jahr berichteten drei verschiedene Forscher vor gelehrten Gremien, daß ein großer Teil ihrer augenblicklichen Untersuchungen schon 35 Jahre vorher von dem unbekannten Mönch vorweggenommen war. Nach der Wiederentdeckung der Mendelschen Gesetze war es nur noch eine Frage der Zeit, bis die Vorgänge der Meiose mit den Phänomenen in Zusammenhang gebracht wurden, die der Mönch an seinen Erbsen beobachtet hatte. Sie paßten genau zueinander. Mendel hatte bemerkt, daß die Merkmale

n mit je zwei Chromosomen

7: Vier neue Zellen, verschieden von den Vorfahren

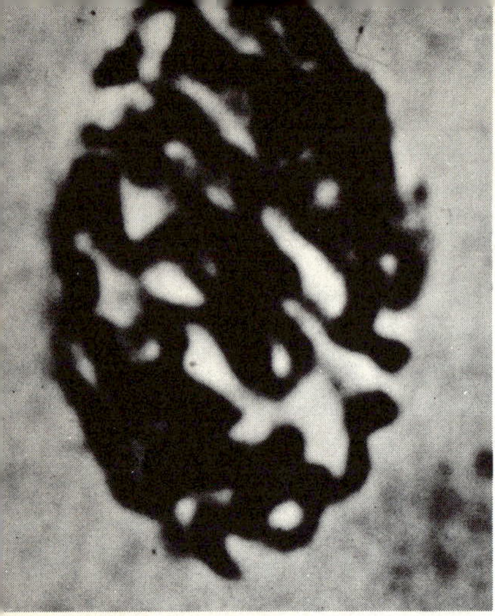

Die Chromosomen im Kern einer Zwiebel-Zelle verdoppeln sich zu zwei völlig identischen Chromosomensätzen (oben).

Am zentral gelegenen «Äquator» der Zelle ordnen sich die Chromosomen; der Zellkern ist aufgelöst (unten).

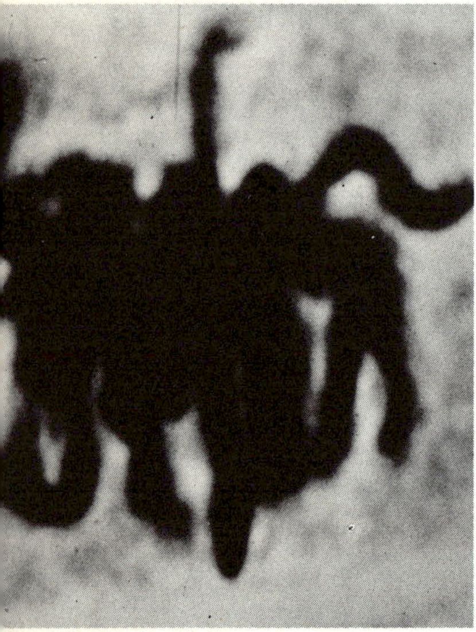

seiner Erbsenpflanzen als Ganzes weitergegeben wurden. Jetzt wußten die Forscher: Der Grund lag darin, daß die Chromosomensätze unverändert von den Eltern auf das Kind übertragen wurden. Mendel hatte festgestellt, daß eine Pflanze zwar genauso aussehen konnte wie ein Elter, gleichzeitig aber überdeckte (rezessive) Merkmale des anderen in sich tragen konnte. Man wußte jetzt, daß als Folge der Meiose jedes Kind einen Chromosomensatz von seinem Vater und einen von seiner Mutter erhält und dann «Kopien» der Hälfte dieser Chromosomen auf seine eigenen Nachkommen überträgt.

Die Zeiten, in denen Vererbung als eine zufällige Mischung des Blutes angesehen wurde, waren vorbei. Vererbung war nun endlich nach ihren Ursachen erkannt und in bestimmten Zellbauteilen lokalisiert. Die Biologen wissen jetzt, daß jede Art von Lebewesen ihre eigene charakteristische Chromosomenzahl hat. Der Mensch hat 46, weiße Ratten 42, Erbsenpflanzen 14. Eine der höchsten Chromosomenzahlen — mehr als 1500 — fand man bisher in einem niedrigen Einzeller, einem Rhizopoden oder Wurzelfüßer (z. B. die Amöben).

Natürlich blieben noch viele Probleme ungelöst. Es ist einleuchtend, daß jedes Wesen, ob Tier oder Pflanze, wie einfach es auch gebaut sein mag, Tausende von Erbfaktoren in sich trägt. Das menschliche Gesicht allein hat schon Hunderte von Merkmalen, die von der Tiefe eines Grübchens bis zum genauen Bogen der Augenbrauen reichen. Wenn nur 46 Chromosomen das ganze Erbmaterial des menschlichen Körpers von Generation zu Generation tragen können, muß bereits jedes einzelne Chromosom für sehr viele der Anlagen verantwortlich sein. Um 1915 gelangten die Forscher zu der Überzeugung, daß die Chromosomen gar nicht einem festen Faden ähnelten, sondern vielmehr mit Perlenschnüren verglichen werden konnten. Diese Perlen, von denen ein menschliches Chromosom bis zu 1250 enthält, waren die wirklichen Träger der Erbanlagen. Man nannte sie Gene (aus lateinisch génus = Geschlecht, Nachkommenschaft, Art, Gattung gebildet), und die Wissenschaft von der Vererbung hieß von nun an Genetik.

Mendels Beobachtungen an Erbsenpflanzen konnten unter Berücksichtigung der Gene umformuliert werden. Jedes Merkmal, das er in einer Erbse festgestellt hatte, war durch eines der zwei Gene bestimmt, die diese Anlage von den Eltern übertrugen. Zum Beispiel konnte ein Gen, das die Hochwüchsigkeit übertrug, vom männlichen Elter, ein anderes aber vom weiblichen ererbt werden. Beide Gene konnten die Anlage der Hochwüchsigkeit enthalten, oder aber eines davon konnte auch den niedrigen Wuchs übertragen, oder beide trugen die Anlage der Kurzstämmigkeit. Wenn eines der Gene aber die Anlage für Großwüchsigkeit enthielt, wurde dieses, wie Mendel beobachtet hatte, zum sichtbaren Merkmal. Bei einem Zusammentreffen beider Genarten besiegte das «hohe» Gen irgendwie das «niedrige» Gen. Ein Gen, das ein anderes unterdrücken kann, wird als dominant («vorherrschend») bezeichnet, das unterlegene nennt man rezes-

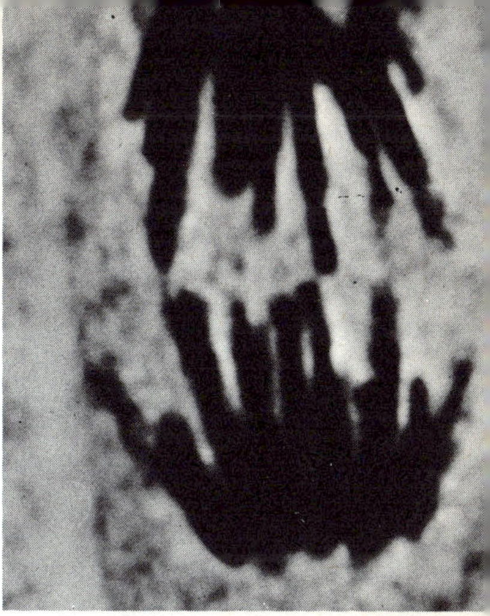

Die Chromosomen verteilen sich auf zwei Tochterzellkerne, die mit der Mutterzelle genetisch identisch sind (oben).

Zwei neue Zellen haben sich gebildet. Zellverdoppelung oder Mitose liegt dem Wachstum der meisten Lebewesen zugrunde (unten).

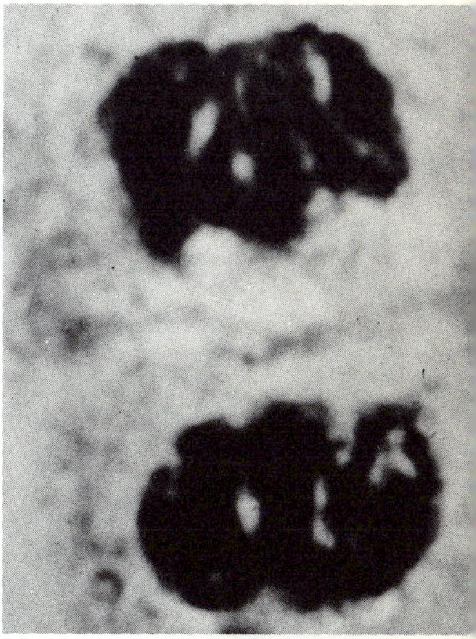

siv («zurücktretend»). Mendel hatte eine glückliche Hand gehabt, solche Merkmale wie Höhe, Blütenfarbe und ähnliches für seine Untersuchungen gewählt zu haben. Sie gehören zu den wenigen, die durch nur ein Gen vererbt werden. Die Farbe der menschlichen Haut zum Beispiel hängt von wenigstens acht verschiedenen Genen ab, wodurch die reiche Palette menschlicher Hautfarben erklärlich wird. So komplexe menschliche Anlagen wie Intelligenz, Körperbau und Gesichtsbildung hängen von Hunderten von Genen ab. Und natürlich ist es deshalb verständlich, daß primtive Stämme, die von ihren starken und klugen Häuptlingen starke und kluge Söhne erwarteten, manchmal enttäuscht wurden.

Tatsächlich spricht eine erdrückende Unwahrscheinlichkeit gegen die absolute Gleichheit zweier Wesen (mit der Ausnahme eineiiger Zwillinge, die beide aus dem gleichen befruchteten Ei stammen und einen identischen Genbestand aufweisen). Mathematisch gesehen gibt es mehr als acht Millionen Kombinationsmöglichkeiten der 23 väterlichen und 23 mütterlichen Chromosomen. Die Chance, daß zwei Kinder gleicher Eltern die gleichen Chromosomensätze in sich tragen, ist etwa 1 : 70 Billionen. Da nun jedes Chromosom 1250 Gene haben kann, sind die Aussichten gegen die Entstehung von zwei identischen Wesen nur in einer nicht mehr benennbaren Zahl auszudrücken. Sie würde als eine Eins mit 9031 Nullen geschrieben.

Das Geheimnis der Mutation

Gene sind Veränderungen unterworfen, und meistens ändern sie sich negativ. Normale Mütter und normale Väter haben manchmal abnorme Kinder. Die Abnormität kann natürlich relativ geringfügig sein – vielleicht ein Finger oder eine Zehe mehr –, es gibt aber auch schwere Fälle, in denen das Kind schwachsinnig ist oder nur teilweise ausgebildete Gliedmaßen hat. Gelegentlich sind solche angeborenen Defekte auf einen Unfall der Mütter während der Schwangerschaft zurückzuführen, aber nur zu oft liegt der Grund in einem veränderten Gen. Solche Genveränderungen nennt man Mutationen (lateinisch mutátio = Veränderung).

In neuerer Zeit haben die Wissenschaftler wenigstens einige Ursachen von Mutationen finden können. Dazu gehören unter gewissen Umständen Röntgenstrahlen und die Strahlen natürlicher oder künstlich hergestellter radioaktiver Substanzen. Die Angst vor radioaktivem Niederschlag basiert vor allem auf der Furcht, daß die Strahlung aus den Trümmern von Kernexplosionen Mutationen bewirken könnte, die in späteren Generationen zu Mißbildungen führen.

Dem Problem der Mutation eng verwandt ist das Wesen des Gens selbst – ein Thema, das Forscher seit dem Beginn des Jahrhunderts immer wieder aufgenommen haben. Eine der ersten Vermutungen, die über die Natur des Gens angestellt wurden, stammt aus dem Jahr 1917 von dem

Mutation kann die äußere Erscheinung der Nachkommen verändern. Dieses nackthalsige Huhn ist eine Mutation, die wohl durch Strahlung auf den Teil der DNS in der Keimzelle eingetreten ist, der für die Bildung von Halsfedern «programmiert» war. Mißgeburten und Absonderlichkeiten im Tier- und Pflanzenreich sind meist durch Kernschäden infolge von Hitze, Strahlung oder chemischen Substanzen verursacht. Da die Materie hauptsächlich aus leerem Raum besteht, kann eine gefährliche Strahlung unter Umständen Milliarden von Molekülen passieren, ohne Schaden anzurichten. Wenn aber doch einmal ein Strahl mitten in einen Kern trifft und einen Teil der genetischen Geheimschrift im DNS-Molekül unleserlich macht, dann können die Nachkommen mutieren.

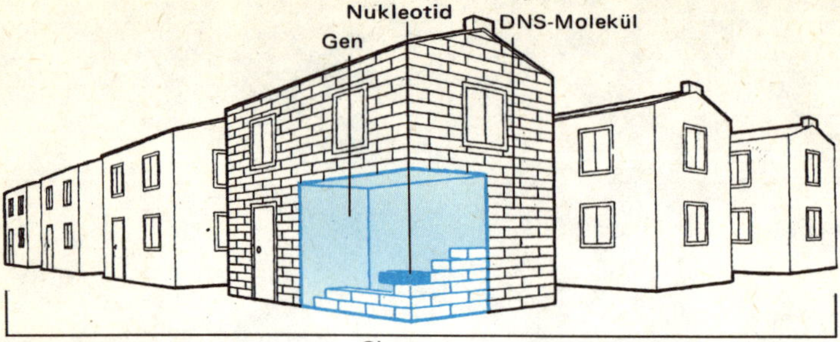

Diese Häusergruppe erleichtert das Verständnis des Chromosoms. Jedes Haus stellt ein DNS-Molekül dar. Die Zimmer sind die Gen-Abschnitte im DNS-Molekül. Die einzelnen Nukleotid-Ziegel sind Bausteine und winzigste Elementarbestandteile des DNS-Moleküls.

großen amerikanischen Mathematiker und Genetiker Sewall Wright. Wrights Annahme, die den Anstoß zu der immer enger gewordenen Verbindung zwischen Genetik und Biochemie gab, unterstellte, daß die Hautfarbe der Menschen durch eine Kette von Enzymreaktionen bestimmt sei, die ihrerseits wieder von Genen gesteuert würden. Bis dahin hatte aber noch niemand ein Enzym darstellen können; das gelang erst 1926. Als Enzyme dann gründlich studiert werden konnten, entdeckte man, daß für das Funktionieren einer Zelle offenbar eine gewaltige Anzahl nötig sein mußte. Es dauerte aber noch bis 1940, ehe die erste Verbindung zwischen Enzym und Gen mit Sicherheit bewiesen werden konnte. Der Beweis gelang den Forschern Edward Lawrie Tatum (*1909) und George Wells Beadle (*1903), die damals gerade eine Serie wichtiger Experimente mit einer Brotschimmelart abschlossen. Sie fanden, daß, obwohl Schimmel wie alle anderen lebenden Substanzen verschiedene Nahrungsmittel und Vitamine zum Wachsen braucht, dieser Brotschimmel mit etwas Zucker, einigen anorganischen Salzen und einem einzigen Vitamin mit dem Namen Biotin auskommt. Es war klar, daß der Brotschimmel seine eigenen Fabrikationsmöglichkeiten haben mußte, um die fehlenden lebenswichtigen Stoffe aus den wenigen Grundmaterialien selbst zu erzeugen.

Beadle und Tatum überlegten sich, daß wohl Enzyme — jene mysteriösen Beschleuniger chemischer Umwandlungen — im Wachstum des Schimmels eine Rolle spielen mußten. Beadle folgte Wrights Versuch, eine Verbindung zwischen Genen und Enzymen nachzuweisen, und stellte die Hypothese auf, daß jedes Enzym des Brotschimmels durch ein einzelnes Gen bestimmt würde. Er glaubte auch, einen Weg zu wissen, auf dem diese Hypothese zu beweisen war: Wenn man nämlich einige Schimmelgene zur Mutation veranlassen könnte, müßte das Ergebnis der Ausfall der entsprechenden

Der Birkenspanner (Bíston betulária) ist ein weißer Schmetterling mit zahlreichen schwarzen Sprenkeln auf den Flügeln. Er ist wunderbar angepaßt an seine natürliche Umwelt und von seinen Vogelfeinden kaum zu entdecken. Zufällige Gen-Mutationen ließen schwarze Exemplare entstehen, die in den rußgeschwärzten Industriegebieten Englands weit besser getarnt waren als die gefleckten Normalschmetterlinge. Auf dem oberen Foto ist der gesprenkelte Spanner in den Flechten kaum auszumachen, während sein schwarzer Bruder den scharfen Vogelaugen nicht entgehen kann. Unten ist das Verhältnis umgekehrt.

Enzyme sein. Beadle und Tatum verwendeten Röntgenstrahlen zum Beschuß der Gene, und bei ihrem zweihundertneunundneunzigsten Versuch gelang es ihnen, das Enzym auszuschalten, das für die Erzeugung von Vitamin B_6 verantwortlich ist. Es erwies sich dann, daß diese Schimmelpilzrasse nur weiterexistieren konnte, wenn der normalen Nahrung aus Zucker, Salzen und Biotin das Vitamin B_6 beigefügt wurde. Bei Versuch Nummer 1090 mutierte eine Schimmelspore unter Röntgenstrahlenbeschuß in der Weise, daß sie von da an Vitamin B_1 brauchte, um weiterzuleben. Dutzende von mutierten Schimmelsporenrassen folgten dieser ersten. Die Verbindung zwischen Genen und Enzymen war endgültig bewiesen.

Die Wissenschaft konnte nun eine weitere Frage stellen: Was genau ist ein Gen, chemisch gesehen? Die Antwort erschien zunächst einfach. Es mußte eine Art komplexen Proteins sein. Chromosomenanalysen hatten das Vorhandensein von Protein bewiesen. Allerdings fand sich auch eine nichtproteinische Substanz, die Nukleín- oder Kernsäure genannt wurde, aber man hielt sie im Hinblick auf die Gene für unwichtig.

Dann aber, zwischen 1941 und 1944, wurde in einer Versuchsreihe am Rockefeller Institute, die von Dr. Oswald T. Avery und seinen Kollegen Colin MacLeod und

Maclyn McCarthy ausgeführt wurde, diese Rangfolge sozusagen umgekehrt. Sie begannen mit einem Experiment, das zuerst 1928 vorgenommen worden war. Damals hatte der englische Biologe Frederick Griffith weiße Mäuse mit einer Mischung aus zwei Pneumokokkenarten mit der Bezeichnung R und S geimpft. Die R-Kokken waren lebendig, aber harmlos, die S-Kokken waren an sich gefährlich, aber durch Hitze abgetötet worden. Eigentlich hätte also keine der beiden Arten den Mäusen schaden können. Trotzdem starben sehr viele Tiere. Man untersuchte die toten Mäuse und fand – S-Kokken! Niemand hatte dieses Rätsel aufklären können – und mit diesem dreizehn Jahre alten Geheimnis rangen die drei New Yorker Wissenschaftler bei ihrer Versuchsreihe. Bei der Untersuchung gingen sie von der Annahme aus, daß, da die S-Kokken, mit denen Griffith gearbeitet hatte, tot waren, die tödliche Impfdosis aus der R-Injektion stammen mußte – das heißt, ein Teil der R-Kokken mußte durch genetische Vermehrung zu S-Kokken geworden sein. Avery, MacLeod und McCarthy machten sich daran, riesige Mengen von Kokken zu züchten, um herauszufinden, was es war, das harmlose R-Kokken in tödliche S-Kokken verwandelte. Die in diesem Prozeß wirksame Substanz, die schließlich isoliert werden konnte, erwies sich als Nukleïnsäure – genauer Desoxyribonukleïnsäure, abgekürzt DNS.

Der letzte Beweis für DNS

Die Entdeckung, daß Gene aus Nukleïnsäure bestanden, wurde in Biologenkreisen nicht gerade mit stürmischer Begeisterung aufgenommen. Die Anhänger der Proteïn-Theorie waren hartnäckig, und viele Wissenschaftler waren einfach dagegen, DNS ohne weitere Beweise als Grundlage der Vererbung zu akzeptieren. Ein wichtiges Beweisstück wurde jedoch schon sehr bald geliefert. 1952 hatten zwei amerikanische Forscher eine Reihe von Experimenten mit einem der einfachsten Lebewesen, einem Bakteriophagen gemacht. Bakteriophagen, wissenschaftlich Phágus Holmes genannt, sind Viren, die nur in Gegenwart lebender Bakterien existieren können. Die Wirkung ist ähnlich der, die Krankheitserreger auf Menschen haben. Der Phagus dringt in das Bakterium ein, bemächtigt sich seiner chemischen Ausrüstung und erzeugt mit deren Hilfe aus seinem eigenen Erbgut Hunderte von neuen Phagen, die sich dann auch auf Bakterien stürzen.

Man wußte, daß die Phagen aus zwei Grundstoffen bestehen, aus Proteïn und aus DNS. Das Proteïn war immer als der verantwortliche Teil für die Vermehrung der Phagen in den Bakterien angesehen worden. Jetzt gingen die beiden amerikanischen Forscher Alfred Hershey und Martha Chase von der entgegengesetzten Hypothese aus, daß nämlich die DNS der wichtigere Teil sei. Sie nahmen an, daß ein Phagus nichts weiter ist als ein Kern aus DNS, der von einer Proteinschicht bedeckt wird. Um ihre kühne Behauptung wissenschaftlich zu beweisen, wandten Hershey und Martha Chase die sogenannte *Leitisotopenmethode* an. Sie versetzten gewissermaßen die DNS und das Proteïn mit einem radioaktiven Leitisotop, das alle chemischen Prozesse mitmacht, welche die beiden Substanzen durchlaufen. Die solchermaßen «gebrandmarkten» Baustoffe der Phagen ließen sich nun genau beobachten bei ihren Austauschreaktionen und allen chemischen Vorgängen zwischen Phagus und Bakterium. Die Beobachtung ergab: Beim Befall eines Bakteriums durch einen Phagus dringt nur der DNS-Baustoff des Phagus (und nicht das Proteïn) durch die Zellwand des Bakteriums. Es mußte deshalb die Nukleïnsäure ausschließlich sein, die die Vererbungsvorgänge des Bakteriums so beeinflußte, daß es Phagen statt neuer Bakterien hervorbrachte. Da dies eindeutig ein genetischer Ablauf war, stand der Beweis jetzt unwiderlegbar fest, daß die Gene der Phagen aus DNS bestanden — daß DNS demnach die Substanz der Vererbung war.

Noch bevor dieser endgültige Beweis gegeben war, hatten die Chemiker begonnen, das DNS-Molekül zu analysieren. Wie die meisten großen organischen Moleküle erwies es sich als verhältnismäßig unkompliziert, da es nur aus drei Gruppen von Stoffen bestand: aus einfachen Zuckerformen, der Desoxyribose, aus Phosphaten und schließlich aus den vier Stickstoffverbindungen Adenin, Thymin, Cytosin und Guanin (abgekürzt A, T, C und G). Aber die Bestandteile eines Moleküls zu kennen, bedeutet nicht, dessen genauen Aufbau zu wissen. Und erst, als dieses Hindernis überwunden war und die Biologen die Struktur des Moleküls kannten, konnten sie wenigstens hoffen, eines Tages herauszufinden, in welcher Weise es Erbanlagen überträgt und sich reproduziert. Die Aufgabe, die Struktur der DNS zu erforschen, fiel einer Gruppe von Wissenschaftlern zu, die Röntgenkristallographen genannt werden. Mit Hilfe von Röntgenstrahlen konnten diese Spezialisten aus schwachen Schattenbildern von «geröntgten» Molekülen Stück für Stück dreidimensionale Modelle von Molekülen anfertigen. Die Röntgenaufnahmen der DNS-Moleküle ließen mehrere Deutungen zu, und viele Modelle davon wurden erdacht, die aber

So kann man sich die Doppel-Helix-Struktur eines DNS-Moleküls vorstellen. Die Stickstoffbasen greifen ineinander wie Mauersteine, ihre Bindung ist in Wirklichkeit nur chemisch. Nur passende Basen können Paare bilden (z. B. Adenin mit Thymin). Die Zahl der möglichen Erbinformationen selbst in diesem kurzen Molekülausschnitt ist überwältigend: bei den fünfzehn Paaren sind über eine Milliarde Kombinationen denkbar!

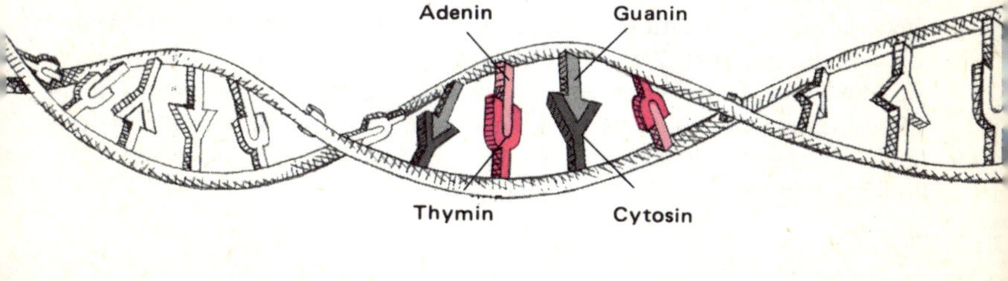

alle mindestens insofern ungenügend waren, als sie keine endgültige Aufklärung über die Funktionsweise des Moleküls gaben.

1953 aber veröffentlichten James Dewey Watson (*1928) und Francis Harry Compton Crick (*1916) auf Grund von Ergebnissen Maurice Hugh Frederick Wilkins' (*1916) einen Artikel, in dem sie *ihr* Modell beschrieben, das schon jetzt historische Berühmtheit erlangt hat.

Die Doppel-Helix

Nach Crick und Watson hat das DNS-Molekül Ähnlichkeit mit einer Wendeltreppe. Phosphate und Zucker bilden die spiralig gewundenen Längsbänder, den Rahmen. Die Stickstoffbasen bilden die Querverstrebungen, die Stufen. Die Stufen bestehen aus zwei in der Mitte verknüpften Paaren der Stickstoffbasen, die es aber nur in der Anordnung Adenin-Thymin und Cytosin-Guanin gibt. Diese Paare können einander endlos und in beliebiger Ordnung folgen; also etwa AT, GC, CG, AT, CG, GC, TA, TA usw. Ein einzelnes Gen kann durchaus ein Stück DNS-Treppe von 2000 Stufen ausmachen. Die Genetiker sind heute der Meinung, daß die Anordnung dieser «Stufen», also die Reihenfolge der TA, AT, GC und CG jedem Gen seinen besonderen Charakter verleiht.

Die Menge an DNS, die ein Organismus enthält, und die Komplexität des Organismus scheinen irgendwie voneinander abhängig zu sein. Das Chromosom eines Virus mag eine Doppel-Helix von 0,012 mm Länge mit 170 000 Stufen enthalten. In einem Bakterium kann die Gesamtlänge 0,06 mm betragen und sieben Millionen Stufen haben. Wenn alle Teile vereinigt sind, ist das DNS-Molekül in einer einzigen menschlichen Zelle vielleicht 90 cm lang mit etwa sechs Milliarden Stufen — und damit einer der Träger von Erbanlagen mit den meisten Kombinationsmöglichkeiten.

Natürlich ist in so ungeheuer langen Kettenmolekülen die Gefahr eines Konstruktionsfehlers immer gegeben. Vielleicht genügt schon eine einzige Verwechslung in den sechs Milliarden Stufen oder Brücken aus Stickstoffverbindungen, wo GC an die Stelle von AT tritt — und schon entwickelt sich daraus ein Mensch mit schweren Defekten. Mutationen könnte man sich jetzt entstanden denken aus einer zufälligen Veränderung von einer oder mehreren Stufen aus Stickstoffbasen in der Wendeltreppe der DNS.

Eine notwendige Voraussetzung für jeden Träger der Vererbung ist seine Fähigkeit, sich selbst zu reproduzieren. Jedes Merkmal muß von Generation zu Generation weitergegeben werden. Die Doppel-Helix ist dafür sehr gut geeignet. Während die Chromosomen sich verdoppeln, trennen sich die beiden Längsketten voneinander etwa wie beim Öffnen eines Reißverschlusses. Jede Hälfte des Nukleïnsäuremoleküls entnimmt die ihr fehlende Hälfte aus molekularen Baustoffen der Zelle. Die Stickstoffbasen bilden mit ihnen neue Paare.

Die Entdeckung der biologischen Bedeutung der DNS, zusammen mit der möglichen Erhellung der Art und Weise, in der sie für die Vererbung verantwortlich ist, hat eine Umwälzung in der Biologie zur Folge gehabt. Dieses Doppel-Helix-Modell hat in wissenschaftlichen Kreisen genauso viel Aufregung hervorgerufen wie Niels Bohrs Atommodell im Jahre 1913. Fünf Wissenschaftler haben allein für ihre Arbeiten über die Desoxyribonukleïnsäure in den letzten Jahren Nobelpreise erhalten.

Noch erregender ist die Hoffnung auf zukünftige Entdeckungen. Schon jetzt ist eine erbliche Krankheit, die Sichelzellenanämie, auf einen offenbar einzelnen Fehler in der DNS-Kette zurückgeführt worden. Man hat große Hoffnungen, daß es dafür und für eine Reihe weiterer Krankheiten bald eine medikamentöse Heilmöglichkeit geben wird. Weitere Erkenntnisse über die grundsätzlichen Vorgänge der Vererbung sind zu erwarten. Es wäre sogar denkbar, daß der Mensch eines Tages in der Lage sein wird, sein neues Wissen auf die Formung der Spezies Homo sapiens und ihrer künftigen Entwicklung anzuwenden.

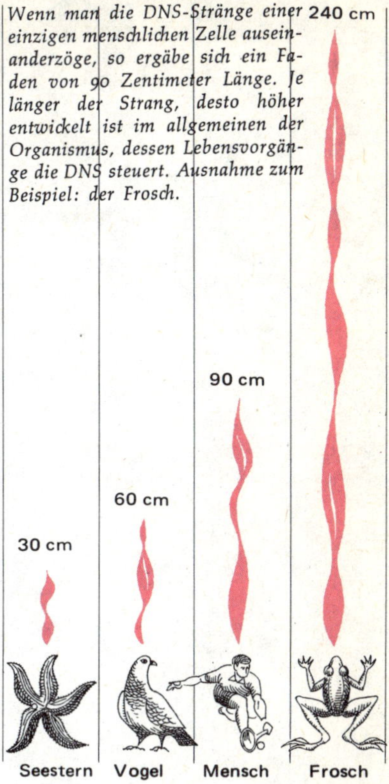

Wenn man die DNS-Stränge einer einzigen menschlichen Zelle auseinanderzöge, so ergäbe sich ein Faden von 90 Zentimeter Länge. Je länger der Strang, desto höher entwickelt ist im allgemeinen der Organismus, dessen Lebensvorgänge die DNS steuert. Ausnahme zum Beispiel: der Frosch.

Abbildung auf den folgenden Seiten: Das Geheimnis der DNS wurde von Watson und Crick gelüftet. Was macht die DNS zum Schlüssel der Vererbung und zur Grundlage des Lebens überhaupt? Nicht ihre chemischen Bestandteile, sondern die Doppel-Helix-Struktur: zwei spiralig gewundene Längsbänder, die durch Tausende von «Sprossen» strickleiterartig zusammengehalten werden. Die unzähligen Kombinationen der «Sprossen»-Teile (Stickstoffbasen) enthalten in verschlüsselter Geheimschrift den Gesetzestext der Vererbung jedes Individuums. Wollte man die Anlagen, aus denen ein Mensch aufgebaut ist und die in der DNS-Struktur archiviert sind, aufzählen, so würde die Liste Hunderte von Lexikonbänden füllen.

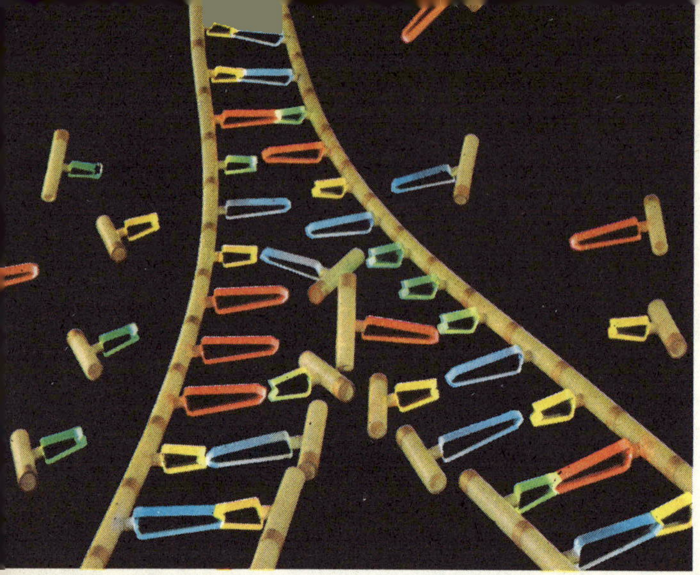

DNS teilt sich (oben): Das Wunder der Reproduktion beginnt, wenn ein DNS-Molekül sich spaltet wie ein Reißverschluß, der aufgeht. Die beiden Stickstoffbasen, die die Stufen bilden, trennen sich. Freie Nukleotiden, die jeder Zellkern enthält, stoßen zu den beiden Hälften der sich teilenden Leiter und vervollständigen sie. Nur Nukleotiden, die mit den abgespaltenen voll identisch sind, können die Kette schließen.

DNS wiederholt sich (unten): Zusammen mit ihren Zucker-Phosphat-Stützen (braune Röhren) nehmen mehr und mehr freie Stickstoffbasen ihren Platz in der Kette ein. Rote Basen verbinden sich mit grünen, grüne mit roten, um neue Stufen zu bilden. Freie blaue Basen kommen zu festen gelben, und die gelben freien gesellen sich zu festen blauen. Auf diese Weise erschafft das DNS-Molekül zwei gleiche Nachfolger.

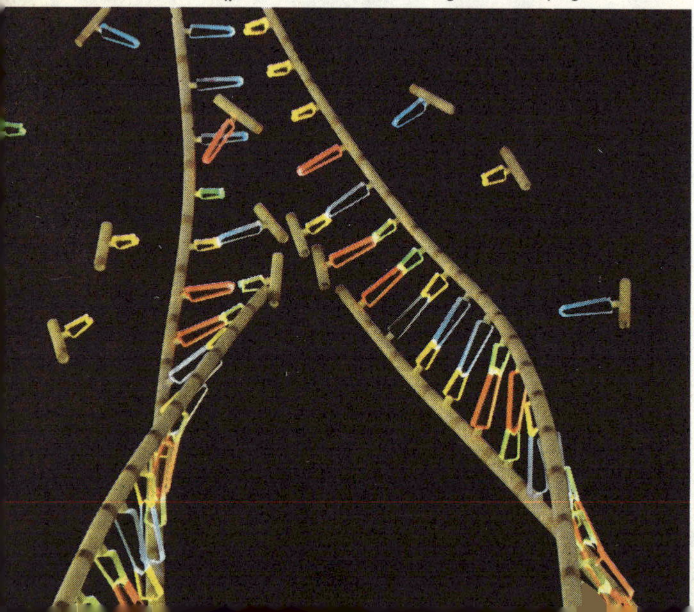

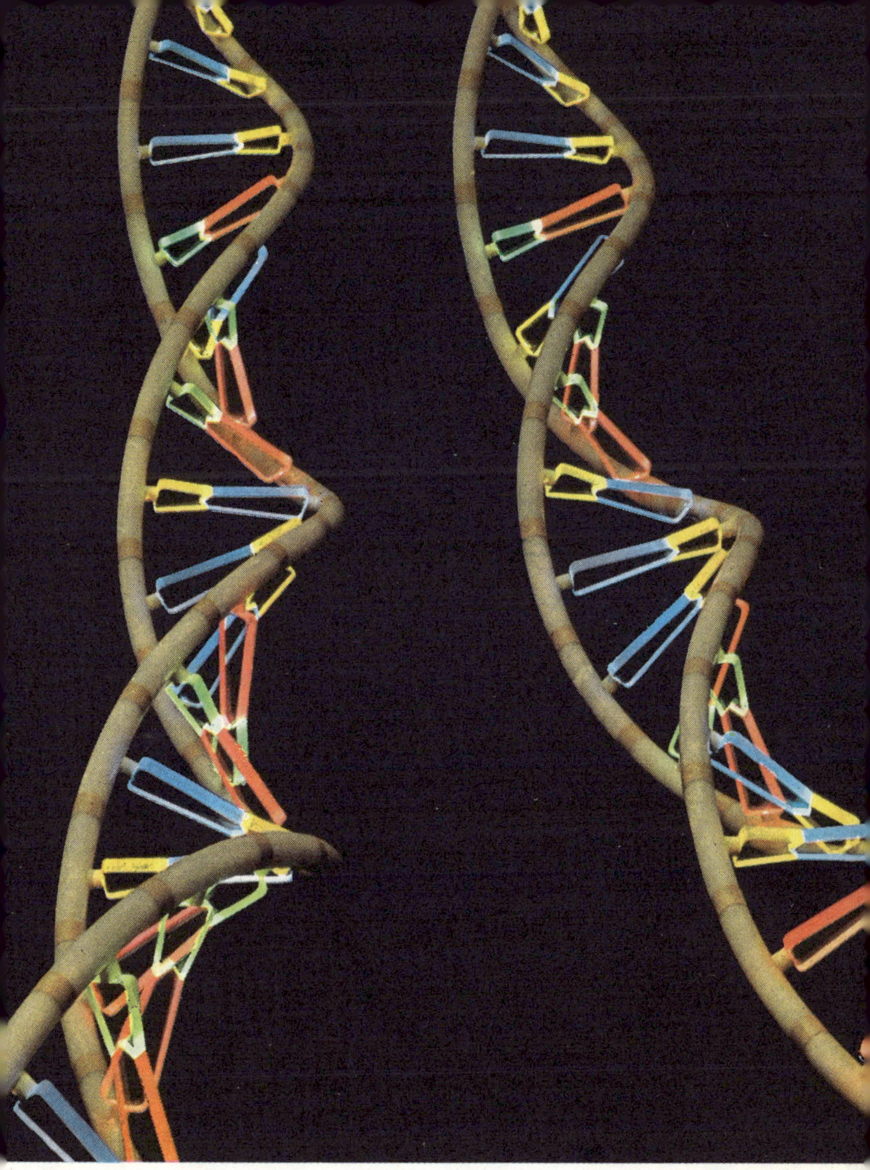

Zwei DNS aus einer: Jede Stickstoffbase der beiden gespaltenen Bänder hat sich mit einer ihrem vorigen Partner gänzlich gleichen Base verbunden. Da nun die Reihenfolge der Stufen bei beiden Nachfolgern genau die gleiche ist wie die des Muttermoleküls, war der Prozeß des Ersetzens in Wirklichkeit ein Prozeß der Verdoppelung. In der Nachfolge der Reduplikation kann jeder Nachkomme sich auch teilen.

4

Das erste Lebewesen auf der Erde

Die Frage nach dem Grundgeheimnis des Lebens läßt sich ganz einfach so formulieren: Wie fing es an? Wie konnte ein so einzigartig organisiertes Stück Leben wie die Zelle in einer Welt flüchtiger Gase und vulkanischer Dämpfe und harter kristallinischer Steinformationen entstehen? In gewisser Weise ist das Auftreten lebender Zellen in einer unfruchtbaren und feindlichen Umgebung unwahrscheinlicher als die nachfolgende Entwicklung von primitiven Zellen zu Sauriern und – Menschen. Wenn Leben nur erst vorhanden ist, wird alles andere irgendwie möglich. Gibt es nun aber eine logische Erklärung für die Entstehung des Lebens aus dem toten, unbeseelten Stoff eines neu entstandenen Himmelskörpers im Sonnensystem?

Die Wissenschaft nimmt einige Hauptzüge der Entwicklungsgeschichte auf der Erde als gegeben an. Wichtig ist vor allem der Zeitfaktor. Der Übergang von totem zu lebendigem Stoff war mit Sicherheit ein allmählicher Vorgang. Alle Anzeichen deuten auf eine außerordentlich langsame und richtungslose Entwicklung der organisierten Materie in jener frühen Zeit hin. Die Zeit verfließt hinter uns wie ein unendliches Kielwasser, und über die Geschehnisse der Anfänge können wir nur Vermutungen aufstellen.

Die ersten Theorien über die Entstehung von Leben wurden von den frühen Griechen entwickelt. Schon sechs Jahrhunderte vor Christi Geburt stellten die ionischen Philosophen in Kleinasien die Behauptung auf, daß lebende Organismen durch Einwirkung von Hitze, Sonne und Luft auf den Meeresschlamm entstünden. Obgleich diese Idee der modernen Theorie von der Entstehung des Lebens in den warmen, schlammigen Meeren der Frühzeit täuschend ähnlich ist, waren die alten Philosophen doch weit von wissenschaftlichen Gedankengängen entfernt. Sie hielten alle Bestandteile des Universums für lebendig, und ihre Wahl des Meerschlamms war reiner Zufall. Er schien ein passender Platz für die Samen des Lebens zu sein (von

Ein winziger Funke springt auf eine Laboratoriumsmischung aus Wasserdampf, Ammoniak, Methan und Wasserstoff – eine Nachahmung des vielleicht ersten Schrittes zum Leben auf der Erde. «Miller-Experiment» heißt dieser Versuch nach dem Wissenschaftler, der bewies, daß ein Funke, ein Blitz etwa, die Gase der frühen Erdatmosphäre in Aminosäuren, die Bausteine der Proteïne und damit auch des Lebens verwandeln konnte.

Aristoteles übernahm in seine Philosophie die unbewiesene Theorie, daß gewisse Arten von Lebewesen von selbst aus verwesenden Stoffen entstünden. 1668 griff der Florentiner Arzt Francesco Redi diese Idee an, die sogar Isaac Newton noch akzeptiert hatte. Redi tat Fleisch in zwei Töpfe, deckte einen zu und beobachtete, wie Fliegen in den anderen ihre Eier legten. In beiden Töpfen verweste das Fleisch, aber nur der offene brachte Fliegen hervor (rechts).

denen sie annahmen, daß sie wie Staub in der Luft schwebten), um dort die lebensfähigen sichtbaren Organismen zu erzeugen, die die griechische Welt bevölkerten. Die Ionier hatten fast recht, aber auf Grund falscher Annahmen.

Aristoteles, der einige Jahrhunderte später lebte, baute auf dieser frühen Theorie eine ganze Naturphilosophie auf. Er behauptete, daß Tiere nicht nur von Tieren, sondern auch aus lebloser Materie entstehen können, und zwar durch eine «Seele», die die Eigenschaft der vier Elemente Feuer, Wasser, Erde und Luft sei. Das bedeutete im wesentlichen, daß aus Schlamm oder irgendeiner anderen scheinbar nicht lebendigen Materie Leben entstehen konnte, wenn sie mit den Elementen zusammengebracht wurde. Auch hier ergab eine Theorie eine damals nicht gerechtfertigte Schlußfolgerung, die der Wahrheit, wie wir sie heute kennen, nahe kommt. Und mit Behauptungen wie: Leuchtkäfer entstehen aus dem Mogentau, und Mäuse stammen aus dem feuchten Boden, verbreitete Aristoteles unsinnige Ideen, die fast zweitausend Jahre geglaubt wurden.

Das frühe und mittelalterliche Christentum fand Erklärungen für den Ursprung des Lebens, die vom Erhabenen bis zum Lächerlichen gingen. Die Theologen übernahmen allgemein die Vorstellungen des Aristoteles, denen sie ein Element göttlichen Eingreifens hinzufügten, um sie dem Dogma anzupassen. Naturphilosophen schmückten die aristotelischen Bei-

Alchimisten des Mittelalters versuchten mit pseudowissenschaftlichen Versuchen künstliche Menschen im Laboratorium zu schaffen. Im ‹Faust› gibt Goethe die Beschreibung eines Homunkulus, eines kleinen Menschen, den Faustens ehemaliger Gehilfe Wagner in der Retorte «komponiert» hat. Er «gebärdet sich in zierlicher Gestalt als artig Männlein». Goethe verschweigt aber die Bestandteile. Es müssen «viel hundert Stoffe» sein, und überdies kommt es vor allem auf die Mischung an.

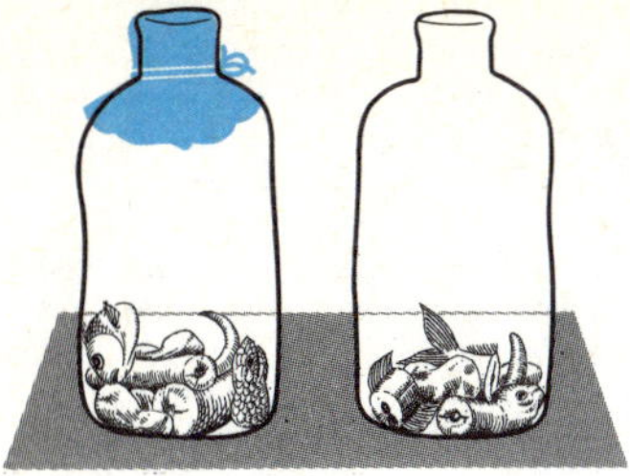

Die beiden Gefäße Redis

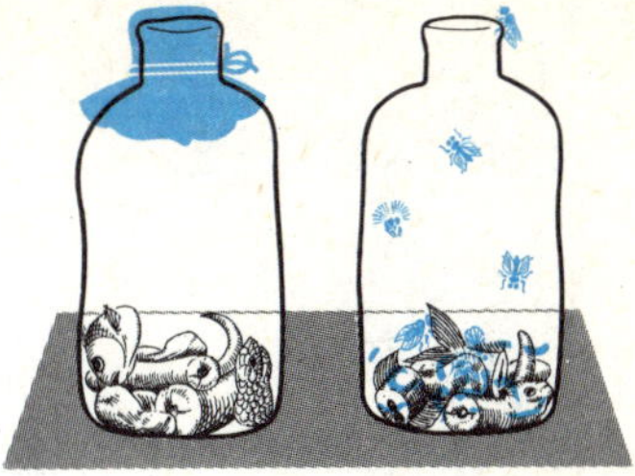

Ohne Maden keine Fliegen

spiele weiter aus. Sie erfanden Bäume, auf denen Lämmer wuchsen, und Weizenkörner, die mit menschlichem Schweiß Mäuse erzeugten. Zu Anfang des sechzehnten Jahrhunderts behauptete der berühmte Arzt Paracelsus (1493–1541), daß er aus den geeigneten Stoffen, die in einem besonderen Behälter gemischt werden müßten, einen kleinen Menschen machen könne, den er Homúnkulus (lateinisch = Menschlein) nannte.

Viele bedeutende Denker des siebzehnten und achtzehnten Jahrhunderts, unter ihnen Descartes (1596–1650) und Newton (1643–1727), übernahmen die Theorie, daß Leben durch Urzeugung aus anorganischen Stoffen entstehen könne. Ein Kritiker dieser Annahme war der Arzt und Anatom William Harvey (1578–1657), der den Blutkreislauf entdeckte. Er behauptete, alles Leben komme aus dem Ei («omne vivum ex ovo»). Damit begann die vollkommene Umkehr des Denkens über die Entstehung des Lebens.

Keine Maden im Fleisch

Einen ersten wissenschaftlichen Angriff auf die Lehre von der Urzeugung unternahm der italienische Arzt Francesco Redi (1626?–1697 oder 1698) um die Mitte des siebzehnten Jahrhunderts, indem er verwesendes Fleisch durch einen Musselinüberzug vor den Fliegen schützte. Im Fleisch wurden daraufhin keine Maden gefunden. Daraus konnte man schließen, daß Leben nicht von selbst in faulenden Stoffen entstand, wie gemeinhin angenommen wurde.

Die Lehre von der Urzeugung erhielt aber noch einmal Auftrieb, als der niederländische Naturforscher Antony van Leeuwenhoek (ausgesprochen etwa Leewenhuk) unter seinem selbstkonstruierten Mikroskop Kleinlebewesen, «Animálcula», in verwesenden, organischen Substanzen entdeckte. Es wurde vielfach behauptet, daß die Animalcula von selbst in den Stoffen entstanden wären. Leeuwenhoek selbst war der Meinung, daß die Organismen aus der Luft kämen.

In den folgenden zweihundert Jahren wurde unter den Wissenschaftlern

Die alten Babylonier formten ihre Schöpfungslegende aus der Geschichte des Helden Marduk. Er war sehr mächtig und einer ihrer höchsten Götter. Marduk besiegte und tötete das gewaltige Ungeheuer Tiamat, die Verkörperung des Chaos, das vor der Schöpfung war. Chaos ist immer Finsternis und anarchische Unordnung. Marduk schuf aus dem Chaos die Ordnung, indem er Tiamats Leib in zwei Teile teilte. Der eine Teil ward Himmel, der andere die Erde.

um die Frage der Urzeugung ein zäher Kampf geführt. Der französische Biologe Georges Louis Leclerc, Graf von Buffon (1707–1788), und der englische katholische Priester John Turberville Needham (1713–1781) erklärten, Leeuwenhoeks Kleinlebewesen wären eine besondere Kraft, aus denen das Leben entstünde — eine Anschauung, die später den Namen Vitalismus bekam. Es gab lebhafte Meinungsverschiedenheiten und alle möglichen Meinungen über die Frage, wie das Leben aus scheinbar leblosem Stoff entstehen kann. 1860 schrieb die französische Akademie der Wissenschaften einen Preis für die experimentelle Lösung des Problems aus.

Louis Pasteur (1822–1895), ein Chemiker, der durch seine Arbeiten über Kleinlebewesen als Ursache der Gärung bekanntgeworden war, nahm die Herausforderung an. Er näherte sich dem Problem in drei Schritten. Zuerst zeigte er, daß Mikroorganismen frei in der Luft existieren, wie Leeuwenhoek schon behauptet hatte. Dann bewies er, daß Lösungen organischer Substanzen nach dem Kochen nicht ihre Fähigkeit zur Erhaltung von Mikroorganismen verloren. Dadurch wurde klar, daß eine an sich alles Leben abtötende Hitze die lebenzeugende Vitalkraft nicht zerstören konnte, wenn es diese Vitalkraft überhaupt gab. Drittens wies Pasteur 1862 in einer Reihe scharfsinniger Versuche unwiderleglich nach, daß sich in Nährflüs-

In der germanischen Mythologie wird über seltsame Himmelserscheinungen berichtet, die ebenfalls das ungeordnete Chaos symbolisieren: feurige Wolken aus Süden vereinigten sich mit eisigen Winden aus Norden, und aus dem Nebel entstieg Ymir, der Urriese. Er ist der Vater der Eisjungfrauen. Drei seiner Enkel töteten ihn und zerhackten seinen Leib. Sein Blut wurde zum Meer, sein Körper zur Erde, sein Schädel zum Himmel.

Ein Schöpfungsmythos, mit dem die alten Griechen nach einer orphischen Legende die Weltentstehung erklärten, ist sehr abstrakt. Es heißt, daß Himmel und Erde durch die Kraft der Zeit aus dem Chaos geschaffen wurden. Chaos war die formlose Masse ohne Ordnung. Die Zeit schuf Ordnung. Die formlose Masse begann sich zu drehen und bekam schließlich eine eiförmige Gestalt. Dann teilte sie sich, und damit entstand das Universum.

sigkeiten keine neuen Mikroorganismen von selbst bilden, wenn man die vorhandenen nur gründlich abtötet und die in der Luft schwebenden Keime mit zuverlässigen Filtern von der keimfreien Nährlösung fernhält. Es gab also nachweislich keine Urzeugung.

Das Geheimnis des Lebens

Seit Pasteurs Experiment ist die Wissenschaft in ihren Erkenntnissen über die anorganische und die Lebensvorgänge der organischen Welt sehr viel weiter fortgeschritten. Trotzdem blieb die wichtigste Frage nach dem Ursprung des Lebens ungelöst. Die Zellforschung hat auf molekularer Ebene viele der Prozesse aufgeklärt, durch die lebende Materie sich vermehrt, immer komplexere Gestalt annimmt und sich in verschiedenen Formen entwickelt. Der Abgrund zwischen Leben und Nicht-Leben aber bleibt ein Geheimnis. Die Wissenschaft kann über die Grundvoraussetzungen der Entstehung des Lebens aus unbelebter Materie nur Vermutungen anstellen.

Eine Idee hat alle neueren Überlegungen beherrscht. Man ist sich mehr oder weniger darüber einig, daß das Leben nicht mit dramatischer Plötzlichkeit, sondern langsam und kaum merklich begann. Der Hintergrund war nach heutigen Schätzungen mit der Entstehung der Erde gegeben, die vor etwa fünf Milliarden Jahren ein neuer Planet der Sonne wurde. Wahrscheinlich war die ursprüngliche Atmosphäre um die Erde hauptsächlich ein Gemisch aus Wasserstoff und seinen Verbindungen, wie Wasser und Ammoniak und der Kohlenwasserstoff Methán. Zweifellos waren diese atmosphärischen Gase unter den Rohmaterialien, die schließlich das Leben in einer unfruchtbaren Welt ermöglichten.

Laboratoriumsuntersuchungen geben gewissen Aufschluß über die möglichen frühen Stufen dieses Prozesses. 1953 baute ein junger Chemiker namens Stanley Lloyd Miller (*1930) einen einfachen Apparat, zu dem Glasröhrchen und eine Retorte gehörten. Durch diesen Apparat schickte Miller ein Gasgemisch aus Wasserdampf, Wasserstoff, Ammoniak und

Die Erde soll vor fünf Milliarden Jahren entstanden sein. In der Uratmosphäre waren starke schöpferische Kräfte am Werk: die gezackten Strahlen der Blitze und die ultraviolette Strahlung der Sonne. Diese Energiequellen veränderten die Atmosphäre um den «jungen» Trabanten und wandelten ihre stabile Gasmischung in hochreaktive Verbindungen um. Von elektrischen Entladungen zerrissen oder mit Sonnenlichtwellen bestrahlt, bildete die irdische Atmosphäre Aminosäuren — die Grundlagen für die Entwicklung allen Lebens. Sie sollten als winzige einfache Bausteine für die komplizierteren chemischen Verbindungen einer späteren Erdperiode dienen. Aber ebenso wie es Millionen von Jahren gedauert hatte, bis die wirbelnde Wolke aus Staub und Gasen sich zur Erde verdichtete, sollte es auch noch Äonen dauern, bis sich die ersten organischen Verbindungen schließlich zusammenschlossen.

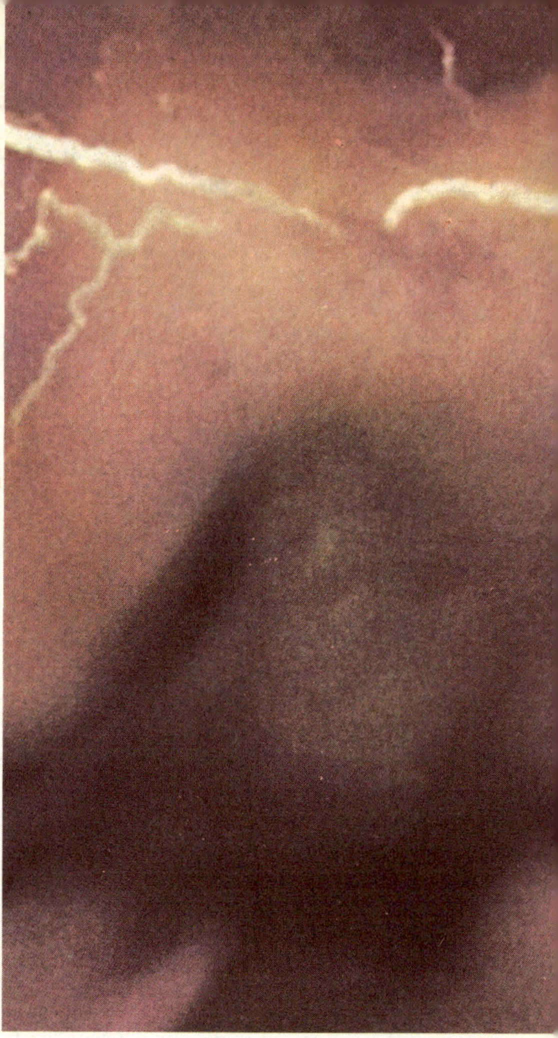

Methan, das der für die Zeit der Lebensentstehung auf der Erde vorausgesetzten Uratmosphäre entspricht.

Millers Absicht war, herauszufinden, wie diese Substanzen sich zu komplexeren Stoffen zusammengesetzt haben könnten. Er wußte, daß sie sich nur langsam verbinden, wenn nicht eine Energiequelle vorhanden ist, die die chemische Aktivität beschleunigt. Elektrizität war eine der möglichen Energiequellen. In den frühen Zeiten der Erde konnte sie in der Form von Blitzschlägen vorhanden gewesen sein. Um diese Bedingungen herzustellen,

erzeugte Miller ein künstliches Gewitter mit einem 60 000 Volt starken Blitz in seinem Apparat und leitete die Mischung aus Wasserdampf und Gasen in stetigem Strom durch den knatternden Blitzfunken. Danach kondensierte sich tropfenweise Flüssigkeit aus dem Dampf und sammelte sich am Boden der Retorte. Miller ließ dieses Experiment ungefähr eine Woche lang ununterbrochen laufen. Als er die Flüssigkeit in der Retorte analysierte, machte er eine bedeutsame Entdeckung. Die Biologen hatten nicht erwartet, daß ein so einfaches Experiment die chemischen Bausteine hervor-

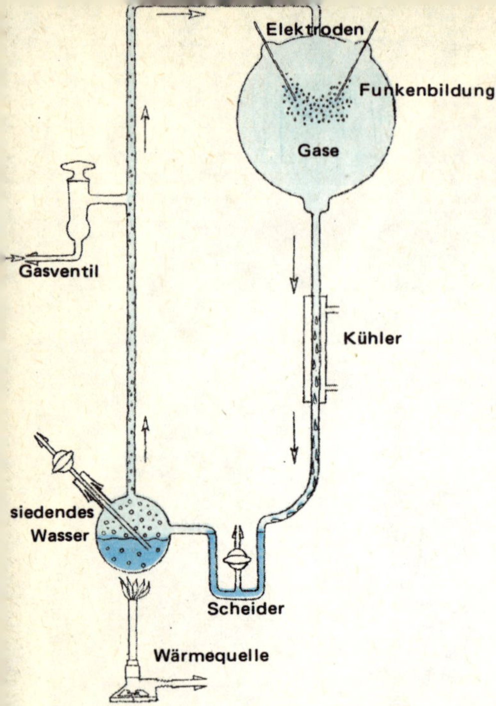

In diesem Apparat stellte 1953 der junge amerikanische Chemiker Stanley L. Miller die Bedingungen künstlich her, die von der Wissenschaft als Uratmosphäre der Erde angenommen werden. Der Bunsenbrenner läßt von unten links Wasserdampf aufsteigen, der sich hinter dem Gasventil mit Methan, Ammoniak und Wasserstoff mischt. Im Glasballon strömt dieses Gasgemisch durch eine Blitzbrücke zwischen zwei Elektroden. Nach dem Kondensieren im Kühler sammelte sich die Flüssigkeit im Scheider. Der Versuch dauerte acht Tage. Millers Analyse der Flüssigkeit im Scheider ergab, daß sich vier Aminosäuren gebildet hatten. Mit verbesserten Methoden fand man dann insgesamt zehn Aminosäuren – Grundbausteine lebender Materie.

bringen könnte, die eine wichtige Rolle für das Wachstum der lebenden Zelle spielen. Und doch war genau das geschehen! Durch die elektrischen Entladungen waren in dem Gasgemisch Spuren von komplizierten organischen Verbindungen entstanden – Kohlenstoffverbindungen, die tatsächlich als Bausteine lebender Organismen vorkommen. Millers einfaches Experiment hatte die Idee der Urzeugung wiedererweckt.

Millers vielleicht wichtigste Entdeckung war die Isolierung von Aminosäuren in der Flüssigkeit. Die Synthese von Aminosäuren ist von entscheidender Bedeutung, da ihre Kondensation Proteïne ergibt, Eiweißkörper, die als Lebensträger schlechthin betrachtet werden können. Während des Experiments waren vier verschiedene Aminosäuren synthetisiert worden und außerdem noch mehrere andere biologisch interessante Verbindungen. Auch für die Synthese von Polyméren, den langen Kettenmolekülen, die ähnliche oder gleiche chemische Gruppen verbinden, fanden sich Beweise.

Gaswirbel im Sonnenlicht

Bald nach Bekanntwerden dieser Ergebnisse gelang anderen Forschern die Synthese von Aminosäuren, Purin- und Pyrimidinbasen und anderen einfachen biologischen Molekülen. Sie gingen davon aus, daß die Stratosphäre der Erde in jenen Zeiten keine Ozonschicht hatte, welche die Ultraviolettstrahlung des Sonnenlichts wegfiltern konnte. Das Sonnenlicht traf also

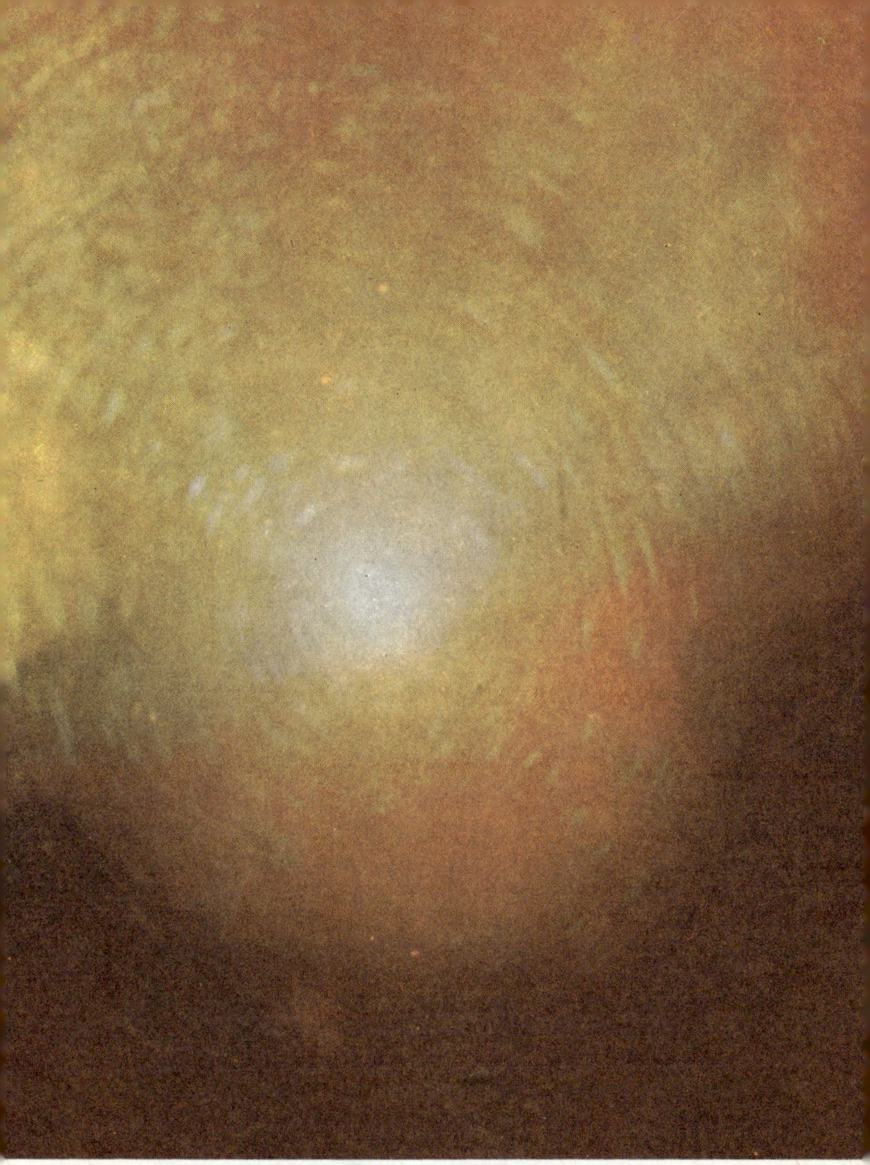

Am Anfang war es genau wie jetzt der stetige Strom von Sonnenenergie, der das Leben auf der Erde überhaupt möglich machte. Aus einer Entfernung von 150 Millionen Kilometern löste ihre Kraft die chemischen Reaktionen aus, mit denen die materiellen Grundstoffe des Lebens aufgebaut wurden. Und gleichzeitig schuf das Sonnenlicht ein gleichmäßiges Klima, das günstig für das Leben war.

mit einem unvergleichlich stärkeren Ultraviolettanteil auf die Gase, Flüssigkeiten und Feststoffe der «jungen» Erdkugel. Diesen Urzustand stellten die Forscher bei ihren Laborversuchen wieder her und ließen statt Millers Blitzen eine starke Ultraviolettstrahlung aus leblosen Gasen und Flüssigkeiten biologisch aktive Mikromoleküle synthetisieren.

Die eigentlichen genauen Vorgänge bei beiden Experimenten können wieder nur erraten werden. Es scheint aber, daß der Funke oder das ultraviolette Licht die Moleküle zu heftiger Bewegung anregt, so daß sie stark reaktiv werden und sich leicht miteinander zu komplexeren Verbindungen zusammenschließen. Es ist natürlich nicht zu beweisen, daß die Experimente tatsächlich eine Imitation der allgemeinen Zustände der irdischen Atmosphäre in jenen frühen Zeiten unseres Planeten darstellen. Wenn sie es aber doch wären, haben ähnliche, auf natürliche Weise entstandene Reaktionen wahrscheinlich nicht nur eine, sondern viele organische, das heißt Kohlenstoff enthaltende, Verbindungen hervorgebracht.

Die Wissenschaftler argumentieren, daß diese natürliche Synthese die wahrscheinlichste Form sei, in der einfache Stoffe sich in die komplexen Verbindungen der oberen Atmosphäre des neuen Planeten verwandeln würden. Außerdem nehmen sie an, daß ein umgekehrter Prozeß nahe der heißen Oberfläche der Erde stattgefunden habe. Starke Stürme konnten die Gase in größeren Höhen durcheinandergewirbelt und Temperaturunterschiede das Absinken von Ansammlungen komplexerer Verbindungen zur Erdoberfläche verursacht haben. Die hier herrschenden außerordentlich hohen Temperaturen konnten dann die Verbindungen wieder aufspalten.

Dieser Wechsel von einfach zu komplex und zurück zu einfach stellt den Anfang eines riesigen Zyklus dar, der durch die wechselnden Gezeiten in der Atmosphäre hervorgerufen wurde. Die Wirbel fegten die einfacheren Substanzen fort von der Erdoberfläche, und Sonnenstrahlung oder auch Blitze verbanden die Stücke wieder und erzeugten damit Massen neuer organischer Verbindungen. In diesem scheinbar sinnlosen Kreislauf von Aufbau und Zerstörung lassen sich Vorstufen des Kohlenstoffzyklus – der Kombination von Photosynthese und Atmung, die das Leben auf der Erde erhalten – erkennen. Die Bildung von Kohlenstoffverbindungen war nur ein Vorbote des Lebens. Die Aminosäuren, die in jener frühen Erdperiode existiert haben mögen, waren noch nicht zu den lebensnotwendigen Proteinen verbunden. Die Entstehung von Zellen war noch fern.

Solche vulkanischen Seen wie dieser können nach Meinung der Wissenschaftler sehr wohl als Retorten der Natur gedient haben, in denen eine große Menge verschiedenster Verbindungen zu neuen und komplexeren Substanzen umgeschaffen wurden. Kürzliche Experimente haben gezeigt, daß Aminosäuren sich in einer kochenden Lösung tatsächlich zu großen proteinähnlichen Molekülen zusammenschließen. Diese Moleküle wiederum kondensieren, wenn sie sich abkühlen und auflösen, in Myriaden kugelförmiger Gebilde, die in ihrem Bau eine Zellstruktur andeuten.

Der lange Regen

In jenem Zeitalter der Erdgeschichte bereitete sich die erste und größte Sintflut vor. Heftige Explosionen erschütterten und spalteten andauernd die Erdoberfläche. Lavameere ergossen sich aus Tausenden von Vulkanen, und Erdbeben waren häufig. Später kühlte sich die Oberfläche der Erde ab. Dadurch wurde der Weg frei für eine weitere Entwicklungsphase – die Bildung der Ozeane. Wasser, das ursprünglich unter der Erdoberfläche eingeschlossen war, bahnte sich einen Weg durch Spalten, heiße Quellen und Geysire, der ungeheure Druck trieb es weit in die Höhe, so daß es zu riesigen Wolken verdampfte.

Man hat geschätzt, daß einige Millionen Jahre nach der Entstehung der Erde die Menge des in der Atmosphäre befindlichen Wassers etwa zweihundert Millionen Milliarden Tonnen betrug – ungefähr ein Zehntel des Wassergehalts aller heutigen Ozeane. Zu jener Zeit gab es noch keine Ozeane. Und dann kam der Regen – unglaublich dichter Regen. Während eines Zeitabschnitts, der vielleicht Millionen von Jahren lang war, fielen buchstäblich die Meere vom Himmel.

Die Erde war nach dieser Flut ein fremdartiger und vergleichsweise friedlicher Ort. Die Sonne, die so lange verdeckt gewesen war, strahlte jetzt hell durch eine Atmosphäre, die hauptsächlich aus Stickstoff, Methan, etwas Kohlenmonoxyd und Kohlendioxyd bestand. Diese Gasmischung absorbierte mehr Farbe aus dem Sonnenlicht als die heutige Luft, die den von Pflanzen erzeugten Sauerstoff enthält. Der Himmel war in der Zeit nach der Flut wahrscheinlich kräftig blaugrün. Ab und zu gab es ein rotes, gelbes oder grünes Aufblitzen am Himmel, das Reaktionen ultravioletter Strahlen anzeigte, die auf Gasmoleküle getroffen waren.

Nach einer Theorie war die Erde nach der Flut ein Planet, der in seinen eigenen Meeren fast gänzlich versunken war. Hier und da brachen sich die Wellen an kahlen grauen Felsriffen vereinzelter Inseln, aber sonst unterbrach nichts die Monotonie der unendlichen Wasserflächen. Die Dinge schienen für eine lange Zeit zur Ruhe gekommen zu sein. Die Verbindung von Elementen, die Bildung neuer Substanzen ging weiter, aber stark verlangsamt.

Die in der Atmosphäre gebildeten Verbindungen sammelten sich nun in den Ozeanen, in die der Regen sie heruntergewaschen hatte. Mit dem fortdauernden Abströmen dieser Substanzen sammelten sich immer größere Mengen organischer Verbindungen als Lösungen in den Meeren.

In dieser «Molekülbrühe» wurden im Laufe der Zeit die organischen Verbindungen immer unterschiedlicher und komplexer. Und durch die Komplexität ergab sich eine Art von Wettbewerb: In chemischen Reaktionen zeigten die großen Moleküle die Tendenz zur Aufnahme kleinerer Moleküle, die sie aus der Atmosphäre «fingen». Ein weiterer Schritt in der Struk-

Die unter der härter und kälter werdenden Erdkruste eingeschlossenen Wassermassen brachen sich explosiv Bahn und bildeten gewaltige Fontänen. Die Atmosphäre mußte immer mehr Wasserdampf aufnehmen. Der auf die heiße Erde fallende Regen wurde zu Dampf, der aufstieg, um wieder als Regen herunterzufallen. Und so kühlte sich die Erdkruste immer mehr ab. Schließlich verzischte das Regenwasser nicht länger als Dampf, sondern sammelte sich auf der Erdoberfläche. Und der Regen wusch aus der oberen Erdatmosphäre die neu gebildeten Verbindungen. Die Ozeane entstanden.

Die alten Griechen überlieferten einen Mythos von der Geburt der Aphrodite: Der Titan Kronos folgte dem Rat seiner Mutter, der Erde, und entmannte seinen Vater, den Himmel. Das Zeugungsglied des Himmels fiel ins Meer bei der Insel Zypern und verströmte himmlischen Samen in die Flut. Aus diesem Schaum (griechisch aphrós) wurde Aphrodite geboren, die Göttin der Liebe, der Schönheit und der Fruchtbarkeit.

turierung organischer Stoffe zeigte sich damit an. Mit der Bildung immer größerer Moleküle hatte die Natur einen Auswahl- und Überlebensprozeß begonnen, der wohl als primitiver Anfang der Evolution angesehen werden kann. Die Bildung immer komplexerer Moleküle kann auch durch vulkanische Aktivität mit ihren hohen Temperaturen von 100° C bis 150° C zustande gekommen sein. Experimente mit organischen Verbindungen bei solchen Temperaturen scheinen geradezu eine Unvermeidbarkeit der Entstehung des Lebens anzuzeigen. Es ist bewiesen worden, daß das Erhitzen einer Aminosäurenmischung die Synthese großer eiweißähnlicher Moleküle ergibt, sogenannter Polymere, die 50 oder mehr miteinander verbundene Aminosäuren enthalten. Ähnliche Ergebnisse werden erzielt, wenn man der Lösung bei niedrigeren Temperaturen bestimmte Phosphate enthaltende Verbindungen hinzufügt — eine Beobachtung, die besonders im Hinblick auf die Bedeutung des ATP und anderer Energie erzeugender Phosphate in lebenden Zellen wichtig ist. Auch hat man herausgefunden, daß Myriaden von winzigen Kügelchen sich in der Flüssigkeit absetzen, wenn die proteinähnlichen Substanzen in heißem Wasser aufgelöst werden und die Lösung dann abgekühlt wird. Ihre Wände haben viele der Eigenschaften von Zellwänden.

Welt ohne Leben

Obwohl solche Experimente auch nicht erklären, wie das Leben genau aus der toten Materie entstanden ist, geben sie doch einen Hinweis über einen weiteren Schritt auf dem Weg zum Leben. Die Materie zeigte sich nun in der Form von Einheiten mit spezifischem chemischem Charakter. Eine neue Eigenschaft, der Zug zur Ordnung, gesellte sich zu den Faktoren Komplexität und Größe in der Entwicklung der molekularen Verbindungen.

Während der Phase, in der die langsame Entwicklung der großen organischen Moleküle stattfand, änderte sich allmählich die Oberflächenform der Erde. Sie kühlte immer mehr ab und bekam Falten und Furchen. Thermische

1903 stellte A. B. Macallam eine Theorie auf, die der griechischen Sage von der Entstehung des Lebens aus dem Meer ähnelt. Er behauptete, daß ein ursächlicher Zusammenhang zwischen dem Salzgehalt des Meerwassers und dem des Blutplasmas bestünde. In beiden sind die verschiedenen Salze im gleichen Verhältnis gelöst. Macallams Theorie mußte jedoch irrig sein, weil sich der Salzgehalt des Meerwassers pro Einheit als dreimal so hoch herausstellte als der des menschlichen Blutes. Selbst vor Hunderten von Jahrmillionen, als die ersten Wirbeltiere auftraten, war Seewasser doppelt so salzhaltig wie Blutplasma heute.

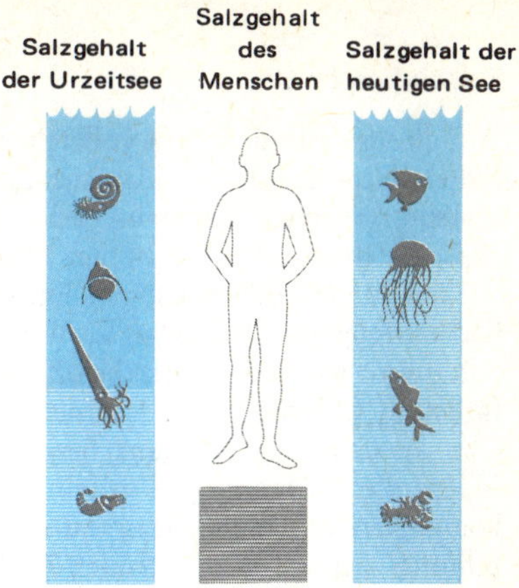

Relative Salzgehalte: eine falsche Theorie

Störungen traten unter den Meeren und tief unter der äußeren Rinde auf. Die gewaltigen Massen der Kontinente erhoben sich aus der See, Berge bildeten sich, und Erosionen unterstützten den Formungsprozeß. Wahrscheinlich hatte aus diesem Grunde die Erde schon vor vier Milliarden Jahren gewisse, noch heute erkennbare Merkmale – Ströme und Flüsse und Seen und Täler. Aber es gab kein Leben. Es war eine verlassene Welt, in der die einzigen Laute von Wasser und Wind stammten, vielleicht gelegentlich unterbrochen von einer Explosion oder Eruption. Die komplexen Verbindungen, die sich in den Meeren entwickelt hatten, fanden sich an den Ufern der neuen Ozeane zusammen. Bei Stürmen und Hochfluten sammelte sich das Wasser in Vertiefungen an der Küste und verdunstete später in der heißen Sonne. Die organischen Substanzen blieben zurück und wurden vom Wind über das Land geweht.

Diese Verbreitung der organischen Verbindungen bereitete den Boden für die weitere Entwicklung von Vorläufern des Lebens auf weiten Strecken des Planeten. Eine der interessantesten Theorien über diese Entwicklungsphase erschien in einer Arbeit von Gösta Ehrensvärd, einem Biochemiker an der Universität Lund in Schweden. Hier ist seine Beschreibung über diesen Teil des Entwicklungsprozesses, der vielleicht vor drei Milliarden Jahren stattgefunden hat. Ein kleiner Kratersee, der von heißen Quellen gespeist wird, liegt ruhig da. An den Ufern finden sich Minerale in allen Farben, die sich aus geschmolzenem Felsgestein kristallisiert haben. Minerale bilden auch den Untergrund des Sees. Das Wasser ist braungrün, tief und still. Unruhige und trübe Flecken auf der Seeoberfläche zeigen chemische Aktivität an. Das Wasser riecht an den Stellen, an denen Schwefelwasserstoffgas in Blasen an die Oberfläche steigt, nach verfaulten Eiern.

An diesem ruhigen Ort vollziehen sich chemische Umwandlungen auf molekularer Ebene. Es bilden sich Proteine und andere Kettenmoleküle. Die ersten primitiven Enzyme – grobe Substanzen, aber immerhin Verbindungen, die chemische Reaktionen beschleunigen – nehmen Gestalt an und wirken auf andere Reaktionen ein. Wieder andere Prozesse ergeben stabile, flache Moleküle, chemische Verwandte der Verbindungen, die in späteren Zeitaltern als roter Blutfarbstoff, Hämoglobin, und als grüner Pflanzenfarbstoff, Chlorophyll, erscheinen werden. Dieser ruhige See ist auch der Ort, an dem sich ein ganz besonderer, revolutionärer Prozeß vollzieht. Indem die Verbindungen miteinander reagieren und immer größere und komplexere Moleküle aus organischen Substanzen bilden, tendieren sie zur Bildung sich selbst erhaltender Zyklen, deren jede Stufe durch ein primitives Enzym beschleunigt wird. Diese Zyklen bringen ein Wiederholungselement in das bis dahin völlig ungeordnete Bild der im See stattfindenden Prozesse.

Diese selbständigen Zyklen verkünden eine stille Revolution. Noch gibt es zwar kein Leben, aber die Vorläufer biologischer Substanzen werden nicht mehr nur zufällig geschaffen. Wo die Umgebung einst die Synthese organischer Verbindungen beeinflußte, beginnen jetzt die organischen Verbindungen die Umwelt zu beeinflussen und zu organisieren. In Ehrensvärds Worten: «Der sedimentäre Schlamm ist chemisch aggressiver geworden – die Schauspieler übernehmen die Regie.»

Ein Zeichen dieser grundlegenden Veränderungen ist die Tatsache, daß chemische Prozesse nicht länger nur auf die Anwesenheit komplexer Zwischenverbindungen angewiesen sind. Verschiedene Prozesse stellen nun selbst die Zwischenverbindungen aus einfachen und leicht greifbaren Substanzen her. Viele dieser regenerativen Zyklen geben als Nebenprodukt Kohlendioxyd ab. Dieses Gas sammelt sich, wird ein relativ häufiger Bestandteil der Atmosphäre und dient später als grundlegendes Rohmaterial bei der Synthese organischer Verbindungen. Mit jedem Jahrtausend kommt das Leben näher.

Irgendwo auf der Strecke erscheinen gallertartige Klumpen – Systeme aktiver Regenerationszyklen, eingeschlossen in Membranen, entfernte Vorfahren der Zelle.

Irgendwann in diesen Jahrtausenden und auf eine Weise, die wir nicht kennen, vollzog sich dieser höchste Augenblick der Schöpfung – die Entstehung der ersten reduplikationsfähigen Verbindung. (Man akzeptiert allgemein die Fähigkeit zur Selbstverdoppelung als Beweis des Lebens.) Obwohl die genaue Zusammensetzung der Substanz, in der sich diese einzigartige und weittragende Entwicklung vollzog, natürlich nicht bekannt ist, kann man wohl nach dem augenblicklichen Stand des Wissens annehmen,

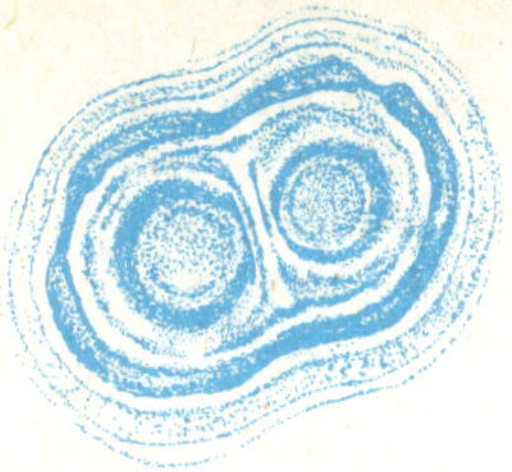

Pseudozelle: Urvater allen Lebens?

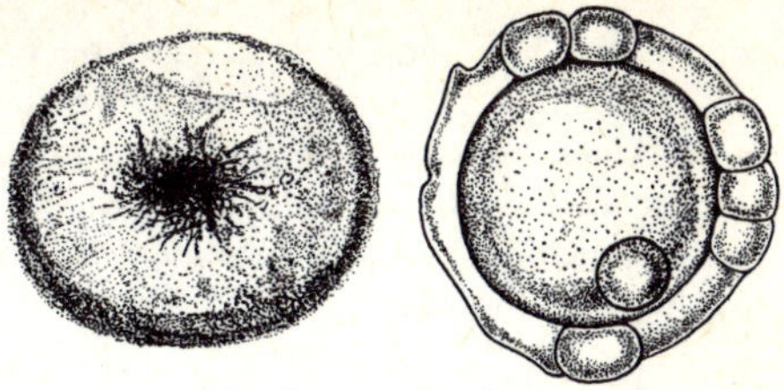

Zellfossilien aus frühen Erdzeiten

Leblose, aber dem Aussehen nach lebensähnliche Pseudozellen konnten im Laboratorium hergestellt werden. Die zu Millionen in Meteoriten gefundenen «Zell-Fossilien» könnten Beweise für ein außerirdisches Leben sein. Versteinerungen von lebenden Zellen sind ehrwürdige Zeugen der langen Geschichte des Lebens auf unserem Planeten.

daß es sich um eine den DNS-Ketten ähnliche Struktur gehandelt hat, der die entsprechenden Enzyme angegliedert waren.

Diese chemische Evolution muß ein ungleichmäßiger und unsicherer Prozeß gewesen sein. Es gibt keinen Zweifel darüber, daß die organischen Verbindungen sich nur allmählich der Komplexität der lebendigen Stoffe näherten. Wahrscheinlich blieb etwa das Wasser eines Kratersees nie lange ruhig. Neue Ausbrüche zerstörten dann die chemischen Systeme, die sich in ruhigen Zeiten entwickelt hatten. Am Ende war es doch die Zeit, die den Erfolg für sich beanspruchen durfte; Äonen und Äonen lang veränderte sich der Planet Erde und stellte immer neue Brutplätze für alle Arten chemischer Reaktionen bereit. Es gab keinen Stillstand. Die Biologen glauben, daß das erste Auftreten des Lebens in Zellformen in Strukturen geschah, die den heutigen Bakterien ziemlich ähnlich sind. Man kann die heute existierenden Bakterien geradezu als Nachkommen der primitiven Arten ansehen, die ähnlich denen waren, die es jetzt noch in eisen- und schwefelreichem Wasser gibt. Noch immer erhalten diese einfachen Formen ihre Energie von anorganischen Stoffen. Sie haben sozusagen nie gelernt, mit den komplexeren Materialien der organischen Welt umzugehen. Bakterien bieten sich als wahrscheinliche Frühformen des Lebens an, da sie relativ einfach gebaut sind. Sie haben weniger spezielle Strukturen als andere Zellen. Organellen wie echte Zellkerne und Mitochondrien waren offenbar einer späteren Entwicklungsstufe vorbehalten.

Die Entstehung des Lebens auf der Erde ist sehr schwer zu datieren. Unter den ältesten Spuren lebender Wesen sind Fossilien, die vor ein paar Jahren am kanadischen Ufer des Oberen Sees entdeckt wurden. Ein Geologe machte damals gerade mikroskopische Untersuchungen dünner Gesteinsschliffe, die aus eisenhaltigen Ablagerungen stammten, als er Strukturen entdeckte, die er für Zellfossilien hielt. Später identifizierte ein Biologe die Zellen als eine blaugrüne Alge, die eine Ähnlichkeit mit heute existierenden Arten hat. Jüngste Untersuchungen haben bestätigt, daß diese Zellreste ungefähr zwei Milliarden Jahre alt sind. Im Vergleich zu Bakterien sind Algen höherentwickelte Organismen, und ihr Vorhandensein vor so langer Zeit macht es wahrscheinlich, daß der erste Lebensfunke in noch weit ferneren Zeiten aufgeblitzt sein muß, vielleicht vor mehr als drei Milliarden Jahren.

Fortschritt durch Irrtum

Alle evolutionären Veränderungen sind das Ergebnis von Veränderungen im genetischen Apparat der Zelle. Die Tatsache, daß DNS nicht aus unveränderlich vollkommenen verdoppelungsfähigen Molekülen besteht, macht sie paradoxerweise zu einem idealen Mittel der Evolution. Für Fortschritt und Weiterleben muß das Erbmaterial rein, aber nicht zu rein sein. Ein DNS-Molekül kann sich vielleicht eine Million Mal nacheinander genau verdoppeln. Aber bei der nächsten Verdoppelung kann ein Fehler oder eine Mutation entstehen und sich in der neuen Generation zeigen.

Es sind diese seltenen Zufälle, die eine Evolution überhaupt möglich machen. Wenn die frühen Bakterien sich zum Beispiel immer in genau gleicher Weise vermehrt hätten, gäbe es noch heute keine höheren Organismen auf der Erde als eben jene Bakterien. Sie konnten vielleicht Licht absorbierende Farbstoffe bilden und waren möglicherweise die Vorläufer von Algen, die durch Photosynthese lebten. Andere verwendeten vielleicht später Wasser statt Schwefelwasserstoff für ihren Stoffwechsel. Die Irrtümer und Veränderungen überhaupt müssen aber immer ziemlich geringfügig gewesen sein. Große Veränderungen verhindern nämlich die Fortpflanzung, und die Art stirbt aus. Das Geheimnis der Evolution ist eine fortlaufende Reihe kleiner Veränderungen bei großen Fortpflanzungsgemeinschaften, deren Individuen sich sehr ähnlich sind. Solche Fortpflanzungsgemeinschaften sind anpassungsfähig und können dadurch überleben, daß sie neue Stämme oder Rassen entwickeln bei sich verändernden Umweltbedingungen.

Ein dramatisches Beispiel der Anpassung ergab sich wahrscheinlich nach dem Auftreten von Chlorophyll und einzelligen Pflanzen. Die Photosynthese wurde dadurch eine weitverbreitete Erscheinung, zunehmende Mengen von Kohlendioxyd wurden absorbiert, und Pflanzen breiteten sich wie grüne Wellen an der Oberfläche der Meere aus. Das geschah wahrscheinlich vor etwa 800 Millionen Jahren. Dieser Ausbruch an Lebenskraft drohte das Leben selbst zu vernichten. Millionen Tonnen Sauerstoff, das Nebenprodukt der Photosynthese, vergifteten die Atmosphäre. In Tausenden von Jahren stieg der Sauerstoffgehalt stetig von nur schwachen Spuren bis zu seiner heutigen Höhe von etwa zwanzig Prozent der Luft an. Die Bedrohung der lebenden Organismen zu dieser Zeit ergab sich aus der Tatsache, daß Zellen,

Jahrhundertelang ergossen sich Regenströme aus dem Himmel. Die Fluten auf der Erde stiegen höher und höher: warme Wasser bedeckten den Planeten. Im Wasser zeugte das Sonnenlicht Stoffe, aus denen einmal das Leben werden sollte.

die auf eine sehr niedrige Sauerstoffkonzentration eingestellt sind, absterben, wenn sich zuviel Sauerstoff in ihrer Umgebung ansammelt. Es war zweifelsohne eine Situation, in der es um Leben oder Tod ging, und viele Arten versanken sicher spurlos. Aber andere Zellen entwickelten sich, die nicht nur Sauerstoff zum Leben brauchten (wodurch sie das potentielle Gift an der weiteren Konzentration hinderten), sondern auch Kohlendioxyd als Abfallprodukt erzeugten, das die Pflanzen für ihren Stoffwechsel benötigen. Auf diese Weise entwickelten sich die vom Sauerstoff abhängigen Tierzellen — das große Gleichgewicht des Kohlenstoffzyklus begann zu wirken, und das Leben war für einen weiteren Entwicklungsfortschritt bereit.

Wäre die Erde während ihrer ganzen Geschichte nur von photosynthetischen Organismen bewohnt gewesen, könnten die Einzeller noch heute die am höchsten entwickelte Lebensform sein. Aber die Energie, die sich durch die Sauerstoffverbrennung in Tierzellen bildete, machte die Entstehung einer langen Reihe frei beweglicher Organismen von Fischen bis zu den Primaten möglich. Der Verbrauch von Sauerstoff reizte die Materie zu immer komplexeren Organisationsformen an, und die Evolution geht weiter in dem vorläufig letzten ihrer Werke — dem Menschen.

5

Das Wunder der Spezialisierung

Eines der Wunder des Lebens ist die Art, in der einige wenige einzelne Zellen sich vermehren, variieren und organisieren können, um alle die verschiedenen Gewebeformen zu bilden, aus denen ein höherer Organismus aufgebaut ist. Die Wissenschaft, die sich mit diesen vor der Geburt stattfindenden Umwandlungs- und Aufbauprozessen beschäftigt, heißt Embryologie (das griechische Wort bedeutet: Lehre vom Keim im Mutterleib). Die Frage, wie ein einziges befruchtetes Ei so viele verschiedene Zellen, Zellgruppen und Zellformationen hervorbringen kann — Zellen, die so verschieden sind wie meterlange Nervenzellen, mikroskopische Kügelchen, die Fettvorratszellen sind, geißelförmige Samenzellen und faserreiche Muskelzellen — hat die Embryologie zu einem der erregendsten Gebiete der Naturwissenschaften gemacht.

Die meisten Zellen in den höheren Organismen — das sind praktisch alle sichtbaren Pflanzen- und Tierformen — sind Spezialisten. In Gruppen gleichartiger Zellen beschränken sich die spezialisierten Zellen auf eine spezielle Arbeit, die dem Gesamtorganismus dient. Durch diese Gruppierungen spezialisierter Zellen hat die Natur die unglaubliche Höhe der Komplexität erreicht, die die vielzelligen Organismen auszeichnet.

Diese Großaufnahme zeigt eine Gitterkugel, auch Kugeltierchen genannt (Vólvox globátor). In kleinen Moortümpeln bewegt sich diese kleine Schleimkugel (Durchmesser: 1 Millimeter) rollend durch das Element. Dieses lebende Gebilde ist eine Kolonie aus 1500 bis 20 000 Geißeltierchen, die in sechseckigen Kammern sitzen. Die trüben grünbraunen Wolken oben rechts sind Tochterkolonien. Die Einzeltiere solcher Kolonien zeigen eine gewisse Spezialisierung, die auf «Arbeitsteilung» schließen läßt. Die Tochterkolonien erfüllen beispielsweise die Aufgabe der Keimzellen in höheren Organismen.

Die Grundfrage der augenblicklichen embryologischen Forschung ist die Suche nach einer Erklärung für die Veränderungen, die sich in den aufeinanderfolgenden Zellgenerationen abspielen. Die Embryologen möchten zum Beispiel wissen, in welchem Stadium diese unwiderruflichen Veränderungen sich vollziehen. Die Untersuchung muß mit dem befruchteten Ei beginnen. Es ist offensichtlich, daß dieses befruchtete Ei selbst keine Spezialzelle sein kann, da es sämtliche für den Gesamtorganismus benötigten Zellen hervorbringt. Der erste Schritt in der Entwicklung des Embryos ist die Teilung des befruchteten Eis in zwei Tochterzellen, die sich weiter in vier Zellen teilen und so weiter. Während dieser sogenannten Furchungsstadien mit schneller Zellteilung bleiben die Zellen zusammen, und das ganze Gebilde behält die Größe der Eizelle. Es gibt auch keine sichtbaren Anzeichen irgendeiner Zelldifferenzierung.

Beim Frosch kann dieses erste Stadium, die Furchung, sieben oder acht Zellgenerationen andauern. Das Zellgebilde besteht dann aus Hunderten von Zellen, die mit jeder Teilung kleiner geworden sind. Und ungefähr an diesem Punkt der embryonalen Entwicklung finden die nicht mehr umkehrbaren Veränderungen im Zytoplasma statt. Die Zellen haben den langen Weg zur vollkommenen Spezialisierung beschritten.

Wichtige Hinweise über die Stadien, in denen diese Veränderungen geschehen, stammen von den Mikrochirurgen, das sind Biologen, die Operationen an einzelnen Zellen vornehmen. In einem gelungenen Experiment entfernten sie den Nuklëus aus einem reifen, aber unbefruchteten Froschei und ersetzten ihn durch einen Nuklëus, der aus einem Froschembryo von etwa 16 000 Zellen besteht. Das Ei entwickelte sich trotz seines fremden Nuklëus normal, ein Zeichen dafür, daß der Zellkern des Embryos in diesem Stadium noch nicht so spezialisiert ist, daß er nicht die Aufgaben eines Eizellkerns übernehmen und das Wachstum eines ganzen Organismus steuern könnte. Jüngste Versuche zeigen, daß Zellkerne selbst jenseits des 16 000-Zellen-Stadiums dazu noch in der Lage sind.

Im menschlichen Embryo bringt der erste Schritt zur Spezialisierung drei verschiedene Zelltypen hervor. Zehn oder elf Tage nach der Befruchtung ist der Embryo ein hohler Ball, der kleiner ist als ein Stecknadelkopf. Die drei Zelltypen haben sich in eine innere, eine mittlere und eine äußere Gewebeschicht getrennt gruppiert. Ihre Nachkommen können nur noch komplizierter und spezialisierter werden. Spätere Zellgenerationen der mittleren Schicht tragen zum Beispiel zur Bildung von Muskeln, Knochen, Knorpeln und Blutgefäßen bei, während die äußere Schicht für die Haut und das Nervensystem zuständig ist.

Das Hauptproblem bei dieser fortschreitenden Differenzierung liegt in der Tatsache, daß alle Zellen den gleichen Ursprung haben. Alle Zellen eines Embryos tragen das genau gleiche Erbmaterial. Bei der Vermehrung übergeben sie ihren Tochterzellen die gleiche Anordnung von DNS-Mole-

Aus 32 Zellen besteht der menschliche Embryo am dritten Tag nach der Befruchtung der Eizelle.

külen mit den gleichen Genen, durch die die einzelnen Eigenschaften vererbt werden. Wie erreicht die Natur eine solche Variationsbreite aus solcher Gleichheit?

Der Schlüssel zum Wandel

Die letzten Forschungsergebnisse scheinen zu zeigen, daß die Entwicklung spezialisierter Zellen das Ergebnis einer Art von chemischem Mechanismus ist, der die Aktion der Gene steuert. Wenn das der Fall ist, könnte man den ganzen und identischen Genvorrat jeder Zelle des Embryos als eine Tastatur ansehen. Jeder Druck auf eine bestimmte Taste aktivierte dann ein bestimmtes Gen, wodurch die Zelle Anweisung zur Entwicklung bestimmter Charakteristika bekäme.

Um zu zeigen, wie eine neutrale Zelle spezialisiert wird, nehme man an, daß auf der ersten Stufe der Differenzierung die Tasten gedrückt werden, die für die Entwicklung der äußeren Zellschicht zuständig sind. Die erforderlichen Gene beginnen zu arbeiten und erzeugen Enzyme und andere Proteïne, die dieser Schicht zugehören. Damit ist die Zelle festgelegt. Sie hat an der Gabelung eine der drei möglichen Richtungen gewählt. Sie kann jetzt nicht mehr zu einer Zelle der mittleren oder inneren Schicht werden. Zwar enthält sie auch die Gene für diese Gewebe, aber die müssen jetzt untätig bleiben. So ist die Anzahl der Möglichkeiten, die der Zelle offenstehen, verringert worden.

Diese Einengung der Möglichkeiten geht im Laufe der Generationen immer weiter. Die Zellen der äußeren Schicht können sich auf mannigfaltige Weise entwickeln. Sie können unter anderem Teile des inneren Ohres oder der Haut oder des Nervensystems werden. Wenn eine Zelle aber zum ersten Ansatz des Nervensystems, der Neutralplatte, geworden ist, sind alle anderen Entwicklungsmöglichkeiten ausgeschlossen, obwohl auch im Rahmen des Nervensystems noch eine beachtliche Variationsmöglichkeit gegeben ist.

Zellen, in denen die Gene für das Nervensystem aktiv sind, bringen

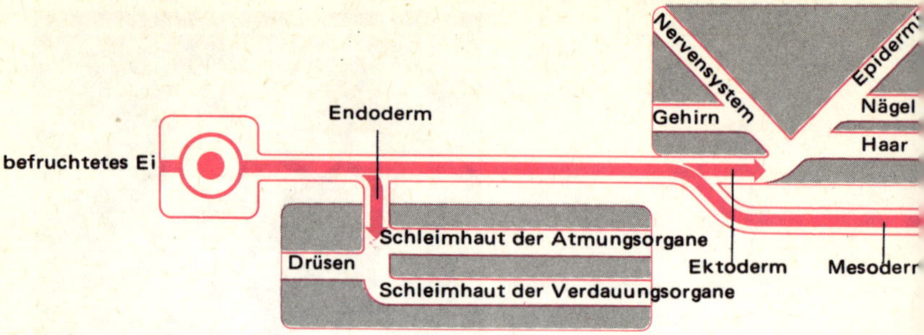

ihrerseits wieder Zellen mit aktiven Genen hervor, die für eine der vielen Spezialarten der Nervenzellen zuständig sind, etwa für Gehirn- oder Rückenmarkszellen. Auf jeder Stufe findet eine Einschränkung statt. Das endgültige Ergebnis nach vielen Zellgenerationen ist eine vollkommen spezialisierte Nervenzelle, die in einer bestimmten Funktion an einem bestimmten Platz des voll entwickelten Organismus ihre Aufgabe erfüllt.

Aber dieser Abschnitt ist nur ein Teil der Formungsprozesse des Embryos. Während die Zellen der äußeren Schicht, des Ektodérms (griechisch = «Außenhaut»), in Nerven- und Hautzellen umgewandelt werden, geschehen ähnliche Vorgänge in Zellen der mittleren (Mesodérm; griechisch = «Mittelhaut») und inneren Schicht (Endodérm, griechisch = «Innenhaut»). Die Veränderungen sind in allen drei Schichten genau synchronisiert und außerdem auch genau eingepaßt in die Erfordernisse solcher Prozesse, die bestimmte Entwicklungen in den anderen Schichten voraussetzen. Denn viele Organe sind aus Zellen aller drei Schichten aufgebaut.

Wie die Natur ein Ohr bildet

Die Präzision, mit der Spezialgewebe aufgebaut werden, zeigt sich an einer Reihe von ineinandergreifenden Vorgängen, die sich zwischen den primären Zellschichten bei der Bildung gewisser Teile des inneren Ohres abspielen. Während der dritten Lebenswoche eines Embryos kommt ein größer werdender Mesodermteil in Berührung mit einem Teil des Kopfektoderms. Diese Berührung der beiden Schichten regt die betroffenen Ektodermzellen an, sich zu Nervenzellen zu entwickeln.

In späteren Stadien der Embryonalentwicklung ergeben Ausläufer dieses Nervengewebes die primitiven Anfänge des Hörnervs, der dann in gewisse Knochenstrukturen einwächst, die ihrerseits zu Teilen des Labyrinths im inneren Ohr werden. Das Ohrlabyrinth regt dann wiederum die umliegende Mesodermzellschicht dazu an, sich in zwei Schichten um die Labyrinthanlage zu sondern, von denen die eine den Schutzknorpel bildet. Solche Wechsel-

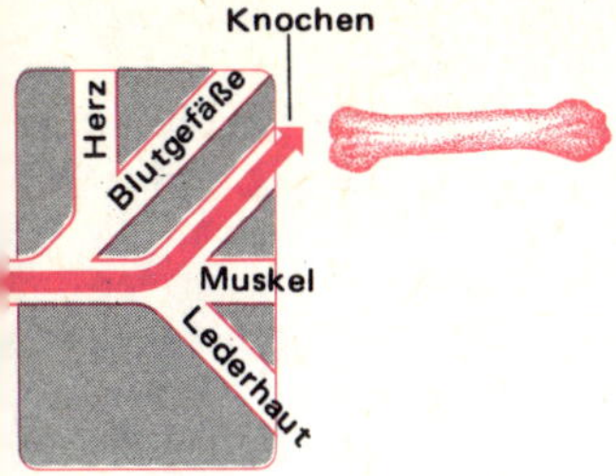

Der menschliche Körper ist aus Billionen von Zellen aufgebaut. Diese Zeichnung veranschaulicht den Werdegang eines einzigen Zelltyps – Knochenzellen – vom befruchteten Ei an. Während der Embryo wächst, erhalten die Zellen immer feiner unterschiedene Instruktionen, zu welchem Gewebetyp sie sich zu entwickeln haben.

wirkungen sind Hinweise auf ein Kommunikationssystem. Wenn irgendwelche Zellen spezifische Veränderungen in anderen Zellen hervorrufen, muß eine Art Nachricht zwischen ihnen übermittelt werden. Aber ob die Nachricht auf physikalischem oder auf chemischem Wege übermittelt wird, ist noch nicht geklärt.

Man hat versucht, mögliche chemische Nachrichten in Hühnerzellen zu identifizieren, die in einer Nährlösung kultiviert wurden. Indem sie Mesodermzellen, sogenannte Somiten, verwendeten, die entweder zu Rückenwirbeln oder zu Skelettmuskeln werden konnten, fanden die Forscher, daß Somiten, die der Berührung mit einem Stück Rückenmark ausgesetzt worden waren, zu Knorpelbildnern wurden, ein erster Schritt zur Wirbelbildung. Als in einem zweiten Experiment die Somiten und das Rückenmarksgewebe in der Lösung durch einen Filter getrennt wurden, der zwar Moleküle, aber keine ganzen Zellen durchließ, fanden in den Somiten die gleichen Veränderungen statt. Das bedeutet, daß die Befehle in molekularen Einheiten liegen, die klein genug sind, um durch den Filter zu gelangen.

Mehrere Forscher haben Zell-Extrakte hergestellt und sie analysiert in der Hoffnung, einige der Substanzen isolieren zu können, die vermutlich diese Nachrichten von Zelle zu Zelle leiten. Ihre Anstrengungen waren bislang noch ohne Erfolg. Dies hat die Frage nach der Natur dieser Übermittler nur noch faszinierender werden lassen, denn sie richtet sich auf ein wissenschaftliches Rätsel, dessen Lösung die Medizin einen großen Schritt voranbringen könnte. Besäße man erst einmal die spezifischen Stoffe, um damit die Zellentwicklung einzelner Gewebetypen anzuregen, so könnten die Ärzte die Neubildung von Gewebe in Gang setzen bei Patienten, die Verletzungen erlitten haben oder operiert wurden. So könnte man vielleicht fehlende Knochen ersetzen oder Organe nachwachsen lassen.

Die Rolle dieser verschiedenen Verbindungen bei der Entwicklung von Spezialzellen legt ebenfalls den Vergleich mit einer Tastatur nahe. Nach einer Hypothese drücken die Substanzen die Tasten, indem sie mit gewissen Genen reagieren, die daraufhin bestimmte Zellprozesse in Gang setzen.

Mit anderen Worten, ein Gen kann völlig träge sein, bis eine «Auslösersubstanz» es zur Aktivität anregt.

Das genaue Wesen der Auslöser bleibt ein Rätsel. Es ist aber eindeutig, daß sie nach genauem Plan arbeiten, denn die gleiche genetische Aktion kann zu verschiedenen Zeiten in verschiedenen Zellen stattfinden. Die Gene, die die Erzeugung eines Enzyms steuern, das bei der Energiegewinnung aus Glukose eine Rolle spielt, scheinen zum Beispiel schon zehn Wochen nach der Befruchtung des Eis in den menschlichen Leberzellen zu agieren. In den Lungenzellen wird das gleiche Enzym eine Woche später erzeugt und in Nierenzellen sogar drei Wochen später. Diese Zellprozesse müssen auch nach Plan *aufhören*, denn die Herstellung bestimmter Proteïne unterbleibt, wenn sie nicht gebraucht werden.

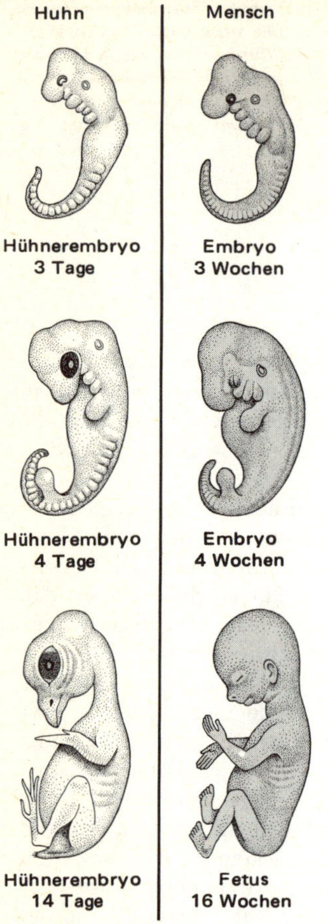

Während der ersten Wochen durchlaufen der menschliche Embryo und Embryonen weniger hochentwikkelter Tiere ähnliche Stadien. So ist zwischen einem Huhn und einem Menschen in den frühesten Stadien der embryonalen Entwicklung wenig Unterschied zu erkennen. Mit zunehmendem Alter differenziert sich der Embryo mehr und mehr, so daß der Unterschied bald sehr deutlich wird.

Am rechten Ort zur rechten Zeit

Die chemischen Substanzen, die die Entwicklung der Zelle zu einer Spezialeinheit steuern, wären kaum von Nutzen, wenn Zellen gleichen Charakters sich nicht zu Geweben zusammenschlössen. Einer der erstaunlichsten Züge der embryonalen Entwicklung ist die Tatsache, daß die richtigen Zellen fast unweigerlich zur richtigen Zeit ihren Weg zu den richtigen Orten finden. Die geeigneten Zellen scheinen immer vorhanden zu sein, wenn irgendwelche Aktionen, die sich auf ihre Entwicklung beziehen, vor sich gehen sollen. Bis heute weiß noch niemand, wie dies möglich ist.

Es ist eine fundamentale Tatsache, daß Bewegung der natürliche Zustand der Zelle ist. Sich selbst überlassen, wird sich die Zelle während ihrer gan-

Leben ist Bewegung. Allerdings ist nicht alles, was sich bewegt, lebendig, aber alles Lebendige bewegt sich. In einer Pflanzenzelle ist die Bewegung intern – das Endoplasma fließt um die Vakuole. In einer Amöbe (unten) ist der Strom des Endoplasma ebenfalls intern, aber er erzeugt auch eine Vorwärtsbewegung des frei schwimmenden Tieres, so daß es sich seine Nahrung in der Umgebung suchen kann.

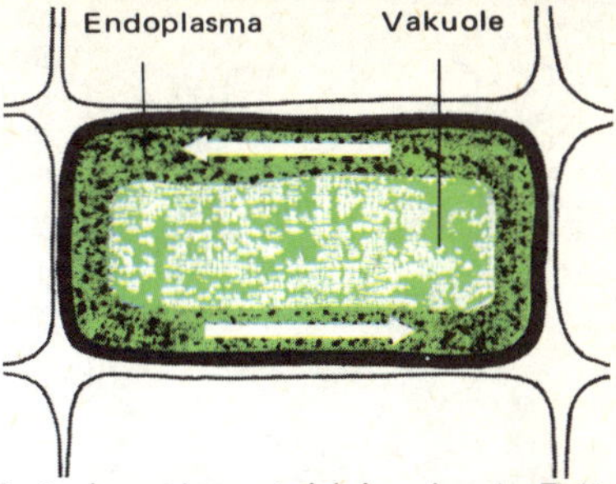

Pflanze: Endoplasma bewegt sich in ruhender Zelle

zen Lebenszeit in Bewegung befinden. Dieser Zwang zur Bewegung läßt sich leicht an dem Verhalten einer Amöbe feststellen, die in eine Kreisspur auf den Objektträger des Mikroskops gesetzt wird. Wenn die Spur, die der Amöbe angepaßt sein muß, damit sie sich nicht umdrehen kann, mit Wasser gefüllt wird, bewegt sich das Tier mit ziemlich gleichbleibender Geschwindigkeit im Kreis. In dieser Bewegung wird die Amöbe während ihrer ganzen Lebensdauer verharren. Wenn sie sich nach zwei Tagen teilt, werden ihre Nachkommen die gleiche endlose Bewegung fortführen.

Obwohl unaufhörliche Bewegung die Bestimmung aller frei lebenden Zellen ist, gibt es eine Daseinsform für Zellen, die durch Unbeweglichkeit gekennzeichnet ist. Sie entsteht, wenn sich Zellen zu Geweben eines Organismus zusammenschließen. Dem Biologen stellt sich in diesem Fall die Frage nach dem Grund, aus dem die bewegliche Zelle ihre Wanderungen aufgibt, um sich für immer bei ihren Artgenossen festzusetzen.

Zeitrafferfotos von menschlichen Zellen in Gewebekulturen haben zur Antwort beigetragen. Ein Lichtmikroskop zeigt Hunderte von ausgestreckten Anhangsgebilden an jeder Zelle. Sie schießen aus der Zelloberfläche vor, tasten in suchenden Bewegungen umher und verschwinden wieder, während sich an anderen Stellen Fortsätze bilden.

Diese Mikrofortsätze haben mehrere Aufgaben: es sind Fühler, Antennen, mit denen die Umgebung untersucht wird, und Ranken. Sie wedeln

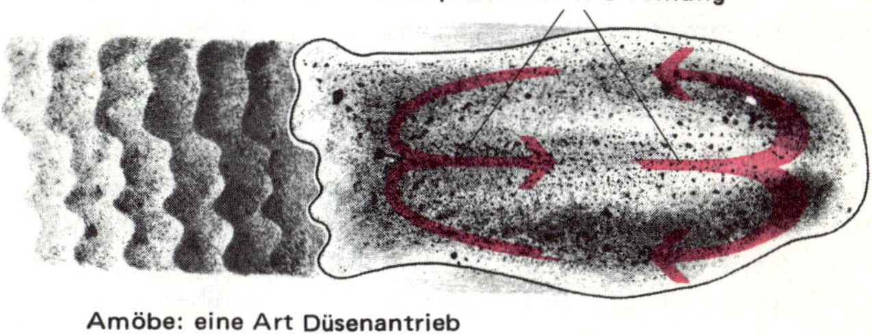

Amöbe: eine Art Düsenantrieb

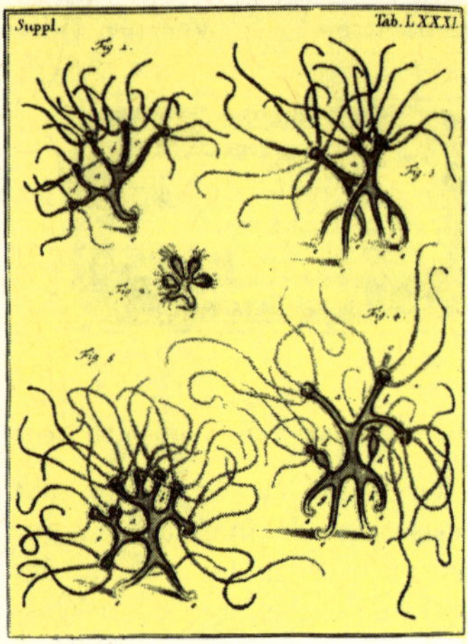

Der deutsche Zoologe und Maler August Johann Rösel von Rosenhof (1705–1759) stellte Transplantationsversuche mit Süßwasserpolypen an, indem er Teile dieser kleinen Nesseltiere aufeinanderwachsen ließ. Daraus entstanden Spinnenformen, die er in diesen Kupferstichen vorstellte. Die Zellen des Polypen sind noch nicht so fest auf eine Spezialität eingestellt, daß sie nicht andere Funktionen übernehmen könnten.

umher, bis sie mit den Oberflächen oder den Fortsätzen gleichartiger Zellen in Berührung kommen. Wenn das geschieht, können sie sich zusammenschließen zu Gruppen, die sich immer enger aneinanderbinden, bis ein Gewebe geformt ist. Die Zellen sind sozusagen gezähmt worden. Die Tatsache, daß sie sich ausschließlich an ihresgleichen anschließen und ungleiche Zellen völlig ignorieren, beweist, daß sie irgendeinen Erkennungsmechanismus haben müssen.

Aus Formlosigkeit wird Leben

Die Wirkungsweise eines solchen Erkennungssystems kann im Laboratorium an der Hydra demonstriert werden, jenem kleinen grünen Süßwasserpolypen, der viele kleine, spinnenbeinige Fanghaare hat. Eine Hydra besteht aus mehreren verschiedenen Gewebearten und kann in einzelne Zellen und kleine Zellgruppen zerteilt werden, indem man sie durch ein engmaschiges Seihtuch drückt. Der so entstandene Brei wird in ein Glas Wasser geschüttet, und die einzelnen Zellen reorganisieren sich innerhalb von Stunden zu vollkommen neuen Tieren. Andere einfache Organismen, wie etwa der Schwamm, verhalten sich genauso. Es geschieht sogar, daß in einer Mischung verschiedener Schwammarten die Zellen sich nach Arten ordnen und erst dann neue Schwämme bilden.

Die höheren Organismen können sich nicht in dieser Form neu bilden. Die Fähigkeit zur vollkommenen Neubildung des Gesamtorganismus ist mit der Evolution zunehmend komplexerer Arten, die aus vielen verschiedenen Zelltypen bestehen, verlorengegangen. Das grundsätzliche Erkennungssystem der Zellen ist aber erhalten geblieben. Die embryonale Anlage des späteren Hühnerbeines besteht zum Beispiel aus einigen hunderttausend Knorpel-, Muskel- und Hautzellen. Wenn eine Anzahl dieser Zellen in eine Gewebekultur gelegt wird, ist das Ergebnis nicht eine neue Beinanlage, aber die Zellen sondern und sammeln sich doch nach Arten. Sie können sich sogar zusammenballen, mit den Knorpelzellen in der Mitte, den Muskelzellen als Deckschicht und den Hautzellen als äußere Decke – also jedenfalls genau in der Anordnung des embryonalen Gliedes.

Die Anhäufung spezialisierter Zellen zu Gewebe ist noch nicht voll ergründet. Man weiß, daß einige Schleimpilzzellen eine Substanz ausscheiden, die Acrasín heißt und fremde Schleimpilzzellen anzieht. Ähnliche chemische «Anziehungskräfte» bestehen vielleicht auch zwischen anderen Typen gleicher Zellen. Wenn sie einmal zusammen sind, halten sich die Zellen offenbar durch eine chemische Bindung in Geweben zusammen. Man nimmt an, daß Moleküle an der Oberfläche der Zellen miteinander reagieren und dadurch eine feste Bindung herbeiführen.

Der bis zu 1,5 cm lange Grüne Süßwasserpolyp (Chlorohydra viridíssima) hat seine Farbe von Grünalgen, die auf seinem Körper siedeln. Die höchstens körperlangen Fanghaare (Tentakeln) wedeln auf der Suche nach Beutelebewesen (Mückenlarven, Wasserflöhe u. a. relativ große Tiere). Die Hydra hat verschiedene spezialisierte Zelltypen, die Gewebe und Organe (Mund, Fanghaare, Geschlechtsorgane) bilden.

In der Natur ist die Spezialisierung gleichbedeutend mit Höherentwicklung. Angefangen von den primitiven Schleimpilzkolonien, wie der auf diesem Mikrofoto, bis zu den höchstentwikkelten Organismen eignet den Zellgruppierungen eine immer feinere Arbeitsteilung für zunehmend schwierigere Aufgaben. Allerdings schränkt die Spezialisierung der Zellen deren «Mehrfachverwendbarkeit» ein. In den streng geregelten Verband eines Gewebes eingespannte Zellen können nicht beliebig andere Aufgaben wahrnehmen, für die sie keine Spezialausbildung bekommen haben. – Diese Schleimpilze (Myxomycétes) besitzen keine Zellwand, ihr vielkerniger Plasmakörper ist nackt und kann sich amöbenartig bewegen. Die wie Kobras emporgereckten Fäden tragen Sporenkapseln, die unzählige Sporen für neue Schleimpilzkolonien verstreuen.

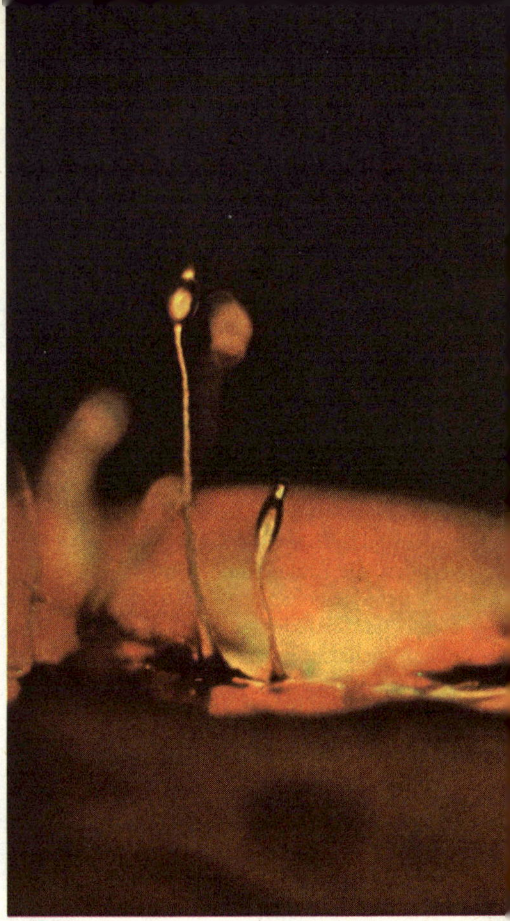

Die sichere Bindung

Obwohl die Zellen fest zusammengeschlossen sind, jedenfalls mit Ausnahme gewisser Muskelzellen, geben sie ihre Selbständigkeit nicht auf, ja, sie berühren sich nicht einmal unbedingt. Der Raum zwischen ihnen scheint mit einer Art zementierender Masse ausgefüllt zu sein – wie Ziegelsteine in einer Mauer mit Mörtel verbunden sind. Manche Zellen werden auch durch gerüstartige Gebilde zusammengehalten, die die Zwischenräume überbrücken und die Zellmembranen verbinden.

Die Bildung von Geweben ist nur ein Teil der embryonalen Entwicklung. Manchmal müssen Zellen aus dem Gewebeverband ausbrechen, um neues Gewebe zu bilden. Dieses Ausbrechen ist so bedeutend wie der Zusammen-

schluß von Zellen. Der Mechanismus, der den Ausbruch steuert, ist aber auch noch nicht entdeckt worden.

Die Untersuchung der Bildung und Trennung von Zellgruppen ist nicht nur für die Embryologie bedeutend, sondern auch für die Krebsforschung. Die Bindung von Zellen aneinander scheint bei Krebszellen teilweise auszufallen. Sie halten viel weniger fest zusammen als normale Gewebezellen. Diese geschwächte Bindung ist wesentlich, da abgesprungene Zellen wandern und Geschwulste verbreiten können. Wenn ein Weg gefunden werden könnte, diese Wanderlust zu bekämpfen, könnte es wenigstens möglich sein, die Tumore auf ihren eigentlichen Herd zu beschränken.

Viele der Vorgänge in der normalen Entwicklung von Geweben werden

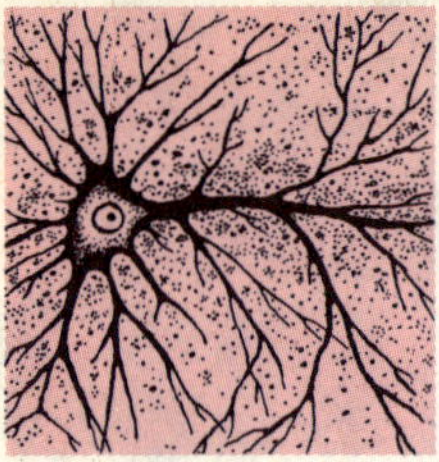

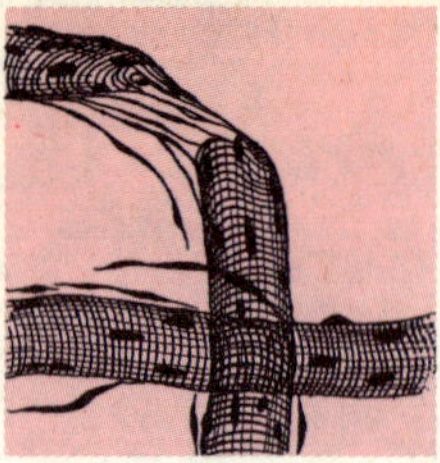

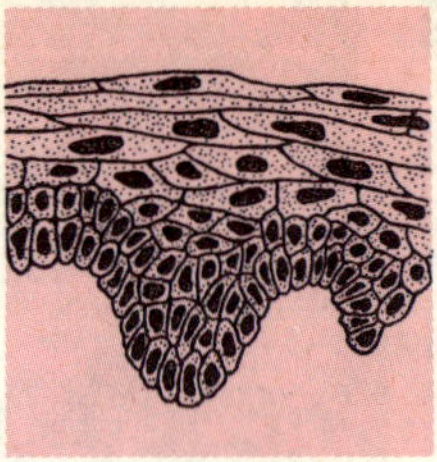

Auf den Zeichnungen sind sechs Arten differenzierter Zellen abgebildet, aus denen die Gewebe des Körpers aufgebaut sind. Die Nervenzellen von manchmal mehr als einem Meter Länge stellen das Nachrichtensystem des Körpers dar. Muskelzellen, die sich aus-

bei der Heilung von Wunden in kleinem Rahmen wiederholt. Wenn man sich in den Finger schneidet, deckt eine flüssige Absonderung die Wunde zu und bildet dann eine Kruste. Die Kruste enthält fibröse Fäden, die sich über die Wunde strecken und wahrscheinlich einen Wegweiser für die wandernden Zellen bilden, die das neue Gewebe aufbauen. Nach der Bildung der Kruste lösen sich einige der Hautzellen ab und wandern. Tiefer liegende Zellen wandern, um die zu ersetzen, die durch die Verwendung zerstört wurden. Neue, feinste Blutgefäße werden gebildet. Zur gleichen Zeit nähern sich andere Zellen von den Rändern der Wunde her, möglicherweise den fibrösen Wegweisern folgend, um die Oberfläche der Wunde zuzudecken. So wird das Gewebe Stück für Stück ersetzt.

Aber es gibt einen Schluß des Heilungsvorgangs. Die Gewebe wachsen an einer Wunde nur, wenn sie gebraucht werden, das heißt, solange überhaupt eine Wunde vorhanden ist. Mit der Heilung hört der ganze Prozeß auf. Hier zeigt sich ein anderer wesentlicher Faktor der Gewebeentwicklung, der nicht nur während des embryonalen Stadiums am Werk ist, sondern während der ganzen Lebensdauer eines Organismus. Die Bildung neuer Organe wie die Wiederherstellung abgenutzter oder verletzter Teile sind unter fortdauernder Kontrolle. Zellen aller Typen wachsen und vermehren sich, bis bestimmte Strukturen fertig sind. Dann hören sie auf zu wachsen, als wären sie abgeschaltet.

Die Erforschung der Zellenentwicklung endet nicht mit dem Embryo, auch mit der fertigen Form des erwachsenen Organismus. Sie muß von Anfang bis Ende alles umfassen. Die Tatsache, daß Zellen sich im Alter verändern, muß als Teil des Entwicklungsprozesses aufgefaßt werden. Daher sind auch die Embryologen eifrige Erforscher der Alterserscheinungen. Zellalterung ist für jeden Menschen sehr wichtig, denn so wie die Zellen eines Menschen altern, altert er selbst. Der Tod eines Organismus ist eigentlich der Ausfall einer kritischen Anzahl von Zellen, die für sein Leben unentbehrlich waren.

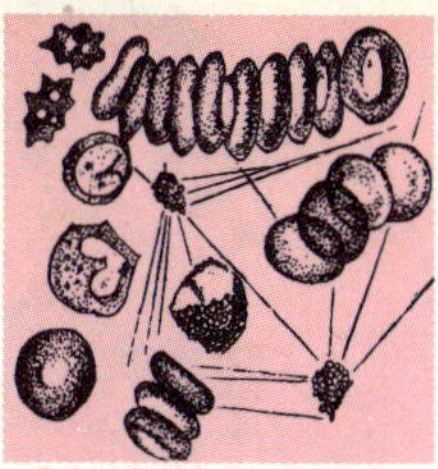
Blut

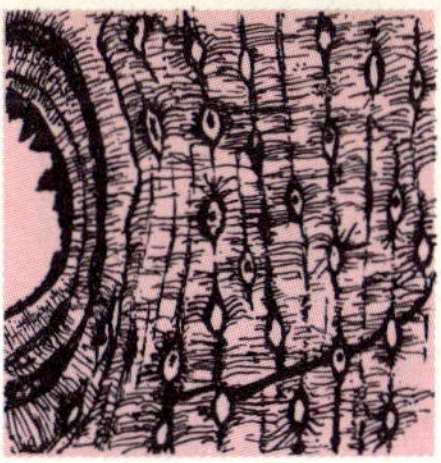
Skelett

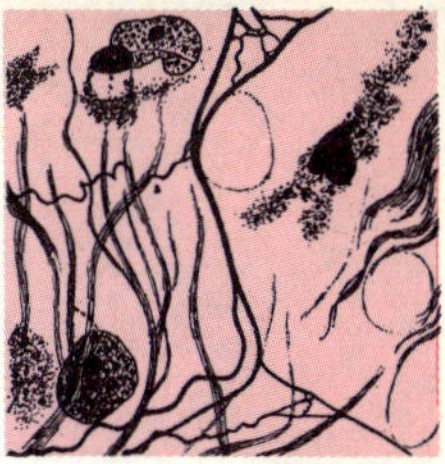
Bindegewebe

dehnen und zusammenziehen, tun die Arbeit. Deckgewebezellen (Epithél) bedecken die Oberflächen des Körpers innen und außen. Blutzellen befördern den Nahrungsbedarf und die Abfallprodukte. Skelettzellen bilden das tragende Gerüst des ganzen Körpers, und das Bindegewebe verbindet alle anderen Gewebe.

Der Tod einer Zelle

Was bedeuten aber der Tod und das Altern einer Zelle? Die Tatsache, daß alle Zellen gewissermaßen ein vollständiges Negativ von sich selbst enthalten, von dem immer wieder neue Abzüge gemacht werden können, und daß die meisten Zellen sich häufig genug teilen und erneuern können, um das Gewebe zu erhalten, ist ein Hinweis darauf, daß ein Organismus fortwährend mit frischen, neuen Teilen versorgt werden sollte. Das ist in jungen, gesunden Organismen auch der Fall, und viele Zellen sind praktisch immer in der Teilung begriffen. Mit zunehmendem Alter jedoch verschlechtern sich die Zellfunktionen, und nachfolgende Generationen sind häufig unvollkommen oder nicht zahlreich genug.

Keine Zelle lebt für immer, obwohl das Wesen der Zelle – ihre «Lebendigkeit» – durch Generationen anhalten kann, wenn der Vermehrungsprozeß nicht unterbrochen wird. Aber Zellen haben eine verschiedene Lebensdauer. Eine Epithelzelle aus der Darmauskleidung etwa lebt ungefähr 36 Stunden, bevor sie stirbt und dann abgestoßen wird. Weiße Blutkörperchen dagegen leben ungefähr 13 Tage, und rote sogar 120 Tage. Nervenzellen können hundert Jahre überdauern – und das ist sehr gut, denn sie sind unersetzlich.

Mit dem Altern des Organismus zeigen sich die charakteristischen Altersveränderungen in den Zellen, die seine Gewebe bilden. Die Fähigkeit der Zellen, sich zu vermehren, zu wachsen und sich zu ergänzen, schwächt sich ab – deshalb heilt eine Wunde bei einem alten Menschen langsamer als bei einem jungen. Manchmal werden die Zellen kleiner, die Proteïnerzeugung wird langsamer, die Golgi-Apparate fallen zum Teil aus. Die Mitochondrien zerfallen oder verlängern sich und beeinflussen dadurch die Stoffwechselvorgänge der Zelle noch weiter. Außerdem kann die Menge sowohl des genetischen Materials als auch die der Enzyme sich im Alter

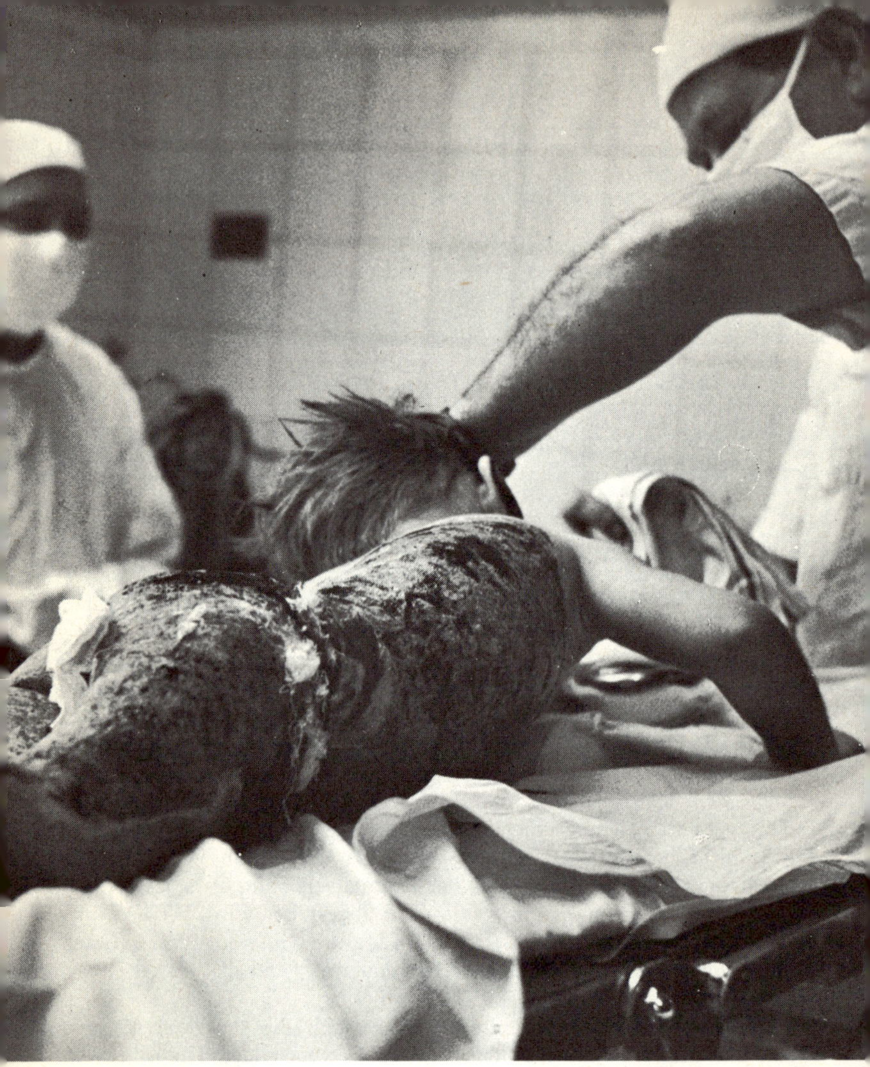

Der Mensch, der höchste Gipfel der Zelldifferenzierung und -spezialisierung, ist gleichzeitig der am wenigsten begabte Erneuerer von zerstörtem Gewebe. Einige menschliche Gewebearten haben begrenzte Regenerationsfähigkeit, so die Leber, die Haut, Bindegewebe, Fett, Knochen, Knorpel und sogar einige Nervenfasern. Muskelgewebe ist kaum ersetzbar, und das zentrale Nervensystem und der Herzmuskel haben überhaupt keine Erneuerungskraft. Auf diesem erschütternden Bild untersuchen Ärzte einen dreijährigen Jungen mit so schweren Brandwunden, daß nur ein Wunder der Zellregeneration ihn retten kann.

Auf diesem Bild, das etwa ein Jahr nach dem linken gemacht wurde, sieht man den kleinen Jungen, fast gesund, umgeben von den Ärzten, den Hautspendern und den medizinischen Hilfsmitteln, die ihm halfen, fast Dreiviertel seiner Haut zu ersetzen. Hautverpflanzungen von Fremden wachsen nicht an, sie können jedoch den Körper schützen, während die eigenen Hautzellen neu wachsen.

verändern. Diese Veränderungen verringern nicht nur die Reproduktionsfähigkeit, sondern bedrohen unter Umständen sogar deren Existenz.

Verschiedene Untersuchungen zeigen, daß das Altern ein komplexer Prozeß ist, der durch Wechselwirkungen verschiedener Zelltypen hervorgerufen wird. Es gibt eine Reihe von Theorien, die einen Grund für das offenbar unvermeidliche und immer gleiche Altern der Zelle — und damit des Menschen — anzugeben versuchen. Aber keine ist wirklich schlüssig und allgemein anerkannt. Allerdings hat die moderne Medizin die zu erwartende Lebensdauer des Organismus verlängert. In diesem Jahrhundert hat es eine bemerkenswerte Zunahme an Menschen gegeben, die sich im siebten, achten und sogar neunten Jahrzehnt ihres Lebens befinden. Interessant ist in diesem Zusammenhang, daß es kein proportionales Anwachsen in der Zahl der Hundertjährigen gegeben hat. Diese Tatsache könnte bedeuten, daß es eine artspezifische, genetisch bestimmte Grenze der Lebenserwartung sowohl der Zellen als auch der aus ihnen aufgebauten Organismen gibt.

Die ersten Zellen, die Chlorophyll enthielten, waren Algen. Es gibt heute etwa 18 000 Algenarten, die in den Ozeanen, in Teichen und Flüssen, in Schnee und Eis, in Thermalquellen mit 85° C Temperatur, auf Baumrinden und unter der Erde leben. Rotalgen werden auch Seemoose genannt, weil sie so zart gebaut sind. Der rote Farbstoff überdeckt alle anderen, das Chlorophyll eingeschlossen. Antithámnion plúmula, die Art, die hier in 300facher Vergrößerung abgebildet ist, wird an den britischen Küsten gefunden. Die einzelnen Zellen verbinden sich zu Zweigformen, die große Ähnlichkeit mit den Formen höherer Pflanzen haben.

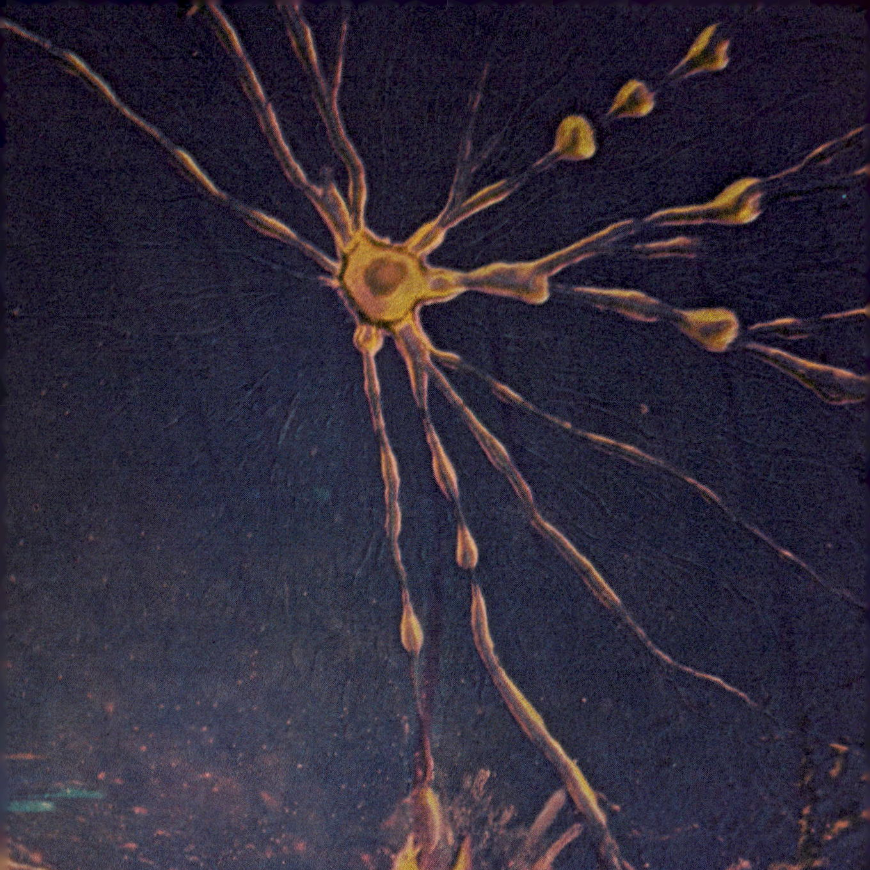

Schleimpilze sind direkte Abkömmlinge der ersten Lebewesen auf der Erde. Die einzelnen farblosen, amöbenartigen Zellen ballen sich zusammen (Seite 114), wenn einige von ihnen den Wirkstoff Akrasin absondern, sobald das Nahrungsangebot an Bakterien an einem Ort abnimmt. Die schneckenförmige Kolonie (unten) besteht aus 50 000 Einzelzellen, die alle zwar ihre Selbständigkeit bewahren, aber doch ein harmonisches Arbeitsteam bilden, wenn es auf Nahrungssuche geht. Auf der Unterseite wird eine Schleimsohle abgesondert, auf welcher die «Schnecke» kriechen kann. Nach vier Tagen gestalten sich die ursprünglich gleichbeschaffenen Zellen in stielbildende und sporenbildende Typen um (rechts). Die Köpfchen an den Stengeln enthalten Sporen, die neue Einzeller hervorbringen.

6

Die Mechanik der Muskelkräfte

Zellen bewegen sich auf mannigfache Weise. Einige Einzeller, wie das Pantoffeltierchen, bewegen sich mit Hilfe wimpernartiger Fortsätze, die Cilien genannt werden (Zílien; von lateinisch cilium = Wimperhärchen; Mehrzahl cilia). Amöben kriechen auf Scheinfüßen einher, indem sie ihre ganze Form ändern, und das Spermatozóon («Samentierchen») peitscht sich mit seinem Faden vorwärts.

Diese Formen der Fortbewegung scheinen ihren Antrieb alle aus molekularen Wechselwirkungen zu erhalten. In größeren Organismen erfordert die Bewegung der Muskelzellen ebenfalls außerordentlich kunstvoll angelegte Prozesse. Muskeln sind höchst bemerkenswerte Körperteile aus spezialisiertem Gewebe. Die meisten Menschen wissen nicht einmal, wie stark sie wirklich sind. Vor einigen Jahren wurde ein Junge bei der Arbeit unter dem Heck des Familienautos eingeklemmt, als der Wagenheber abrutschte. Seine Mutter, die nicht sehr groß war, hob die Last von drei Zentnern an der rückwärtigen Stoßstange von ihrem Sohn, der zum Glück nur ein paar Quetschungen erlitten hatte. Die Bedrohung hatte der Mutter eine Kraft verliehen, die sie normalerweise nicht aufbringen würde.

Diese Kraftreserve ist nur *eine* der ungewöhnlichen Eigenschaften, die dem Muskel eigentümlich sind. Muskelgewebe ist überdies außerordentlich anpassungsfähig. Man setzt eine Kraft von wenigen Pond ein, um eine Reißzwecke oder eine Büroklammer zu heben, etwa drei Kilopond für ein schweres Buch und vielleicht zehn Kilopond für einen leichten Koffer. Es ist aber auch möglich, mit der Rechten einen Händedruck von 75 Kilopond zu verabreichen!

Kleine Erinnerung an den Physikunterricht: Die *Kraft* wird in Pond und Kilopond gemessen. Ein Kilopond (1 kp) ist das *Gewicht* einer 1 Kilogramm schweren *Masse.* 1 Pond (1 p) ist gleich ein tausendstel Kilopond. Definiert ist 1 Kilopond als diejenige Kraft, mit der 1 Liter Wasser von 4° C in Potsdam von der Erde angezogen wird. Hebt mein Arm das Gewicht von 1 kp gegen die Schwerkraft der Erde um 1 m hoch, so habe ich eine *Arbeit* von 1 Meterkilopond (mkp) verrichtet.

Die Struktur eines Muskels ändert sich während der normalen täglichen Handlungen wiederholt. Im vollkommen entspannten Zustand ist ein Muskel wenig eindrucksvoll – eine nachgiebige Masse, die kaum aussieht,

Das Herz eines Säuglings ist genauso gut ein Muskel wie der Bizeps eines Boxers. Muskelgewebe ist hochspezialisiert. Ein Befehl vom Gehirn kann ganze entspannte Muskelbündel sofort in eine äußerst disziplinierte Mannschaft verwandeln, die gemeinsam den Körper und seine Teile in Bewegung hält.

als wäre sie für alle Bewegungen des Körpers zuständig. Dieses weiche Gewebe erfährt jedoch eine starke und schnelle Verwandlung, wenn es gebraucht wird und konzentrierte Kraft anwenden soll. In wenigen Hundertsteln einer Sekunde kann es sich in das harte, zähe und doch elastische Material verwandeln, das die dynamischen Eigenschaften aufweist, die

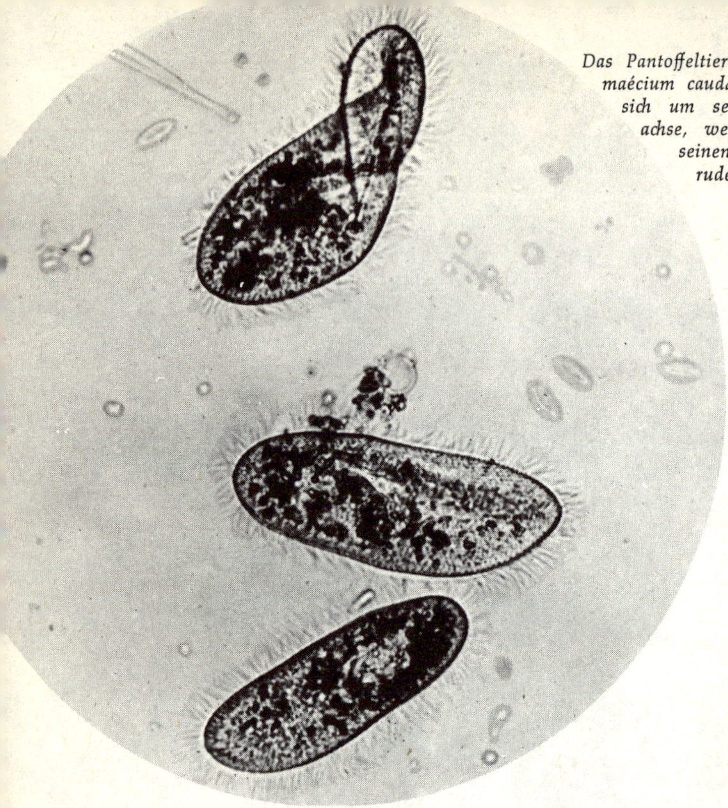

Das Pantoffeltierchen (Paramaécium caudátum) dreht sich um seine Längsachse, wenn es mit seinen Wimpern rudert.

schon lange ein Rätsel auch für Ingenieure und Physiker und nicht nur für Biologen waren.

Trotz seiner einzigartigen Merkmale hat das Muskelgewebe eine chemische Zusammensetzung, die derjenigen anderer Körpergewebe nicht unähnlich ist. Wenn man ein Stück schieres Muskelfleisch fein zerquetscht, in ein Tuch legt und in einer Presse unter hohem Druck auspreßt, erhält man einen flüssigen Extrakt, den sogenannten «Preßsaft». Die Analyse der Flüssigkeit und der festen Masse ergibt als Muskelbestandteile: ungefähr 78 Prozent Wasser, 20 Prozent Proteïn (Eiweiß), 1 Prozent Kohlehydrate und etwas Fett und Salz. Die gleichen Prozentsätze und Bestandteile gelten für die meisten anderen Körpergewebe, also müssen die ungewöhnlichen Fähigkeiten des Muskelgewebes eher auf die Organisation seiner Teile als auf das Material zurückzuführen sein.

Muskel kann man definieren als ein Gewebe aus Zellen, deren Protoplasma die besonders entwickelte Fähigkeit hat, sich nach Einwirkung von Nervenimpulsen unter Kraftentfaltung zusammenzuziehen, zu kontrahie-

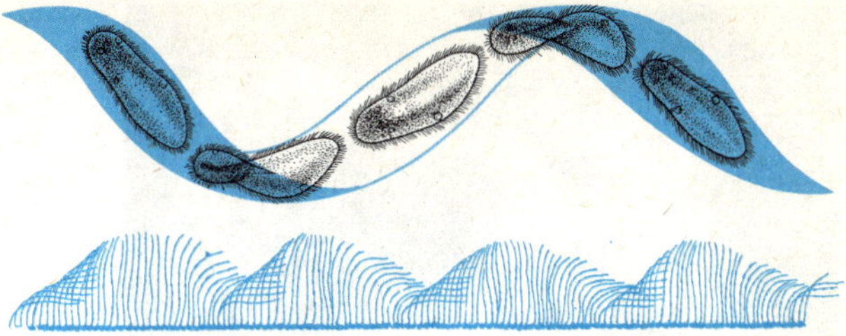

Der Zellkörper des Pantoffeltierchens ist von etwa 2500 Wimpern spiral umsäumt, die in rhythmischen Wellen wedeln. Auf einer spiralig gewundenen Bahn rudert der Einzeller durchs Wasser (oben). Durch Umkehrung der Wimpernbewegung kann der «Rückwärtsgang» eingelegt werden. Höchstgeschwindigkeit: 1,4 Millimeter pro Sekunde. Das ist für einen Einzeller ein Rekordtempo! Der Wirkungsgrad der Wimperbewegung ist allerdings äußerst gering – nur 0,5 bis 1 Prozent der aufgewendeten Energie wird für die Bewegung nutzbar gemacht.

ren. Die Gesamtheit aller Muskelgewebe – die Muskulatur – dient dem Körper zur Ausführung von Bewegungen.

Das Gewebe der Körpermuskulatur ist entweder aus *Muskelzellen* oder aus *Muskelfasern* aufgebaut.

Muskelzellen sind spindelförmige Zellen. Ihr Zellplasma ist zum größten Teil in allerfeinste Fasern, die sogenannten Myofibrillen, umgewandelt (von griechisch mys = Muskel und lateinisch fibrilla = Fäserchen). Die Myofibrillen sind gleichlaufend in der Längsrichtung der Muskelzelle angeordnet und besitzen die Fähigkeit, sich in kürzester Zeit auf einen Nervenreiz hin auf weniger als die Hälfte ihrer ursprünglichen Länge zusammenzuziehen (kontrahieren). Dabei werden sie dicker. Ein Zellkern im Protoplasma der Muskelzelle vermittelt die Ernährung der Myofibrillen.

Muskelfasern sind prinzipiell ähnlich aufgebaut wie Muskelzellen. Die Unterschiede sind: 1. Wesentlich mehr Myofibrillen im Plasma; 2. zahlreiche Zellkerne; 3. feste Hülle als äußerer Abschluß.

Muskelzellen sind meist nur Bruchteile eines Millimeters lang. Muskelfasern dagegen erreichen die stattliche Länge von zehn Zentimetern oder noch mehr. Es versteht sich, daß die Muskelfasern bei gleicher Kontraktilität (= Fähigkeit, sich zusammenzuziehen) sich infolge ihrer Länge um einen bedeutend größeren Betrag zusammenziehen können als die winzigen Muskelzellen.

Anpassung der Muskeln an die Last

Mit jedem Muskel ist ein Nerv verbunden. Diese Nervenfasern geben Befehle vom Zentralnervensystem (Gehirn und Rückenmark) an die Muskeln durch. Sie werden deshalb Bewegungsfasern, motorische Nerven oder zen-

Unendlich kompliziert ist das Zusammenspiel von Nervenimpulsen und zielgerichteten Muskelkontraktionen in der kräftigen Muskulatur eines Kugelstoßers.

trifugale Nervenfasern genannt (zentrifugal, weil sie vom Zentralnervensystem gleichsam «fliehen»).

Die einzelnen Muskelzellen und Muskelfasern ziehen sich zusammen, wenn sie von ihrem motorischen Nerv einen Impuls (Reiz) empfangen. Der Nerv gibt dem Muskel also den Anstoß, sich zu verkürzen und damit seine Arbeitsleistung zu vollbringen.

Der Anstoß des Nervs darf aber nicht zu schwach sein, von allzu flüchtigen Reizen läßt sich der Muskel nämlich nicht aus der Ruhe bringen. Er arbeitet nur, wenn er kräftig dazu aufgestachelt wird. Die Stärke des Nervenimpulses muß also oberhalb einer bestimmten Reizschwelle liegen, um vom Muskel überhaupt «verstanden» zu werden.

Wenn die Muskelzelle oder -faser den Befehl vom Zentralnervensystem erst einmal deutlich vernommen hat, dann allerdings gehorcht sie augenblicklich, und zwar hundertprozentig. Sie verkürzt sich sofort, so stark sie überhaupt kann. Eine zögernde und lässige Befehlsausführung auf «halbe Kraft» kennen die Muskelzellen und -fasern nicht. Dieser Kadavergehorsam, der die Muskelzellen und -fasern alles oder nichts ausführen läßt, zwingt die Befehlszentrale im Gehirn und Rückenmark zu einer organisatorischen Spezialregelung. Denn sehr oft ist es gar nicht erwünscht, daß ein Muskel sich auf ein leises Kommando hin gleich bis an die Grenze seiner Leistungsfähigkeit zusammenzieht. Um den gesamten Muskelverband davon abzuhalten, auch wenn es gar nicht erwünscht ist, doch sofort in voller Stärke zu operieren, wird von der Befehlszentrale in solchen Fällen nur die erforderliche Anzahl von Muskelzellen oder -fasern mobilisiert. Es werden gerade genug Befehle ausgegeben, um die Kraftentfaltung des teilmobilisierten Muskels auf die von ihm geforderte Arbeitsleistung abzustimmen. Eine Stecknadel aufzunehmen, dazu bedarf es nur weniger Impulse. Einen vollgepackten Koffer zu stemmen, das braucht schon einen erheblich massiveren Einsatz von Muskelkraft.

Der Prozeß der Anpassung von Last und Muskelreaktion deutet auf ein Rückkopplungssystem hin – ähnlich dem, das in modernen elektronischen Rechenautomaten verwendet wird. Die Muskelaktion wird mit wachsender Last größer werden, etwa so wie der Motor eines Traktors automatisch beschleunigt, wenn der Pflug auf schweren Boden trifft. Ohne eine solche Rückkopplungskontrolle in unserem Muskelsystem würden wir die gleiche Energie für das Heben eines Löffels ansetzen wie für das Hochwuchten eines Wackersteins.

Im Gegensatz zu anderen Körperzelltypen können sich die Muskelzellen nicht teilen und sich daher auch nicht in der üblichen Weise vermehren. Beim Menschen (und den meisten Säugetieren) können aber doch neue Muskelzellen gebildet werden, um im erwachsenen Organismus die zerstörten Muskelzellen zu ersetzen. Der verwickelte Vorgang, bei dem Gebilde zusammengefügt werden, die schon in der Zellflüssigkeit schwimmen, hat Ähnlichkeit mit einem Schiffsneubau aus Wrackteilen. Derartige Ersatzmaßnahmen können die Leistungsfähigkeit der Muskeln auf einem bestimmten Niveau halten, aber sie können nicht für lange Zeit die Abnutzungserscheinungen ausgleichen, die das Ergebnis absterbender Zellen sind. In der Zeit zwischen einem Lebensalter von 30 und von 75 Jahren können einige Muskeln sogar bis zu 30 Prozent Gewicht verlieren. Das bedeutet natürlich nicht, daß die Muskeln in diesen Jahren nicht an Größe und Kraft zunehmen können. Aber der strotzende Bizeps eines Boxers ist kein Beweis für die Zunahme der Zahl der Muskelzellen im Arm – die einzelnen Fasern sind einfach größer geworden.

Die genaue Beziehung zwischen Muskelgröße und Muskelbeanspruchung ist noch nicht eindeutig geklärt. Man nimmt an, daß das Muskelwachstum abhängig ist von der Leistungsfähigkeit der einzelnen Muskelfasern. Es ist bekannt, daß die Muskelfaser verkümmert, schrumpft und sogar verschwinden und durch Bindegewebe ersetzt werden kann, wenn durch Verletzung oder Krankheit ein Nerv zerstört ist und die Nervenimpulse an die Faser aufhören. Deshalb ist es wahrscheinlich, daß der Muskel im umgekehrten Fall, wenn er sehr aktiv ist, an Größe und Kraft zunimmt. Danach wäre die Ausbildung der Muskulatur als direkte Folge der Beanspruchung zu betrachten, die den Muskeln zugute kommt oder vorenthalten wird.

Sämtliche Skelettmuskeln des Körpers, wie etwa der Bizeps, bestehen aus quergestreiften Muskelfasern – die Streifung zeigt an, daß sie eigentlich aus einer Kette kürzerer Abschnitte zusammengesetzt sind. Außer den quergestreiften Muskeln, die für fast alle willkürlichen Bewegungen sorgen, haben wir das glatte Muskelgewebe, das die unwillkürlichen Bewegungen der inneren Organe ausführt, und den Herzmuskel, der eine ganz eigene, raumgitterähnliche Struktur aufweist und während des ganzen Lebens unaufhörlich arbeitet.

Ein einzelner quergestreifter Muskel kann aus Hunderten oder Tausen-

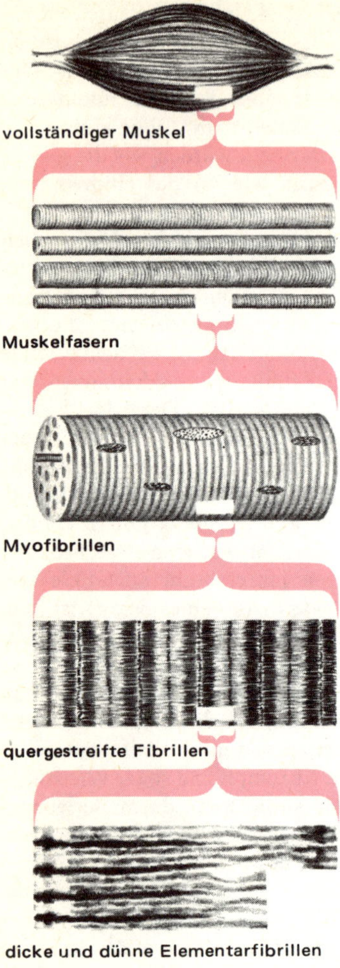

Die Feinstruktur des Muskelgewebes: Diese immer stärker vergrößerten Schemazeichnungen zeigen vom vollständigen Muskel bis zu den Elementarfibrillen den Aufbau des Zellgewebes, das Energie in Bewegung verwandelt.

den von Muskelfasern bestehen, die wie zu einem lebenden Kabel zusammengebündelt sind. Dieser kabelartige Aufbau wiederholt sich im ganzen Muskelgewebe bis hinunter zur molekularen Ebene. Die einzelnen Fasern oder Zellen eines Muskels enthalten wiederum zwischen tausend und zweitausend kleinere Unterteilungen. Das sind die Myofibrillen, die parallel zueinander verlaufen und das kontraktile Element des Muskels bilden — sie tun also die eigentliche Arbeit. Die Myofibrillen haben einen Durchmesser von ungefähr einem Mikron (= 1 tausendstel Millimeter). Der Raum zwischen ihnen ist mit dem Sarkoplásma, der Zellflüssigkeit des Muskelgewebes, ausgefüllt. (Sarkoplasma ist der wissenschaftliche Ausdruck für das Protoplasma, Zell- oder Zytoplasma in der Muskelzelle; er wurde von dem griechischen Wort sarx = Fleisch abgeleitet, weil die Muskulatur der Tiere und des Menschen gewöhnlich mit «Fleisch» bezeichnet wird.)

Die allerfeinsten Fäden

In der Muskelzelle oder -faser gibt es aber ein noch feineres Fadengespinst. Jede Myofibrille besteht noch einmal aus Hunderten von sogenannten Elementarfibrillen. Der dünne Typ der Elementarfibrillen ist 100 Å breit, der dicke Typ 200 Å (Å ist die Abkürzung für die Längenmaßeinheit Ångström; 1 Å = 10^{-8} cm). Wenn man einen Querschnitt einer Myofibrille mit dem Elektronenmikroskop zweihunderttausendmal vergrößert, kann man ein Muster erkennen, in dem dünne und dicke Fädchen abwechselnd

Myofibrille in Ruhe: die dicken und dünnen Elementarfibrillen berühren sich nicht.

Beginn der Kontraktion: die Elementarfibrillen gleiten aufeinander zu; die Myofibrille wird kürzer.

Myofibrille voll kontrahiert: die Elementarfibrillen haben sich wie Kammzinken ineinandergeschoben.

in geometrischer Form angeordnet sind. Die Elementarfibrillen sind der kleinste Bestandteil des Muskels.

So hat also die Forschung die quergestreiften Muskeln als ein Fasersystem erkannt, in dem jede Faser ein Bündel aus Myofibrillen ist und jede Myofibrille ein Bündel aus Elementarfibrillen. Diese Einzelheiten der Struktur sind offenbar für die Arbeitsweise der Muskeln wichtig.

Bei der Kontraktion einer Myofibrille scheinen die Elementarfibrillen sich nicht zu verkürzen. Daraus läßt sich erkennen, daß die dünnen Elementarfibrillen wahrscheinlich so angelegt sind, daß sie zwischen die dicken gleiten. Diese Arbeitsweise der Elementarfibrillen kann man sich am Beispiel zweier Kämme anschaulich machen. Der eine Kamm soll dicke Zinken mit weiten Zwischenräumen haben, der andere dünnere Zinken in einem so weiten Abstand voneinander, daß sie genau in die Zwischenräume des «dicken» Kamms passen. Bewegen sich die beiden Kämme aufeinander zu, so schieben sich die Zinken in die Zwischenräume zwischen den Zinken des jeweils anderen Kammes. Der Abstand zwischen beiden Kämmen verringert sich, ohne daß ihre Zinken sich verkürzen. In diesem Vergleich sind die Zinken den Elementarfibrillen, die Kammrücken den Myofibrillen gleichzusetzen. Wenn die Zinken sich bis zum gegenüberliegenden Kammrücken vorgeschoben haben, ist die Grenze der Kontraktion der Myofibrillen erreicht.

Jede Beschreibung der Arbeitsweise eines Muskels wäre unvollständig, ohne zu erwähnen, wie der Muskel mit Kraftstoff versorgt wird. Die Arbeitsleistung des Muskels – seine Kontraktion unter Kraftentfaltung – ist nämlich wie jede andere Arbeitsleistung an Energie gebunden. Die Erzeugung von Muskelenergie beruht auf elektrischen und chemischen Kräften – genau wie bei einem Automotor.

Die «Zündung» einer Muskelfaser – die Kontraktion oder Zuckung, die erfolgt, wenn ein Muskel einen geeigneten Reiz empfangen hat – beginnt an einem Punkt, wo die feinstverzweigten Ausläufer der Nervenfaser mit ihren Endösen mit der umhüllenden Haut der Muskelfaser verwachsen sind. Diese Kontaktstelle zwischen Nerv und Muskel heißt *motorische Endplatte.* Die ruhende Muskelfaser, die mit Energie aufgeladen ist, springt an, wenn dieser Nerv ihr den Befehl zur Kontraktion gibt. Die Übertragung des Befehls erfolgt durch zwei elektrische und einen dazwischenliegenden chemischen Vorgang.

Es beginnt mit einer Reihe von elektrischen Impulsen, die über die verschiedenen Nervenfasern vom Gehirn zur motorischen Endplatte jagen. Wenn die Impulse diese Kontaktstelle erreichen, setzen sie eine chemische Reaktion in Gang, die die Absonderung einer Aktionssubstanz in kleinsten Portionen bewirkt. Die Aktionssubstanz (sie hat den wissenschaftlichen Namen Azetylcholin) verändert irgendwie die Eigenschaften der Muskelfaserhülle, so daß die Faser ihre gespeicherte elektrische Ladung freisetzt. Diese elektrische Entladung breitet sich über die Oberfläche der Faser aus.

Mit dieser Entladung ist die Muskelfaser schon fast bereit zur Kontraktion. Es erfolgt jetzt der zweite elektrische Vorgang. Ein Bewegungsimpuls wird von der Oberfläche der Muskelfaser den inneren kontraktilen Elementen, den Myofibrillen, zugeleitet. Die hierfür nötige Zeit beträgt einige Tausendstel einer Sekunde. Wenn der Impuls angekommen ist, kontrahieren die Myofibrillen. Ein einzelner Nervenreiz (Bewegungsimpuls) löst in der Muskelfaser nur eine Zuckung aus: die Faser verkürzt sich blitzschnell, wird dabei dicker, erschlafft sofort wieder. Die Dauer einer solchen Zuckung – Nervenreiz, Kontraktion, Entspannung – beträgt für die quergestreifte Muskulatur der Säugetiere und des Menschen etwa eine zehntel Sekunde.

Die Elektrizität des Muskels

Die elektrischen Veränderungen in der Muskelfaser beginnen, wenn die Aktionssubstanz die Oberfläche der ruhenden Faser berührt. Im Ruhezustand besteht zwischen dem elektrisch negativen Zellinnern und der elektrisch positiven Oberfläche ein elektrisches Potential. In diesem Zustand hat die Faser oder die Zelle eine elektrische Spannung von etwa 0,09 Volt. Dieses sogenannte Ruhepotential wird durch die strukturelle Unversehrtheit der Zellmembran aufrechterhalten. Die Aktionssubstanz ändert nun offenbar vorübergehend die Struktur der Zelloberfläche, so daß ein entgegengerichteter Strom von Natrium- und Kaliumionen (Ionen sind elektrisch geladene Atome) zwischen der Zelle und der sie umgebenden Flüssigkeit fließt. Indem die Ionen durch die Membran strömen und sich neu gruppieren, verliert die Zelle vorübergehend ihre elektrische Ladung. In diesem entladenen Zustand ist die Muskelfaser bereit zur Kontraktion.

Jede Muskelanstrengung benötigt eine Reihe komplizierter Reaktionen, die an vielen Stellen gleichzeitig stattfinden. Jede Körperbewegung mobilisiert Millionen von Muskelfasern. Unaufhörlich finden elektronische Wechselwirkungen statt, indem elektrische Ströme durch die Zellmembranen und auf den Bahnen innerhalb der Fasern hin und her fließen. Das

Arten des Muskelgewebes: Im Körper finden sich drei deutlich unterschiedene Muskelarten. Es gibt den glatten Muskel, der die Wände der Blutgefäße, des Verdauungskanals und des Harn-Geschlechts-Apparats bildet und aus spindelförmigen Zellen besteht, deren jede einen Kern hat. Dann gibt es den Skelettmuskel, der für die willkürlichen Körperbewegungen verantwortlich und aus quergestreiften Strängen aufgebaut ist. Das Herzmuskelgewebe findet sich nur im Herzen. Es hat Streifen und Zentralkerne, seine Faserzüge bilden ein dreidimensionales Netzwerk.

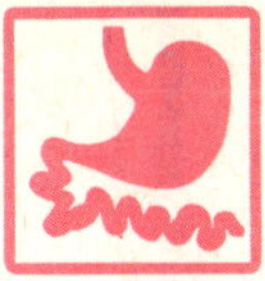

glatter Muskel

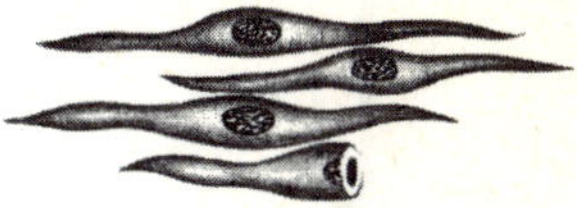

Skelettmuskel

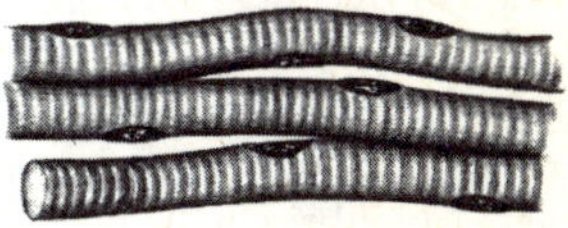

Herzmuskel

Tempo, in dem diese Vorgänge ablaufen, geben die Nervenreize an, die an Millionen motorischen Endplatten die Endösen der Nervenfasern die Aktionssubstanz abscheiden heißen.

Wie wichtig die an den motorischen Endplatten ablaufenden Reaktionen sind, läßt sich an der schnellen und tiefgreifenden Wirkung jeder Störung an dieser Stelle erkennen. Die tödlichen Gifte Strychnin, Kokain, Kurare und das bei Fleischvergiftungen wirksame Toxin wirken alle durch Blockierung der Kontaktstellen zwischen Nerven und Muskeln.

Auch bei der Myasthenie, einer Krankheit, die fortschreitende Muskelschwäche bis zur Lähmung hervorruft, nimmt man eine Hemmung der Erregungsübertragung zwischen motorischem Nerv und Muskel in der motorischen Endplatte an.

Treibstoff für die Muskelmaschine

Die Aktionssubstanz kann mit dem Zündungsmechanismus eines Verbrennungsmotors verglichen werden. Die nächste Frage gilt nun dem Motor selbst. Wenn eine Muskelfaser einen Reiz empfangen hat, braucht sie Energie, um ihre Arbeit zu tun. Adenosintriphosphat (ATP), der

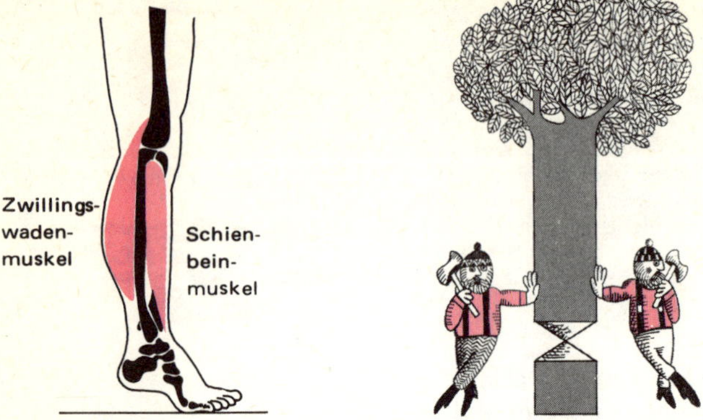

Genau wie die beiden Holzfäller in Gemeinschaft arbeiten, wenn sie den Baum festhalten oder ihn nach der einen oder anderen Seite bewegen, arbeiten auch die Muskeln paarweise. Jeder Muskel des Körpers hat sein Gegenstück und beide arbeiten immer zusammen: der eine ist entspannt, wenn der andere angespannt ist. Bei dem auf Zehenspitzen stehenden Bein übt der Zwillingswadenmuskel Zug aus, der Schienbeinmuskel ist entspannt.

Universaltreibstoff für Pflanzen- und Tierzellen, liefert diese Energie. Die Muskelzelle macht, da sie eine tierische Zelle ist, einen Teil ihres benötigten ATP mittels des Vorgangs der Glykolyse selbst, und zwar aus Glukose.

Diese Vorstufe der Energieerzeugung bereitet die im Krebszyklus in großem Maßstab ablaufende ATP-Produktion vor. Der Erzeugungsort sind die Mitochondrien, die als Kraftwerke dienen und im Sarkoplasma zwischen den Myofibrillen liegen. In ihnen läuft der Krebszyklus ab. Die letzten Reaktionen gehen in den Mitochondrienwänden vor sich, von denen man annimmt, daß sie in bestimmten Anordnungen Moleküle enthalten, durch die ein Elektronenstrom fließt. Wegen des hohen Energiebedarfs der Muskeln enthalten die Muskelzellen im allgemeinen mehr ATP-synthetisierende Mitochondrien als die meisten anderen Zellen.

Muskeln können auch unter Umgehung des Krebszyklus und außerhalb der Mitochondrien ATP erzeugen. Der Krebszyklus braucht Sauerstoff, und bei großer Beanspruchung übersteigt die Nachfrage des Körpers manchmal das Angebot. Ein durchtrainierter Sportler kann vielleicht in einer Minute fünf Liter Sauerstoff einatmen. Um diesen Sauerstoff in der gleichen Zeit dem Gewebe zuzuführen, muß das Herz mehr als zwanzig Liter Blut durch den Körper zu den Geweben pumpen — ungefähr die maximale Leistung des Herz-Lungen-Systems.

Wenn die Situation eine Anstrengung erfordert, die die Sauerstoffaufnahmekapazität eines Menschen übersteigt, können Herz und Lunge den schwer arbeitenden Muskeln nicht genügend Sauerstoff liefern. In dieser Situation fällt der Krebszyklus durch Mangel an Sauerstoff aus, und die Zelle muß ihr ATP durch Glykolyse produzieren. Wenn wieder Sauerstoff geliefert wird, nimmt der Krebszyklus seine Arbeit wieder auf und erzeugt durch Oxydation Energie in der üblichen Weise.

Gerade diese Reaktionen in den Muskelzellen sind auch von besonderem Interesse, da sie zeigen, daß alle Zellen nach dem gleichen Prinzip arbeiten. Als die Biologen sich mit dem Stadium sauerstofffreier, energieerzeugender Prozesse in Muskelzellen beschäftigten, mußten sie erkennen, daß diese Vorgänge Ähnlichkeit mit einer in Pflanzenzellen beobachteten Reaktionsreihe hatten – mit der alkoholischen Gärung.

Gärung gewinnt

Louis Pasteur und seine wissenschaftlichen Nachfolger hatten im neunzehnten Jahrhundert die Einzelheiten der Gärung bei der Herstellung von Wein und Bier verfolgt. Gärung findet in Hefe und anderen Zellen statt und ergibt in einer Reihe von mehreren Reaktionen unter anderem Äthylalkohol. Man entdeckte, daß die meisten dieser Reaktionen auch in den Muskelfasern eine Rolle spielen. In Perioden großer Anstrengung vollzieht sich eine Art Gärung in den Muskeln. Dieser Prozeß ergibt Milchsäure, aus der ATP-Moleküle gebildet werden. Die Fähigkeit dieses Hilfsmechanismus, Energie ohne Sauerstoff zu erzeugen, ist in der Leistung natürlich begrenzt, und der Körper verlangt innerhalb kurzer Zeit den Ausgleich. Auch deshalb atmen Sportler nach anstrengenden Kämpfen so tief – sie müssen ihre «Sauerstoffschulden» an die Muskelzellen bezahlen.

In den Muskelzellen ist genau wie in anderen Zellen die Energie an die ATP-Moleküle gebunden. Die Untersuchungen der Muskelaktivität haben ein Problem aufgedeckt, das sich ergibt, wo immer eine Zelle arbeitet und Energie verbraucht. Man nennt es das Koppelungsproblem. ATP hat drei Phosphatgruppen, die in einer Kette am Rest des Moleküls hängen. Wenn das letzte Glied der Kette abfällt, wird Energie frei. Die Forscher würden gern wissen, wie diese Energie übertragen oder an andere Stoffe in der Zelle gekoppelt wird. Wie, zum Beispiel, gelangt die Energie zu den Myofibrillen? Obwohl man bis heute noch keine Antwort auf diese Frage weiß, ist doch festgestellt worden, daß die Energieübertragung auf molekularer Ebene stattfindet. Jede Muskelfaser ist ein Bündel aus Myofibrillen und jede Myofibrille ein Bündel aus dicken und dünnen Elementarfibrillen. Man glaubt jetzt, daß die Elementarfibrillen der Ort der Energieübergabe sind. Hier wird die chemische Energie in Bewegung übergeführt.

Die Elementarfibrillen sind Bündelchen langer Moleküle. Die dicken Elementarfibrillen bestehen hauptsächlich aus Myosin, einem Proteïn. Die dünnen Elementarfibrillen enthalten mindestens zwei Muskeleiweiße, das Tropomyosin und das Aktin. Wenn ein Muskel sich zusammenzieht und die dünnen an den dicken Elementarfibrillen vorbeigleiten, gleiten Aktin- und Tropomyosinmoleküle an Myosinmolekülen vorbei.

Die Biologen beschäftigen sich schon lange mit diesen Proteïnen, die sich zu Aktomyosín verbinden. Vor etwa zehn Jahren machte Teru Hayashi ein klassisches Experiment mit einer synthetischen Faser, die einige Eigenschaften des Muskels hat. Er präparierte einige Fäden mit Aktomyosin und hängte sie in Salzlösungen auf, denen er ATP zusetzte. Die Fäden zogen sich daraufhin in einer halben Minute auf die Hälfte ihrer Länge zusammen. Diese Kontraktion zeigte viele Eigenschaften einer echten Muskelkontraktion. Außerdem entwickelten die Fasern eine Spannung, die so groß war, daß sie das Vielhundertfache ihres eigenen Gewichtes tragen konnten.

Andere Experimente lassen vermuten, daß Kalziumionen — ein wesentlicher Bestandteil der Zelle — eine besondere Rolle bei der Muskelkontraktion spielen. Anscheinend verursachen Aktomyosin und ATP allein noch keine Kontraktion, während es augenblicklich zur Kontraktion kommt, wenn Kalziumionen hinzugefügt werden. Und genauso spielt sich die Kontraktion der lebenden Muskelzelle ab. Im Ruhezustand der Zelle sind Myosin und ATP vorhanden, aber die Kalziumionen sind von den Myofibrillen ferngehalten und werden in einem besonderen Teil der Zelle isoliert. Aber sobald das elektrische Signal die Zelle überrieselt, setzt es das Kalzium im Zellinnern frei, und die Aktin- und Moysinfibrillen beginnen zu gleiten.

Das große Muskelrätsel

Die gleiche Art chemischer Reaktionen findet möglicherweise in den Elementarfibrillen statt, aus denen die Myofibrillen bestehen. Vielleicht hängt der Kreislauf von Spannung und Entspannung von abwechselnder Lösung und Bindung zwischen Aktin und Myosin ab, so daß die Fädchen aneinander vorbeigezogen werden. Wenn diese Annahme stimmt, müssen die Bindungen in einem Muskel in einer Sekunde fünfzig- bis hundertmal gelöst und neu gebildet werden.

Diese Vermutungen zeigen, daß die Koppelung zwischen ATP-Energie und Zelleistung noch immer ein Rätsel ist. Vor allem wissen die Biologen nicht, wie die Spaltung des ATP-Moleküls auf die Verbindungen zwischen den Muskelproteïnen einwirkt. Es könnte sein, daß Wasser in dieser biologischen Erscheinung eine wichtige Rolle spielt. Die Muskelproteïne können als mit einer Wasserschutzschicht umgeben gedacht werden, die sie gegen chemische Einwirkungen relativ unempfindlich macht. Eine Veränderung in dieser Wasserhülle, die durch die Spaltung des ATP bewirkt würde, könnte die Kräfte zwischen den benachbarten Elementarfibrillen so verschieben, daß sie sich aufeinander zu bewegen.

Einige Forscher glauben, daß aus diesen Vorstellungen künftige Theorien über die molekularen Grundlagen der Muskelkontraktion entstehen könnten. Aber viel Forschungsarbeit muß vorher noch geleistet werden. Es reicht nicht aus, nur die Einzelheiten über die Arbeitsweise der lebendigen Fasern

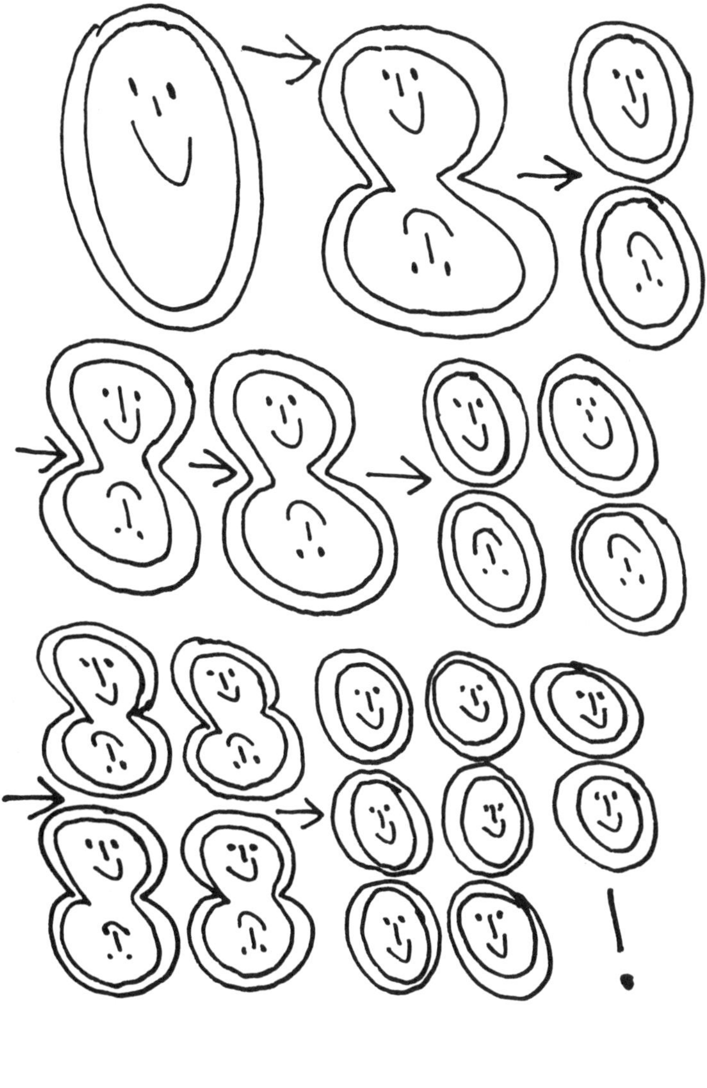

Die Zelle vermehrt sich durch Teilung …

. . . doch dieser natürliche Prozeß der Multiplizierung gilt nur für lebende Materie. Immaterielles dagegen vermindert sich durch Division, Sorgen zum Beispiel: Geteiltes Leid ist halbes Leid – man kennt das ja. Aber auch Materielles wird durch Teilung nicht in jedem Falle mehr, Geld zum Beispiel. Dafür sorgt schon die Erbschaftssteuer.

Damit Geld sich dennoch vermehre, erfand der Mensch den Zins und den Zinseszins, eine Art finanzieller Ersatzzeugung. Damit der Zins seine reproduzierende Kraft entfalte, bedarf es aber bestimmter Bedingungen. Nicht überall vermag Geld sich zu vermehren. Sparstrümpfe, Geldbörsen, Brieftaschen, Schubladen, Einweckgläser und ähnliche Orte sind der Vermehrung des Geldes nicht förderlich. Ein Wertpapierdepot dagegen wirkt geradezu als Brutstätte.

Geld vermehrt sich zwar nicht durch Teilung, aber durch Vermehrung läßt es sich besser einteilen, und bei guter Einteilung vermehrt es sich wiederum.

Die enge Verbindung zwischen Muskel und Nerv ist hier stark vereinfacht wiedergegeben. Motorische Nerven leiten Impulse vom Gehirn zu den Muskeln. Eine Nervenfaser kann bis zu 150 Muskelfasern steuern.

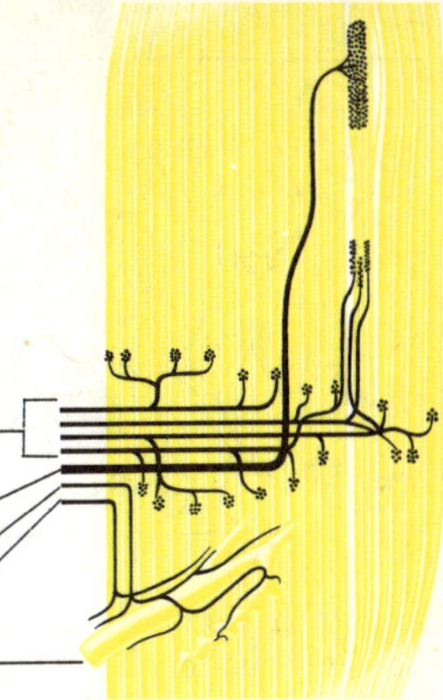

zu kennen. Organismen sind nicht einfach Ansammlungen verschiedener Arten von Geweben, sondern sie sind koordinierte Systeme, die als Ganzes funktionieren.

Ein Beispiel für diese Beziehungen: die Tätigkeit der Zelle des Nervensystems kann von dem chemischen Verhalten des Myosins, Aktins und anderer Verbindungen in den kontraktilen Myofibrillen der Muskelzellen beeinflußt werden, aber auch wiederum auf dieses einwirken. Gehirn- und Muskelzellen arbeiten eng zusammen. Versuche haben gezeigt, daß ein Mensch, der sich einbildet, einen schweren Gegenstand zu heben oder auf einen Baum zu steigen, in den entsprechenden Muskeln eine Spannung aufweist, obwohl er sich gar nicht wirklich bewegt. Während eines Traums bewegen sich die Augen unter geschlossenen Augenlidern, und sie bewegen sich von oben nach unten, um fallenden Gegenständen zu folgen, und von einer Seite zur anderen, wenn etwas quer über das innere «Gesichtsfeld» geht.

Die Psychologie der Stärke

Es ist allgemein bekannt, daß «Kraftakte» zum Teil eine Frage der Seelenstärke sind. Auch in der Stunde der Gefahr wachsen uns ungeahnte Kräfte zu. Hätte die Mutter, von der am Anfang dieses Kapitels die Rede war, das Auto nur zum Spaß anheben sollen, wäre es ihr mit Sicherheit nicht gelungen.

Das Gehirn und das Nervensystem passen sich fortwährend in ihren Reaktionen dem Zustand der Elementarfibrillen in Millionen von Myofibrillen an. Jede Körperbewegung verlangt ein andauerndes Gleichgewicht der Kräfte. Gewisse Muskeln würden die Arme und Beine beugen, wenn sie

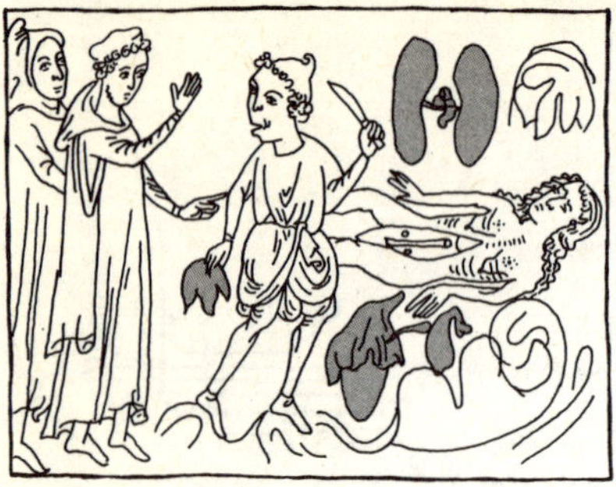

Bis zum vierzehnten Jahrhundert hatten die Menschen nur ein geringes Wissen über ihre Muskeln und von der Anatomie überhaupt. Dann aber begannen die Wissenschaftler trotz päpstlicher Verbote, Untersuchungen an Leichen vorzunehmen und die Muskelstruktur des Körpers zu erforschen. Das war der erste Schritt auf dem Wege zu Erkenntnissen über den Körperbau – eine Suche, die heute auf molekularer Ebene weitergeführt wird.

nicht unter Kontrolle wären. Andere Muskeln würden sie dagegen steif und gerade halten. Der Körper hat viele solcher entgegengesetzten Muskelpaare, die alle im Gleichgewicht sind und automatisch vom Kleinhirn gesteuert werden. (Das Kleinhirn liegt im hinteren Teil des Schädels.) Andere Gehirnzentren sind für die komplizierteren Bewegungen zuständig, die einmal gelernt werden müssen und dann ohne bewußtes Denken vor sich gehen. Dazu gehören das Gehen, das Schreiben, das Klavierspielen und Radfahren und all die vielen anderen Handlungen.

Die Untersuchungen über die Arbeitsweise der Muskeln, die bisher behandelt worden sind, bezogen sich nur auf quergestreifte Muskeln, denen die willkürlichen Bewegungen obliegen. Im quergestreiften Muskel sind die Myofibrillen und deren Elementarfibrillen in relativ kurze Abschnitte gebündelt. Die Enden dieser Abschnitte ergeben einen Ankerpunkt für die Kontraktionskräfte, die durch die Gleitbewegung der Elementarfibrillen erzeugt werden.

Viele andere Muskeln des Körpers, vor allem die des Verdauungskanals, haben keine Querstreifung, obwohl sich flächenförmige Strukturen nachweisen lassen. Man nimmt heute an, daß eine Art Gleitmechanismus der Fäden auch für Kontraktionen der glatten Muskulatur verantwortlich ist. Obwohl die Biologen noch nicht genau sagen können, worauf die «Muskelbewegung» der Amöbenfüßchen, der Wimpern oder Geißeln zurückgeht, glaubt man, auch diese Bewegungen könnten auf den Gleitbewegungen benachbarter Proteïnmoleküle beruhen.

Für die Medizin sind diese Untersuchungen über Muskelzellen von einiger Bedeutung. Abgesehen von der Möglichkeit, Störungen der Erregungsübertragung vom Nerven auf den Muskel zu behandeln, hofft man, daß neue Ergebnisse einen Weg zur schnelleren Heilung von Muskelgewebe zeigen werden, oder daß man sogar abgestorbene Muskeln durch gesunde von einer «Muskelbank» wird ersetzen können. Solche Methoden könnten vor allem der Herzchirurgie zugute kommen.

Ein Projekt der medizinischen Muskelforschung beschäftigt sich mit

Zu Beginn des sechzehnten Jahrhunderts war die Anatomie bereits eine anerkannte Wissenschaft. Allerdings war es schwer, Leichen zu bekommen, und die Anatomen mußten ihre erlaubten Sektionen an den Leichnamen von Verbrechern und Armen vornehmen. Der flämische Mediziner Andreas Vesalius (1514 bis 1564) war der Begründer der modernen wissenschaftlichen Anatomie. Der berühmte Gelehrte war Professor in Padua, Bologna und Pisa und Leibarzt des Kaisers Karls V. und des spanischen Königs Philipps II. Er veröffentlichte 1543 in Basel einen mächtigen Folianten mit dem Titel ‹De humani corporis fabrica› (Über die kunstvolle Bildung des menschlichen Körpers). Das Werk ist in sieben Bücher eingeteilt; die ersten beiden behandeln Knochen, Bänder und Muskeln. Das Bild zeigt einen der über 300 wertvollen Holzschnitte aus diesem bedeutenden Werk über Anatomie.

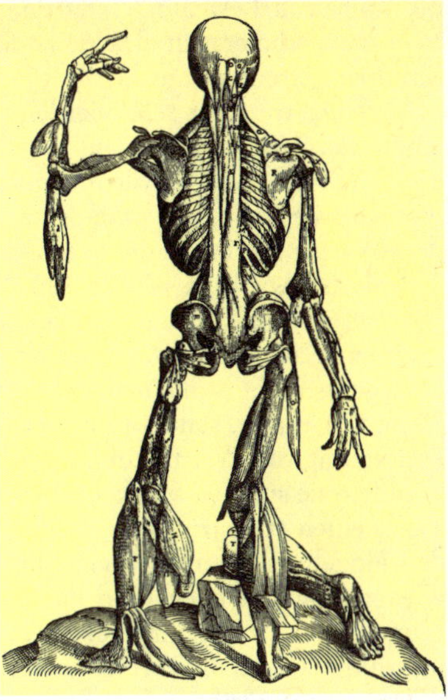

einer erblichen Krankheit, der Muskeldystrophie (wissenschaftliche Bezeichnung: Dystrophía musculórum progressíva = fortschreitende Ernährungsstörung der Muskeln), die sich in langsam fortschreitendem Muskelschwund äußert. Neueste Untersuchungen haben ergeben, daß ein wesentlicher Faktor möglicherweise eine Veränderung in der Membran der Muskelzellen ist. Wahrscheinlich halten die kranken Zellhüllen nicht dicht und lassen Proteïne aus dem Zellinneren des Muskels austreten. Es scheint außerdem, daß eine erhöhte Tätigkeit gewisser proteïnzersetzender Enzyme von Wichtigkeit ist. Dieses eine Anwendungsbeispiel zeigt, wie eng heute der Fortschritt in der Medizin mit den Forschungen in der Zellbiologie verbunden ist.

Die Suche nach einer Muskelmaschine

Die Forscher untersuchen jetzt die chemischen Verbindungen, die die Muskelfasern zur Aktion anregen. Ihre Studien stehen am Anfang eines großangelegten Vorhabens: chemische Energie ohne Zwischenstufen in mechanische Energie umzuwandeln. Diese Aufgabe ist in der Technik schon oft gestellt und gelöst worden. In einem Automotor zum Beispiel muß die chemische Energie – die durch die Zündung des Benzins frei geworden ist – in die Wärmeenergie sich ausdehnender Gase verwandelt werden, die dann die Kolben in Bewegung setzt und das Auto antreibt. In Akkumulatoren muß chemische erst in elektrische Energie umgewandelt werden, bevor sie Motoren antreiben kann.

Muskelgewebe ist sehr viel leistungsfähiger bei der Umwandlung von einer Energieform in eine andere, als es die meisten Maschinen sind. Fünfundvierzig Prozent der dem Muskel zugeführten Energie kann direkt in mechanische Bewegung umgesetzt werden. Die Umwandlung ergibt außerdem Wärme. Während die in Maschinen anfallende Wärme verschwendete Energie ist, wird ein großer Teil der durch Muskelkontraktion erzeugten Wärme jedenfalls von den Säugetieren und Vögeln, die der Kälte ausgesetzt sind, zur Erhaltung ihrer Körpertemperatur gebraucht. Die Muskelbewegungen, die sich einstellen, wenn man vor Kälte zittert, haben an sich keine Bedeutung, sondern nur insofern, als sie eine Begleiterscheinung der Freisetzung von Wärme sind, die der Organismus braucht.

Indem sie sich den Muskel zum Modell nehmen, hoffen die Erfinder, eines Tages einen strapazierfähigen Stoff zu finden, der sich wie die Muskeln in den Flügeln eines Insekts viele hundert Male in der Sekunde streckt und wieder zusammenzieht und dabei Hebel und andere mechanische Werkzeuge bedient. Etliche interessante, aber sehr primitive künstliche Muskelmaschinen waren die vorläufigen Ergebnisse diesbezüglicher Versuche. Eine davon enthält fünf parallele Streifen eines durchsichtigen, gummiähnlichen Materials, das chemisch mit den Kunstfasern verwandt ist, aus denen Kleiderstoffe hergestellt werden. Dieses Material zieht sich auf etwa ein Drittel zusammen, wenn es in Säure getaucht wird, und dehnt sich in Lauge wieder auf seine ursprüngliche Länge aus. Mit einem System von Flaschenzügen und abwechselndem Säure- und Laugebad können die fünf Streifen ein Gewicht von mehreren Pfunden anheben.

Das Material ist ungenügend und langsam und erreicht nur etwa sechs Kontraktionen in der Minute. Zukünftige Fortschritte hängen ohne Zweifel von der Entdeckung besserer Methoden und Materialien ab. Inzwischen suchen die Biologen weiter nach dem Grundwissen, das spätere Ärzte und Ingenieure anwenden können. Das Interesse an den allgemeinen Fortbewegungsweisen lebender Wesen ist heute stark. Man fragt sich, ob bei allen Lebewesen dasselbe Grundschema vorliegt. Hängt die Bewegung der Bakterien und anderer Mikroorganismen ebenso wie die von Spezialzellen höherer Organismen *immer* von ATP und kontraktilen Proteïnen ab, die dem Aktin und Myosin wesensähnlich sind?

Die vorläufigen Antworten auf solche Fragen können wir vielleicht in nicht zu ferner Zukunft erwarten. Proteïne, die den Zellproteïnen im Muskel ähnlich sind, konnten aus Einzellern isoliert werden. Auch häufen sich die Beweise dafür, daß die Proteïne ihre Energie vom ATP beziehen und daß sie vielleicht mittels eines Gleitsystems zwischen Langkettenmolekülen ihre Aufgabe verrichten. Wie in so vielen anderen Fällen scheint

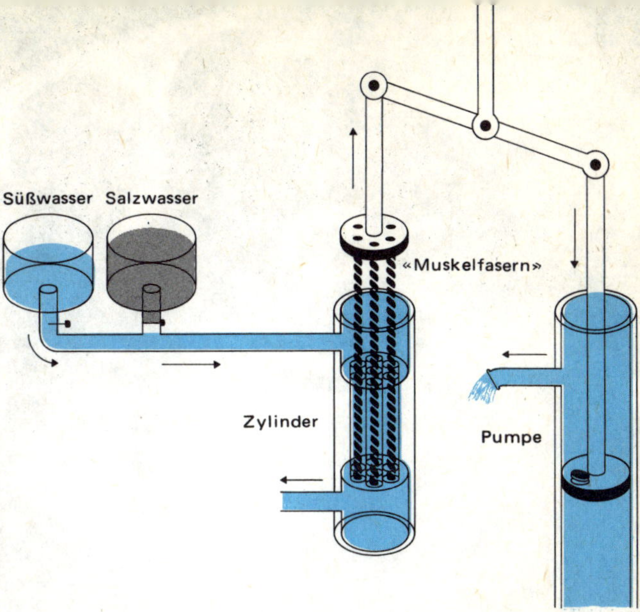

Ein mechanischer Muskel: Israelische Wissenschaftler entwickelten diese Maschine, um die Arbeitsweise des Muskels darstellen zu können. Im Muskel wird chemische Energie ohne Zwischenformen wie Wärme oder Elektrizität in Arbeit verwandelt. In dieser Maschine kontrahieren die seilähnlichen Fasern in einer Salzlösung und dehnen sich in Süßwasser wieder aus. In diesem Beispiel bewirkt ihre Ausdehnung das Niederdrücken eines Pumpenkolbens. Es handelt sich noch immer um Experimente.

auch die Evolution der Zellbewegung auf einer ständigen Verfeinerung der Eigenschaften zu beruhen, die bereits in die Struktur der einfachsten Zellen eingebaut sind. Darin liegt einer der Gründe, warum das Wissen über Muskelzellen einen Einblick in die Struktur aller Formen des Lebens gibt.

Abbildungen auf den folgenden Seiten: Welcher chemische Mechanismus wählt unter den im Zellkern gespeicherten Erbinformationen die «richtigen» aus, die eine Zelle für bestimmte Spezialfunktionen programmieren? Vorbedingung für alle Zellkernforschung ist die säuberliche Isolierung von Núkleï: Um herauszufinden, in welcher Weise und Menge Aminosäuren zur Eiweißsynthese in den Zellkern gelangen, wird zum Beispiel die Thymusdrüse eines Kalbes fein zerkleinert, so daß das Drüsengewebe sich in unbeschädigte Zellkerne und Zelltrümmer scheiden läßt. Dann . . .

. . . wird die Kern-suspension in Reagenzgläser gefüllt und in einer Zentrifuge herum-geschleudert . . .

. . . die schwereren Kerne setzen sich in Klumpen am Boden ab.

Den Zellkernklumpen wird Aminosäure mit Leitisotopen hinzugefügt. Auf Flaschen gezogen, setzt man die Substanz in einen rüttelnden Brutschrank, der konstant auf einer Temperatur von 37,2° C gehalten wird. Nach genau gemessener Reaktionszeit wird im Elektronenmikroskop oder mit dem Oszillographen untersucht, wieviel Aminosäure an der Eiweißsynthese im Zellkern beteiligt ist.

7

Die Informationskanäle des Körpers

Im gesamten Tierreich findet sich überall die gleiche enge Beziehung zwischen Nerv und Muskel. Ein größeres Tier braucht auch einen größeren Nervenapparat. Wenn diese Anpassung an die Größe fehlt, kann der Organismus zu schwerfällig und leistungsunfähig werden, so daß er den Anforderungen der Umwelt nicht mehr gewachsen ist. Der Preis für diesen Anpassungsfehler ist der Tod, das Aussterben. Und in der Vergangenheit hat manche Gattung ihn bezahlen müssen. Die Dinosaurier sind ein Beispiel für Tiere, die für ihr Nervensystem einfach zu groß geworden waren. Deshalb ist die Nervenzelle ein hochwichtiger Faktor bei der Entwicklung komplexerer Lebensformen.

In jeder Organisation verlangt Größe eine wirksame Verbindung zwischen den einzelnen Teilen. Im vielzelligen Organismus stellt das Nervensystem das primäre Nachrichtennetz dar. Das erste derartige System formte sich wohl vor fünfhundert Millionen Jahren, um auseinanderliegende Teile größerer Organismen zu verbinden und ihre Muskelbewegungen zu koordinieren und zu beschleunigen.

Zu jener Zeit war ein Vorfahr der heutigen Seeanemone eine der am weitesten entwickelten Arten auf der Erde, ein blumenähnliches Wesen, das an Felsen haftete und von dem lebte, was die Flut bis in die Reichweite seiner Fangarme brachte. Sein primitives Nervensystem war auf einfache, unveränderliche Reaktionen eingerichtet. Bei einer Berührung holte das Tier seine Fangarme ein und zog sich zu einem festen Ball zusammen.

Später gab es differenziertere Nervensysteme, als die beweglicheren und aggressiveren Arten von Meerestieren auftauchten. Stromlinienförmige, frei schwimmende Wesen glitten pfeilschnell durch das Wasser, jagten, wurden gejagt und entkamen. Die primitiven Wirbeltiere — kieferlose, fischhafte Wesen, die unter dem Namen Ostrakodérmen (griechisch = «Kachelhäuter») bekannt sind — sind heute völlig ausgestorben, aber ihre knöcherigen Panzer wurden als Fossilien gefunden. Die Ostrakodermen

Der Wiener Franz Brunn zeigt hier die großartige Beherrschung und Koordinationsfähigkeit, die ihn zu einem der besten Jongleure der Welt gemacht haben. In seinem Körper ist ein ganzes Netz von Nervenzellen beschäftigt, mittels Millionen elektrischer Impulse seinem Gehirn Informationen zuzuleiten und blitzschnell Befehle an die Muskeln zurückzubringen, ohne daß es ein hoffnungsloses Durcheinander gibt.

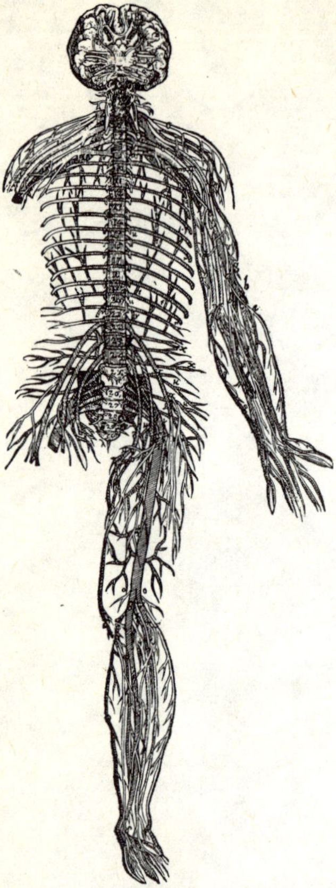

Der flämische Mediziner Andreas Vesalius (vgl. Bildunterschrift Seite 131) zeigt in diesem Holzschnitt aus seinem großartigen anatomischen Werk die feine Verästelung des menschlichen Nervensystems. Er stellte eine Verbindung zwischen Nerven und Organen fest und bewies, daß Schäden an einem Nerv ein Organ stören oder funktionsunfähig werden lassen.

besaßen so etwas wie ein Gehirn – drei unregelmäßige Verdickungen in dem Nervenrohr, das ihr ganzes Nervensystem ausmachte. Vierhundert Millionen Jahre hat es gedauert, bis aus diesen primitiven Organen das menschliche Gehirn entstanden war.

Das Gehirn ist der Ort, an dem die geistigen Prozesse des Lernens, Denkens, Träumens, Erinnerns und Planens sich abspielen, die man im allgemeinen den höheren Arten zuschreibt, vor allem natürlich dem Menschen. Diese Denkfähigkeit ist durch den einzigartigen Aufbau des Nervengewebes und die Arbeit vieler Millionen von Nervenzellen bedingt.

Gerade die verwickelte Vielfalt der Organisation, die der geistigen Betätigung dient, liefert ein gutes Beispiel für eine in der Zellbiologie häufige Erscheinung, daß nämlich das Ganze unendlich mehr sein kann als die Summe seiner Teile. Denn obwohl das Nervensystem als Ganzes der Ursprung aller Gedanken ist, scheint eine einzelne Nervenzelle nichts zu bewerkstelligen, was man als geistige Tätigkeit ansehen könnte. Die Forscher haben wenig gefunden, das nicht im Grunde in allen anderen Zellen auch vorhanden wäre.

Nervenzellen enthalten dieselben Vorrichtungen wie andere Zellen für die Herstellung von Proteïn und ATP, und sie sind mit den uns schon bekannten Zellbauteilen ausgerüstet: Außenhaut, Zellkern, Ribosomen, Mitochondrien.

In einigen anderen Dingen sind sie allerdings weniger konventionell. Wie die Muskelzellen können sie sich nicht vermehren – die Nervenzellen, mit denen wir geboren werden, müssen für ein ganzes Leben halten. Nervenzellen gleichen den Muskelzellen auch in der Hinsicht, daß sie auf entsprechende Reize mit elektrischen Entladungen reagieren.

Das Studium der Nervenzellen hat auch ergeben, daß sie einige ganz gewöhnliche Zelleigenschaften in ganz ungewöhnlicher Weise verwenden. Wie alle Zellen ist auch die Nervenzelle ein Schauplatz elektrischer Vorgänge. (Selbst Pflanzenzellen sind winzige Stromerzeuger, und die feinsten Meßinstrumente zeigen, daß eine Pflanzenwurzel eine winzige Menge Strom aussendet, sobald man sie nur leise antickt.) Was aber die Nervenzellen von den anderen unterscheidet, ist die Tatsache, daß sie ihre elektrische Ladung in Form von «Morsezeichen» durch den ganzen Körper aussenden.

Nervenimpulse mit Tempo 300

Im Verlauf der Höherentwicklung der Lebewesen wurden die Nervenzellen zu wirksamen Signaleinrichtungen, zu Teilen ausgedehnter Fernmeldenetze. Der Bau der Nervenzellen spiegelt diese Funktion. Eine typische Zelle hat einen unregelmäßig sternförmigen Körper mit vielen feinen Zellplasmafortsätzen, den Dendríten (von griechisch déndron = Baum; Dendrit heißt «zum Baum Gehörender»), die vielfach verzweigt eine Art Wurzelsystem bilden und die Botschaften von anderen Nervenzellen übernehmen. Der sternförmige Körper der Nervenzelle heißt Gánglion (griechisch = Knoten). Ein einzelner, dickerer Fortsatz ist der Neurít (von griechisch neúron = Sehne, Nerv; Neurit heißt «zum Nerv Gehörender»), der eine Länge von Bruchteilen eines Millimeters bis zu einem Meter haben kann (wenn er vom Rücken-

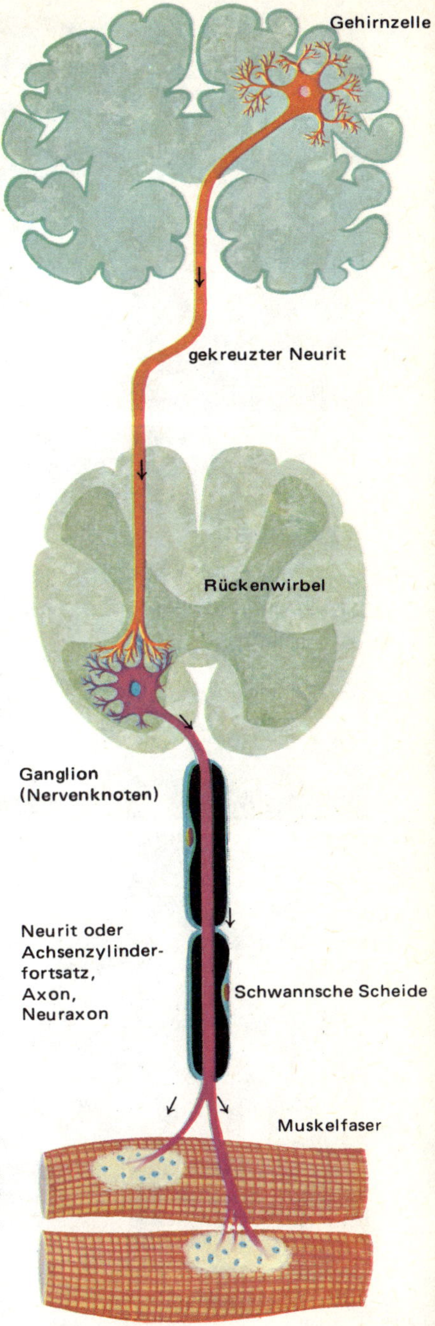

Im Nervenknoten (Ganglion mit Dendriten) treffen die elektrischen Impulse vom Zentralnervensystem ein (oben). Der Neurit oder Achsenzylinderfortsatz leitet die Signale weiter; kurz vor dem Ziel verläßt die Nervenfaser ihre schützende Hülle, das Neurilémm oder die Schwannsche Scheide, und teilt sich in ein Feinstfaserwerk auf, das mit seinen Endösen an der motorischen Endplatte die Verbindungsstelle (Synápse) zur Muskelfaser erreicht (Mitte). Die Endöse scheidet an der Synapse die Aktionssubstanz ab und regt damit die Muskelfaser zur Aktion an – nämlich sich zusammenzuziehen.

bis zum Fuß reicht). Der Neurit übermittelt die ausgehenden Impulse der Zelle, Botschaften, die an andere Nerven- oder an Muskelzellen gerichtet sind. Alle Nervenimpulse haben eine gewisse Ähnlichkeit mit den elektrischen Stromstößen, die beim Schalten oder Telegrafieren entstehen. Sie können unter Umständen mit einer Geschwindigkeit von 300 Kilometern pro Stunde durch die Nervenfasern geleitet werden.

Der manchmal sehr lange Neurit ist wie ein Fernmeldekabel aufgebaut. «Stromleiter» ist der in der Mitte liegende Achsenzylinder. Die Ummantelung besteht aus röhrenförmigen Neurogliazellen (glía heißt auf griechisch der Kitt; Neuroglía = Nervenkitt). Dieser Neurogliaköcher wird auch als Neurilémm bezeichnet (von griechisch lémma = Abgeschältes, Rinde, Hülle; das Neurilemm ist also die «Nervenrinde»).

Das Gehirn mit seinen unzähligen Nervenverbindungen regiert praktisch jeden Lebensvorgang des Körpers. Die Großhirnrinde kann man heute in weit über hundert Wahrnehmungsfelder (Hirnzentren) einteilen, die nach experimenteller, klinischer und pathologisch-anatomischer Erfahrung bestimmte Körperfunktionen steuern.

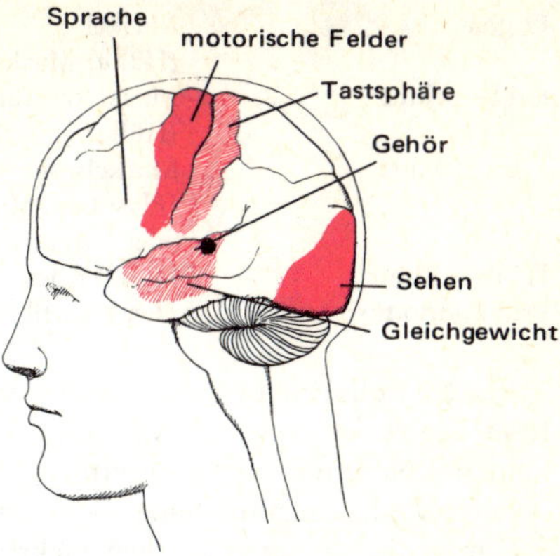

Wie ist nun der «Stromleiter» dieses Fernmeldekabels zusammengesetzt? Der zentrale Achsenzylinder des Neuriten besteht aus wasserreichem Zellplasma, das Axoplasma oder Neuroplasma heißt. In das Axoplasma sind parallel verlaufende feinste faserige Neurofibrillen eingebettet. Um schießlich noch weiter ins Detail zu gehen: die Neurofibrillen weisen ihrerseits ein noch feineres Fadengespinst aus sogenannten Protofibrillen auf.

Die Nervenfasser ist also grundsätzlich nach dem gleichen Plan aufgebaut wie die Muskelfaser.

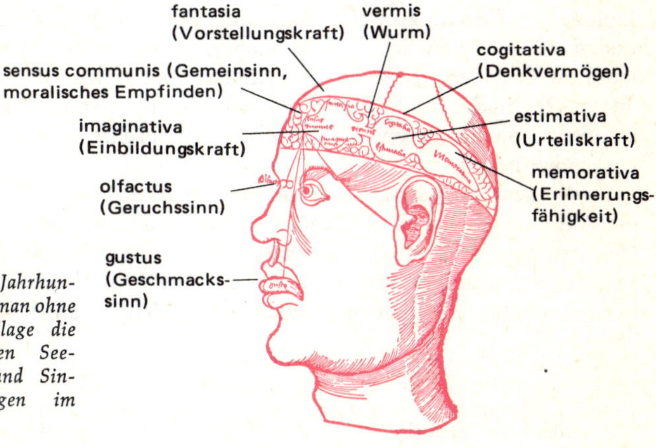

Im sechzehnten Jahrhundert lokalisierte man ohne Erfahrungsgrundlage die unterschiedlichsten Seelentätigkeiten und Sinneswahrnehmungen im Gehirn.

Organ:	Muskel (Hülle: Muskelhaut)	Nerv (Hülle: Epineúrium)
Grobstruktur:	Muskelfaserbündel (Hülle: Sarkolemm)	Nervenfaserstränge (Hülle: Neurilemm)
Feinstruktur:	Muskelfaser (Plasmainhalt: Myo- oder Sarkoplasma)	Nervenfaser (Neurit) (Plasmainhalt: Neuro- oder Axoplasma
Feinststruktur:	Myofibrillen	Neurofibrillen
Primärstruktur:	Elementarfibrillen	Protofibrillen

Die Neurofibrillen haben in manchen Fällen die volle Länge der Nervenfaser. Sie reichen von den Anfängen der aufnehmenden Dendriten bis zum Ende des Neuriten. Nervenfasern enthalten außerdem Bauteile, die man in anderen Zellarten nicht findet – hohle Proteïnröhrchen, die so klein sind, daß man sie nur unter starken Elektronenmikroskopen sehen kann. Man glaubt, daß in diesen Proteïnröhrchen chemische Verbindungen weitergeleitet werden, die an den Enden der Nervenfasern das Signal auslösen. Die Funktion der Protofibrillen ist noch unbekannt.

Die aufnehmenden und weiterleitenden Fortsätze, also die Dendriten und Neuriten, berühren sich nicht direkt mit den entsprechenden Teilen der Nachbarzelle. Sie sind durch Zwischenräume getrennt, die aber nur Bruchteile eines Mikrons betragen (ein Míkron – geschrieben 1 μ oder 1 μm – ist ein tausendstel Millimeter). Die Reizübertragung über diese Zwischenräume geschieht auf die gleiche Weise wie bei der Erregung eines Muskels. Die Enden des Neuriten sondern winzige Mengen der Aktionssubstanz ab, die die Dendritenenden der anderen Zelle oder Zellen erregt.

Die Absonderung der Aktionssubstanz kann ein Transportproblem für die Zelle bilden. Es ist wahrscheinlich, daß sie im Zellknoten (Ganglion) erzeugt wird. Wenn diese Annahme stimmt, wäre es natürlich für die Biologen interessant zu wissen, wie diese Substanz vom Zellknoten zu den Enden der Neuriten gelangt, die manchmal einen Meter lang sind. Eine mögliche Erklärung dafür ist, daß Kontraktionswellen, die man tatsächlich an der Oberfläche des Achsenzylinders beobachtet hat, die Aktionssubstanz weitertransportieren, etwa so, wie die Speiseröhre die Nahrung in den Magen befördert.

Elektronenmikroskopische Untersuchungen stützen die Annahme, daß die Aktionssubstanz im Zellknoten «verpackt» wird, bevor sie durch den Neuriten geleitet wird. Das Verpackungsmaterial hält man für Membranfragmente aus dem Neuroplasma und die Päckchen selbst für die winzigen, ovalen Gebilde, die man in konzentrierten Mengen an den Nervenenden

Diese Großaufnahmen eines Teils des Rückenmarks zeigen mehrere orange gefärbte motorische Nervenzellen von der Art, die Drüsen und Muskeln Befehle übermitteln. In zweien sind die Zellkörper mit Kernen, Dendriten und Neuriten deutlich sichtbar. Die weißlichen Körper sind kleine Zellkerne, die die Zentralnerven zu Nervengeweben verbinden.

bemerkt hat. Es gelang einigen Forschern, eine gewisse Menge dieser Gebilde aus Nervengewebe zu isolieren, und sie enthielten Azetylcholin, die Aktionssubstanz der Nerventätigkeit.

Die Wahl zwischen Ja oder Nein

Diese Aktionssubstanz (auch humoraler Überträgerstoff oder Mediátor genannt) spielt also eine wichtige Rolle bei der Übertragung einer Erregung von einem erregbaren Gewebe auf ein anderes: von Nerven- auf Muskelgewebe oder von Nerven- auf anderes Nervengewebe. Die Nervenzelle anregen, ihren humoralen Überträgerstoff abzusondern und dadurch einen Kontakt zwischen sich und einer Muskelzelle oder Nervenzelle herzustellen – das ist aber nur ein Teil der Fernmeldetätigkeit des Nervensystems. Die Nervenzellen senden auch Bremssignale aus, die irgendwelche Zellaktivität unterbinden können. Diese Bremssignale werden mit hemmenden Substanzen übermittelt, die die Wirkung der zur gleichen Zeit ausgeschickten erregenden Substanzen aufheben.

Die Gesamtwirkung dieser einander widersprechenden Reize ist ein Zustand der Nervenzellen, den die Biologen als «Zustand der ausgeglichenen Instabilität» bezeichnen. Er kann in jedem Augenblick in Ruhe oder Erregung übergehen. Die Entscheidung, die die Zelle trifft, wird durch die Summe der Wirkungen aller Signale bestimmt, die die Zelle in dem entscheidenden Tausendstel einer Sekunde empfängt.

Dieses Verhalten der Nervenzelle in einer «Entweder-oder-Situation» hängt offenbar von einer Art chemischer Wahl ab. Nach einer Schätzung empfängt eine Nervenzelle Impulse von bis zu 25 000 anderen Nervenzellen – das bedeutet, daß eine Zelle sich mit 25 000 «erregenden» oder «hemmenden» Reizen auseinandersetzen muß. Im allgemeinen «gewinnt» die Mehrheit. Bei einem Übergewicht der Startsignale leitet die Zelle den Impuls weiter. Herrschen die Stoppsignale vor, so bleibt die Zelle ruhig.

Diese Beschreibung der Vorgänge in einer einzigen Nervenzelle deutet die unwahrscheinliche Ausdehnung und Verflochtenheit der chemischen und elektronischen Geschehnisse an, die sich pausenlos in den zehn Milliarden erregbarer Zellen im Gehirn und im übrigen Nervensystem des Menschen abspielen. Jede Zelle dieses gewaltigen labyrinthischen Netzwerks entlädt wenigstens einmal in der Sekunde einen Stromstoß. Das bedeutet: Durch die Leitungen unseres Nervensystems surren in einer Stunde 36 Billionen (= 36 Millionen Millionen) Impulse!

Obwohl das gesamte Nervensystem aus einer so ruhelosen Gesellschaft von Zellen besteht, zeichnet es sich doch durch besonders gute Organisation seiner Arbeit aus. Diese Organisation ist nun sowohl die Ursache als auch die Wirkung der bemerkenswerten Entwicklung des Gehirns – denn die eigentlichen Nervenzellen scheinen sich im Laufe der vergangenen

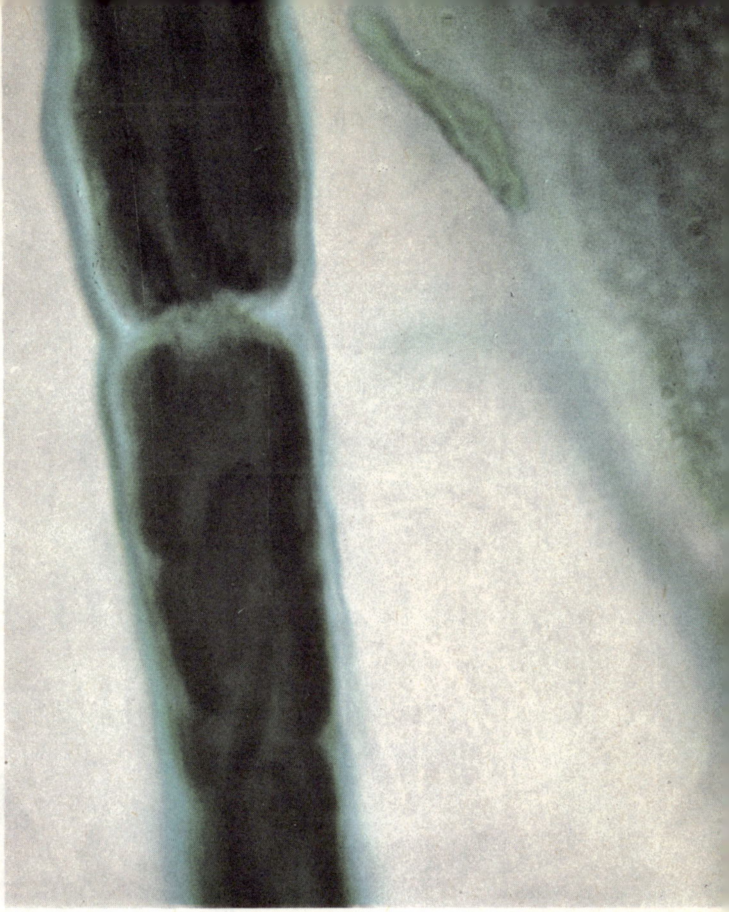

Hier ist ein Teil eines Neuriten in etwa 2000facher Vergrößerung abgebildet. Die Scheide des Neuriten besteht aus Myelín, und die Einschnürungen heißen nach dem französischen Histologen Louis Antoine Ranvier (1835–1922), der sie entdeckte, Ranviersche Schnürringe. Es sind Stationen, die das Signal verstärken. Neuriten können unter Umständen fast einen Meter lang sein.

hundert Millionen Jahre, nämlich in der Zeit, da aus rattenhaften Gestalten die Menschenaffen und die Menschen wurden, kaum geändert zu haben.

Horchdrähte am Gehirn

Im allgemeinen steht die Entwicklungshöhe einer Lebewesen-Art in direkter Beziehung zu der Anzahl der Nervenzellen, die das Gehirn enthält, und der Komplexität ihrer Anordnung. Das Wissen über diese Anordnungen ist in

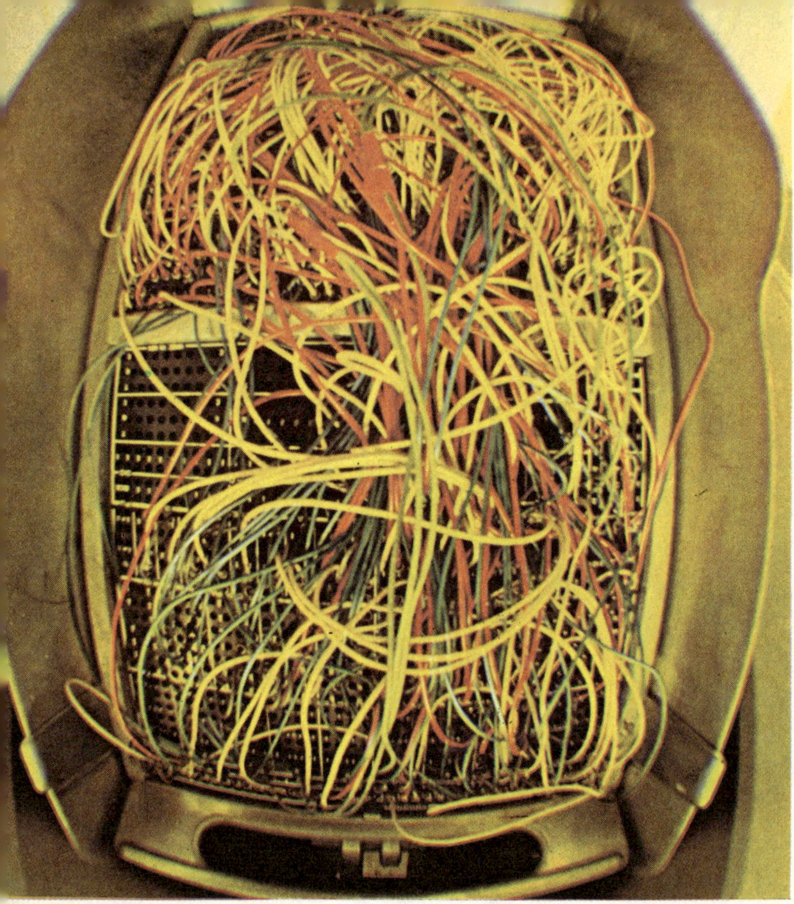

Neunzig Prozent der zehn Milliarden Nervenzellen des Körpers sind im Gehirn versammelt. Das Mikroskopfoto zeigt Nervenzellen in der Großhirnrinde. Die Pyramidenzellen darunter besitzen mehrere Dendriten und einen Neuriten, der von der Zellbasis abzweigt. Nur ein Zwölftel des Gehirnrindenvolumens besteht aus Nerven, der Rest aus Bindegewebe. Eine einzige Nervenzelle im Gehirn kann mit bis zu 270 000 ihrer Nachbarzellen in Kontakt treten. – Verglichen mit dem zarten Gewebeklumpen im Menschenschädel ist eine Rechenmaschine ein grober Apparat. Immerhin mußten selbst die Höchstleistungs-Rechenautomaten erst von den «grauen Zellen» im menschlichen Gehirn erdacht werden. Gehirn und Rechenmaschine arbeiten mit elektrischer Energie. Durch das Drahtlabyrinth der Maschine zucken Ströme, die bis zu 70 000 Watt leisten. Das Gehirn arbeitet mit 10 Watt – seine Elektrizität erzeugt es aber selbst!

jüngster Zeit durch eine neue Methode erweitert worden, nach der die biologischen Nachrichtenleitungen «angezapft» werden. Die Forscher haben Mikroelektroden entwickelt, winzige, mit Flüssigkeit gefüllte Glas-Sonden, deren Spitzen einen Durchmesser von weniger als 0,25 Mikron haben

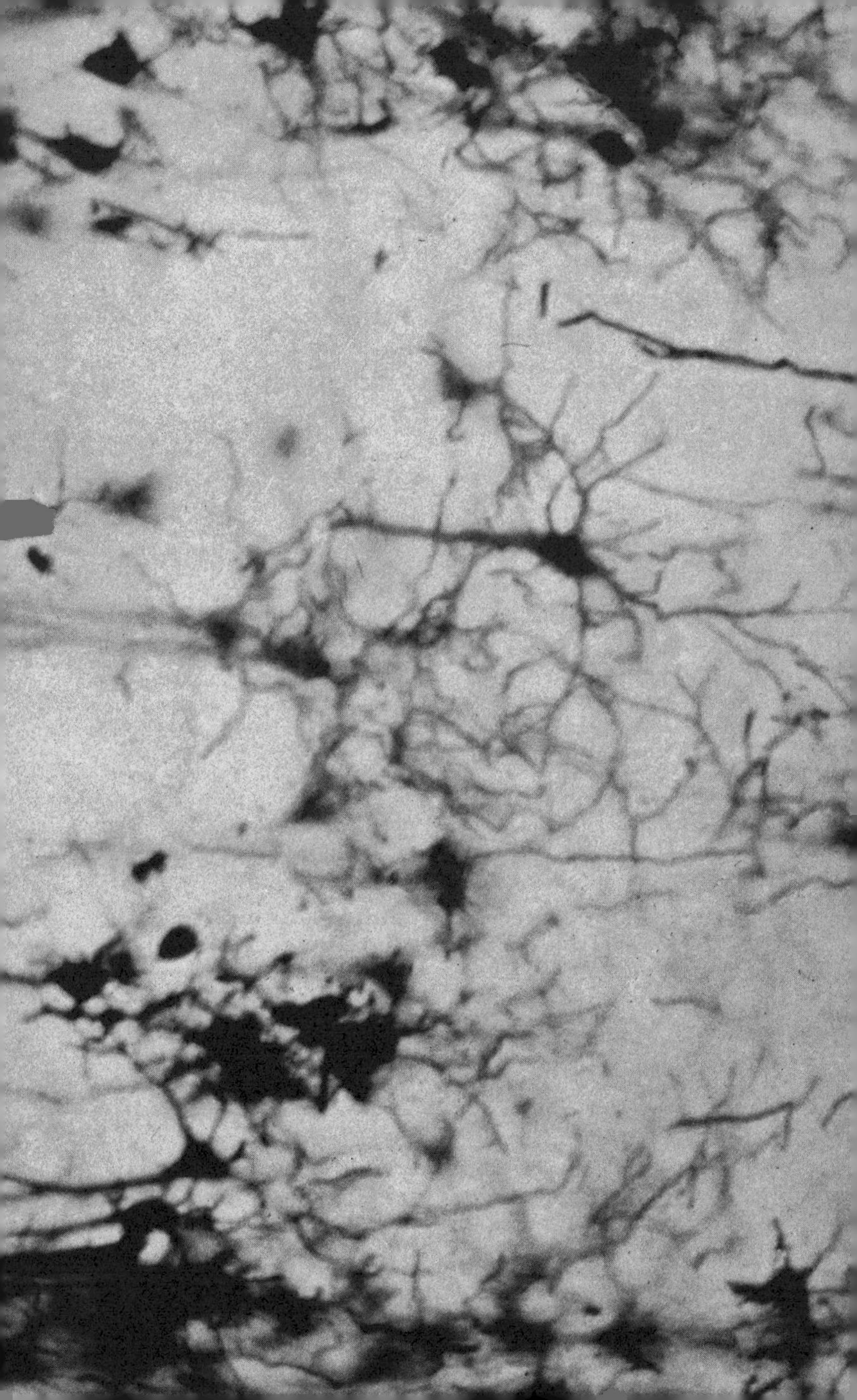

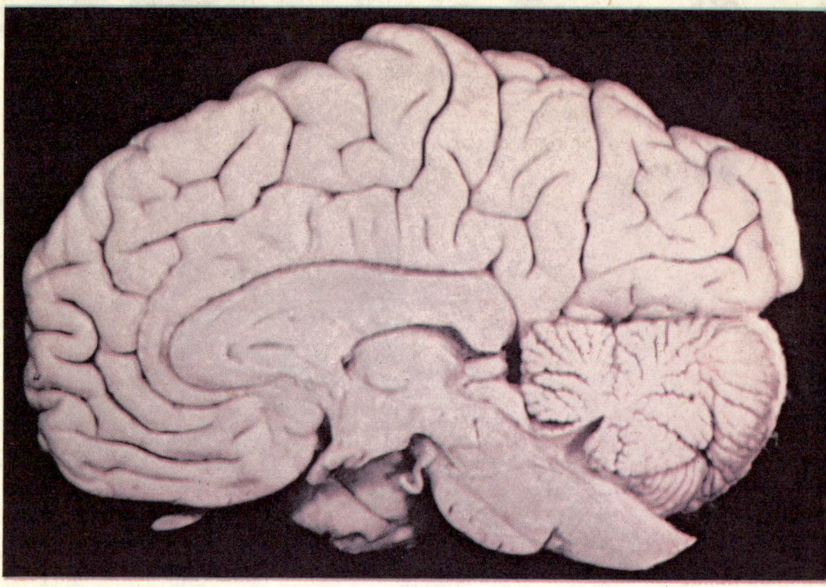

Das Gehirn eines erwachsenen Mannes wiegt durchschnittlich 1375 Gramm, das einer Frau gut ein Viertelpfund weniger. Das Bild zeigt die rechte Hemisphäre eines Menschengehirns. Unter der windungsreichen Masse des Großgehirns erkennt man das türklinkenförmige Mittelhirn. Rechts unten liegt über der Brücke des Rückenmarkanfangs das Kleinhirn mit dem feinverzweigten Lebensbaum (Arbor vitae).

(1 Mikron = 1 tausendstel Millimeter). Wenn diese Elektrodensonden an bestimmten Stellen des Körpers angesetzt werden, nehmen sie die Impulse einzelner Zellen auf und geben dadurch Aufschluß über einige Vorgänge in den Nervenzentren.

Die Wissenschaftler haben herausgefunden, daß zum Beispiel gewisse Nervenfasern, die vom Arm ausgehen, dem Gehirn detaillierte Informationen über die Stellung des Armes an die entsprechenden Gehirnzentren zukommen lassen. Wenn der Arm am Ellenbogen einen Winkel von 90 Grad bildet, senden die Zellen ihre Signale in der charakteristischen Häufigkeit von, sagen wir, 50 in der Sekunde. Wenn der Arm weiter gebeugt wird, so daß die Hand die Schulter berührt, ändert sich die Häufigkeit. Für jeden Beugungswinkel gibt es eine charakteristische Impulsfrequenz – eine spezifische Zahl von elektrischen Entladungen pro Sekunde.

Die Art und Weise, in welcher diese genau verschlüsselten Signale übermittelt werden – von den Nervenfasern des Armes über das große Kabel des Rückenmarks weiter zum Gehirn – ist in Affenexperimenten demonstriert worden. Die auf den Ellenbogenwinkel bezogenen Impulse, die von

Man glaubte eine Zeitlang, daß Nervenimpulse – die Signale, die von einer Nervenzelle zur anderen geleitet werden – die schnellsten Naturphänomene seien. Im Vergleich zur modernen Technik sind aber Nerven geradezu träge. Diese Zeichnung vergleicht einen Nervenimpuls mit der Geschwindigkeit einer Rakete. Wenn ein Krebs einen 75 Kilometer hohen Riesen kneifen würde und eine Rakete im gleichen Augenblick die Startrampe verließe, würde der Schmerz erst den Knöchel des Riesen erreicht haben, wenn die Rakete schon an seinem Kopf vorbeisauste.

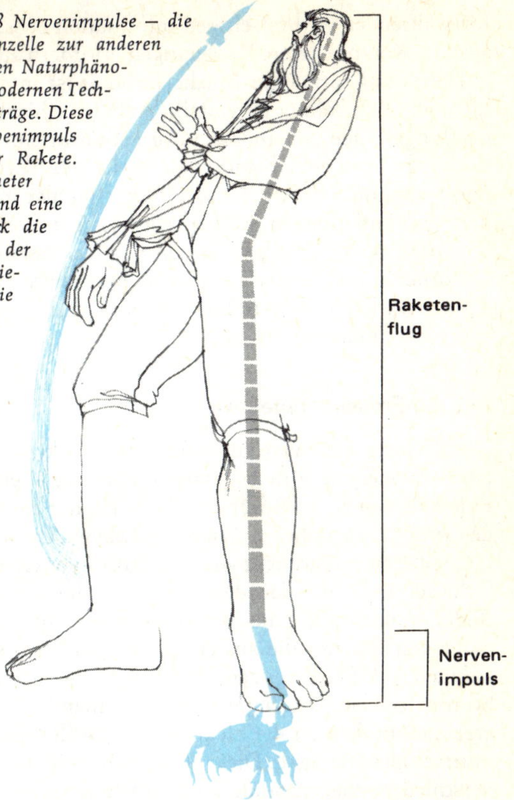

Beugungs- und Streckungsnervenzellen ausgesendet werden, sind natürlich nur ein Bruchteil der gesamten Befehlsübermittlungen, die selbst für die einfachste Handlung, etwa den Griff nach einem Glas Wasser, nötig sind. Denn während ein Impulsstrom dem Gehirn die jeweilige Position des Armes meldet, fließen weitere Massen von Impulsen aus anderen Muskeln in das Gehirn, die andere, ebenfalls für diese Handlung wichtige Informationen überbringen. Zur gleichen Zeit fließen Ströme von Signalimpulsen in die entgegengesetzte Richtung, die den Muskeln vom Gehirn Befehle geben, die Schulter zu bewegen, das auf den Füßen ruhende Körpergewicht zu verlagern und Finger-, Hand- und Gelenkmuskeln der Aufgabe anzupassen. Dazu werden während dieser ganzen Zeit noch Befehle an die Augen weitergeleitet, der gesamten Handlung zu folgen.

Dieses nach zwei Richtungen wirksame Nachrichtennetz ist bei jeder Körperbewegung in Aktion. Allein das Aufrechtstehen bedarf schon der fortwährenden wechselseitigen Information zwischen Muskeln und Nervensystem. Kompliziertere Bewegungen erfordern auch Signalfolgen.

Die Koordination der Muskelaktivität ist in der Hauptsache dem Kleinhirn oder Cerebéllum unterstellt. Andere Gehirnzentren sind die Hauptvermittlungsstellen für andere Informationsarten. Das leiseste noch hörbare Geräusch, etwa ein schwaches Rascheln von Blättern, verursacht im Gehörnerv, der zum Gehirn führt, 10 bis 15 Impulse in der Sekunde. Die Häufigkeit der Entladungen wächst mit der Tonintensität, so daß bei großen Lautstärken 300 bis 400 Impulse in der Sekunde durch die Fasern des Gehörnervs laufen, der sie an eine bestimmte Stelle der Gehirnrinde oder des Córtex leitet. Andere Bereiche der Gehirnrinde sind für andere Sinneswahrnehmungen zuständig.

Aus der Froschperspektive

Die Forscher erkennen auch in immer stärkerem Maße, auf welche Weise ein mit einem Gehirn begabtes Wesen die Welt um sich herum begreift. Eine wichtige Untersuchung an Fröschen hat ein Verhaltensmuster ergeben, das auch für die höheren Arten von Lebewesen zutrifft.

Bei diesem Experiment wird ein Frosch vor einen Schirm gesetzt und seine Sicht so eingeengt, daß der Frosch nur die auf dem Schirm erscheinenden Bilder wahrnimmt. Eine Mikroelektrode wird in den Sehnerv des Frosches eingesetzt, die nur die aus einer einzigen Faser stammenden Impulse aufnehmen soll. Die Faser zeigt elektrische Nervenentladungen, auch wenn der Schirm leer ist. Die Impulse folgen einander in stetigem Rhythmus. Sie erzeugen in dem an die Elektrode angeschlossenen Lautsprecher ein leises, murmelndes Geräusch. Dieses Geräusch bleibt unverändert, auch wenn viele verschiedene Gegenstände im Blickfeld des Frosches auftauchen. Ein realistisches Farbfoto mit Gräsern und Blumen zum Beispiel verändert das rhythmische Murmeln der Nervenfaser überhaupt nicht. Auch Quadrate, Rechtecke und Dreiecke sind völlig ohne Wirkung. Diese Nervenfaser des Froschauges und die mit ihr verbundenen Sehzellen reagieren offensichtlich nicht auf diese Reize.

Es gibt jedoch Dinge, die eine starke Reaktion der Faser hervorrufen. Wenn ein kleiner, runder Gegenstand oder auch nur irgend etwas mit einem gewölbten vorderen Ende in das Blickfeld des Frosches gebracht wird, wird die Faser aktiv. Das Murmeln im Lautsprecher wird sofort zu einem lauten Tut-tut. Es ist eindeutig, daß dieser bestimmte Nerv und seine Sehzellen so eingerichtet sind, daß sie nur auf einen Reiz — das Bild von einem Gegenstand mit gewölbtem Vorderende — antworten. Vor allem reagieren sie nur auf das bewegte Objekt, eine Tatsache, die für das Leben des Frosches von besonderer Bedeutung ist.

Die Welt des Frosches enthält viele kleine Objekte, die sich bewegen, und

Die Netzhaut des Frosches enthält besondere Neuronen, die die Grenzen zwischen Licht und Schatten erkennen können (oben). Andere Neuronen reagieren auf plötzliche Abschwächung des Lichts. Frösche leben von Insekten, und ihre Augen sind besonders auf Bewegung eingestellt. Unbewegte Objekte werden kaum erkannt. Der zähnefletschende Löwe, wie normalsichtige Menschen ihn sehen (rechts), kann dem Frosch keinen ebenso starken Eindruck machen.

Insekten haben keine Netzhaut mit Zapfen und Stäbchen, sondern große, zusammengesetzte Augen mit Hunderten von durchsichtigen Sehkeilen. Die Ansicht eines Insekts vom Leben ist deshalb zerstückelt und verwischt (oben). Manche Insekten können aber Farben von ziemlich kurzer Wellenlänge im ultravioletten Bereich sehen.

Fast alle Säugetiere sehen überhaupt keine Farben (links). Alles, was sie sehen, weist nur Grautöne auf. Die meisten Vögel und vielleicht einige Fische sehen aber wenigstens einige Farben. Nur die Menschenaffen und andere Primaten haben die gleiche Sehkraft für Farben wie Menschen.

Gelb-Blau-Blindheit, bei der Gegenstände nur in Rot und Grün gesehen werden, ist eine Form menschlicher Farbenblindheit. Sehr viel häufiger ist Rot-Grün-Blindheit, bei der die beiden Farben nicht unterschieden werden können. Ungefähr acht Prozent aller Männer sind farbenblind, vor allem Rot-Grün, aber nur ein halbes Prozent der Frauen.

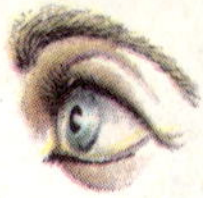

viele, die am vorderen Ende gewölbt sind. Es ist wahrscheinlich, daß Objekte, die alle drei Merkmale besitzen, Insekten sind – und die Natur hat diese Wahrscheinlichkeit bei der Konstruktion der Froschnerven berücksichtigt. Eine Nervenzelle, die ausschließlich auf diese Merkmale hin gebaut ist, wird eben die Insekten leicht entdecken. Unter dem Mikroskop läßt sich die Zelle an ihrem Aussehen leicht erkennen. Ihre Dendriten sind in einer charakteristischen Form angeordnet, die Ähnlichkeit mit einem Zaun hat.

Wann ist ein Käfer kein Käfer?

Experimente beweisen, daß das Auge des Frosches viele solcher Zellen enthält. Ihr Vorhandensein erklärt ein Phänomen, das den Naturforschern schon lange bekannt ist. Ein Frosch verhungert nämlich in einem Käfig voller gerade erst getöteter Insekten. Vom Standpunkt eines Wesens mit höherentwickeltem Nervensystem aus gesehen ist die Nahrung vorhanden und kann aufgenommen werden. Vom Standpunkt des Frosches aber ist ein Objekt, das sich nicht bewegt, kein Insekt. Der Frosch ist also der Sklave seiner Nervenanatomie – allerdings ein höchst fähiger Sklave, muß man hinzusetzen. Er hat ungefähr 200 Millionen Jahre überlebt. Der Mensch muß erst beweisen, daß er Gleiches zu leisten vermag.

Abgesehen von den Insekten entdeckenden Zellen enthält der Sehnerv des Frosches noch vier andere Zelltypen, die ihm helfen, Nahrung zu finden und seine Überlebenschancen gewährleisten. Es gibt einen «Randanzeiger», der nur auf die Ränder schwarzer und grauer Flächen reagiert; er registriert die Begrenzung von Bäumen und Seerosenblättern und anderen Einzelheiten aus der Umwelt des Frosches. Ein «Ereignisanzeiger» zeigt die veränderlichen Verteilungen von Licht und Schatten und jede Art von Bewegung an und unterrichtet so den Frosch von allen Veränderungen in seiner Umgebung. Ein dritter Typ, ein «Lichtabnahmeanzeiger», signalisiert nur, wenn die Helligkeit allgemein geringer wird. Diese Zelle würde zum Beispiel auf den Schatten eines sich nähernden Raubvogels reagieren. Außerdem untersucht der Frosch noch die Beschaf-

Einige Wesen brauchen bestimmte höherentwickelte Sinneszellen, als der Mensch sie besitzt, um in ihrem Kampf ums Dasein zu bestehen. Der Falke kann eine Maus aus einer achtmal größeren Entfernung sehen als ein Mensch, weil seine Augen achtmal mehr Sehzellen haben. Die Klapperschlange fühlt die Maus buchstäblich mit vielen wärmeempfindlichen Zellen vorn in ihrem Kopf.

fenheit seiner unmittelbaren Umgebung durch eine weitere optische Nervenzelle, einen «Farbanzeiger», der auf ein wäßriges Blau anspricht.

Ungefähr eine halbe Million Nervenzellen bilden mit ihren einzelnen Fasern den Sehnerv des Frosches. Davon sind ungefähr 485 000 Zellen Insekten- und Ereignisanzeiger. Die meisten der restlichen 15 000 sind Rand- oder Lichtabnahmeanzeiger. Diese Verteilung deutet an, daß die Entwicklungsgeschichte der Froschlurche eine Rangfolge eingehalten hat, so daß die für das Überleben des Frosches entscheidenden Körpereinrichtungen in erster Linie entwickelt wurden. Und zweifellos ist Nahrungssuche das dringendste Bedürfnis des Lebewesens überhaupt.

Die Erforschung der Sehvorgänge des Frosches kann praktische und auch theoretische Folgen haben. Die Insekten anzeigende Zelle ist ein natürliches Instrument, das die Elektroniker gern nachbauen und in ihren Geräten verwenden würden. Das Einzigartige an dieser Zelle ist für die Elektroniker die Eigenschaft, daß sie nicht auf Insekten als individuelle Objekte reagiert, sondern auf etwas, das man die «Idee des Insekts» nennen könnte. Oder anders ausgedrückt, der Insektenanzeiger spricht nicht auf die Zahl der Beine eines Käfers, auf Flügelform, Farbe oder irgendwelche anderen Merkmale an, die Insektenarten charakterisieren, sondern nur auf das gerundete Vorderende, das allen Insekten gemeinsam ist.

Ein Gerät, das auf dieser Basis arbeiten würde, hätte viele praktische Verwendungsmöglichkeiten. Vor allem könnte es einen wertvollen Beitrag zur Luftverteidigung des Staates leisten. Das Bild eines anfliegenden Flugzeugs auf einem großen Radarschirm ist je nach Richtung und Höhe des Flugzeugs verschieden. Das Flugzeug fliegt vielleicht gerade direkt in den Radarstrahl oder in einem Winkel oder es führt ein Flugmanöver aus. In jedem Fall würde ein anderes Bild auf dem Schirm erscheinen. Die Möglichkeiten gehen in die Hunderte. Luftverteidigungsexperten wünschen sich ein Gerät, das anfliegende Flugzeuge automatisch erkennt. Das Problem ist, ein elektronisches, schweifendes Auge zu entwerfen, das auf die Merkmale reagieren würde, die allen diesen Radarbildern gemeinsam sind – mit anderen Worten, das auf die abstrakte «Idee des Flugzeugs» ansprechen würde.

Wirklichkeit ist, was man sieht

Untersuchungen der Gesetze, nach denen Nervenzellen arbeiten, können noch weitere Folgen haben. Zu den wichtigen Eigenschaften aller Sehorgane gehört ihre Begrenztheit – also das, was sie nicht leisten können. Die Augen des Frosches zum Beispiel können keine anderen Farben als Wasserblau erkennen, und ebenso ist es mit den meisten Formen der Umwelt des Frosches, mit Flügelbildungen oder bestimmten anderen Merkmalen von Insekten. Das Ergebnis dieser Auswahl, die zum Wesen des Froschauges gehört,

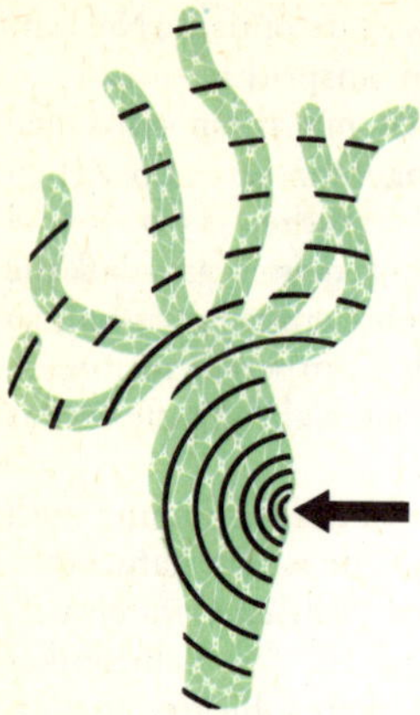

Ein zentrales Nervensystem ist für die höheren Organismen lebensnotwendig. Der Süßwasserpolyp oben hat kein solches System. Seine Nerven, ein dünnes Netz primitiver Spezialzellen, sind über den ganzen Körper verteilt. Ein leichter Reiz verursacht nur eine geringe Kontraktion, und selbst ein scharfer Stich stört ihn nicht sehr. Solche Erregungen fließen durch seinen Körper wie Wellen in einem Teich. Ein Frosch dagegen braucht ein entwickelteres System, um in seiner Umgebung zu bestehen. Eine Erregung verursacht bei ihm eine Reflexbewegung und gleichzeitig ein Signal an das Gehirn, so daß er eine Entscheidung über zusätzliche Reaktionen treffen kann.

ist, daß es nicht alles von der wirklichen Welt sieht. Die Wirklichkeit ist verzerrt, bevor die optischen Impulse das Gehirn des Frosches erreichen. Aber genau wie der Frosch sieht auch der Mensch nur das, was er seiner angeborenen Ausrüstungen nach sehen kann. Natürlich ist der Mensch nicht so stark eingegrenzt wie der Frosch. Seine Version der Wirklichkeit ist viel reichhaltiger. Es wäre aber vermessen zu behaupten, die Wirklichkeit des Menschen sei *die* Wirklichkeit. Es muß so viele Wirklichkeiten geben wie es Arten gibt. Und Wesen mit noch höherentwickelten Gehirnen und Sinnesorganen würden ganz sicher eine umfassendere Anschauung von ihrer Umgebung haben als wir.

Daraus folgt, daß Wirklichkeit auch für die verschiedenen Einzelpersönlichkeiten leicht unterschiedlich sein muß, abhängig von der Leistung der Sinnesorgane. Jeder Mensch lebt inmitten eines Mosaiks von Eindrücken, die seine ganz eigenen sind — eine Welt, die ihm durch das Netz hochspezialisierter Nervenzellen vermittelt wird. Eines der Hauptziele der augenblicklichen Forschung ist die Aufdeckung der Arbeitsweise dieser Zellen und der Unterschiede zwischen ihnen.

Die feinen Unterschiede in der sinnlichen Wahrnehmung, die sich bei den Individuen einer Art finden, unterstreichen die Tatsache, daß Begrenztheit und Wahrnehmungsmuster in Form unveränderlicher, durch Vererbung bestimmter Zellstrukturen in alle Nervensysteme eingebaut sind. Solche dauerhaften Strukturen sind aber nicht genug, wenn es um das Überleben der höheren Organismen geht. Fortschritt und Überleben verlangen Nervensysteme, die durch Erfahrung geformt oder verändert werden können, die lernen und sich erinnern können.

Das Gehirn kann eine riesige Menge von

Informationen aufnehmen und festhalten. Diese Information wird in einer noch weitgehend unbekannten, aber mit Sicherheit sehr komplizierten Art und Weise gespeichert. Gedächtnisinhalte strömen in die Nervenbahnen wie die sinnlichen Wahrnehmungen in Form von Impulsen, die Eindrucksstärken, Farben und Töne wiedergeben. Die Zeitdauer eines Impulses beträgt nur wenige Tausendstel einer Sekunde. Indem sie zur Erinnerung werden, frieren die Impulse sozusagen ein und verwandeln sich in etwas Bleibendes.

Die Suche nach einer Erklärung für das Phänomen Gedächtnis hat viele Spekulationen hervorgebracht. Eine Theorie ist: Erinnerungen sind das Ergebnis einer Strukturveränderung in den Nervenzellen, die durch wiederholtes Durchlaufen spezifischer Impulse verursacht wird. Man nimmt an, daß diese Veränderungen an der Umschaltstelle stattfinden, an der nervöse Erregungen von einer Nervenfaser auf eine andere oder auf die zu erregende Muskelfaser übertreten. Das Ergebnis würde dann eine aus Nervenfasern gebildete geschlossene Schlinge sein, und jede Schlinge würde eine Gedächtniseinheit bilden. Man hat auch chemische Erklärungen zu finden versucht. Eine Annahme geht davon aus, daß Erinnerung das Resultat gewisser Veränderungen im Proteïn der Nervenzellen sein könnte. Experimente haben bei erhöhter Nerventätigkeit einen erhöhten Gehalt an Ribonukleïnsäure im Nervenplasma und im Zellkern gezeigt, und Ribonukleïnsäure ist ein wichtiger Faktor bei der Proteïnsynthese in den Zellen. Wir erfahren ja alltäglich: Wiederholung prägt unser Gedächtnis. Wenn es einen stichhaltigen Zusammenhang zwischen wiederholten oder anhaltenden Reizleitungen und der Ribonukleïnsäure im Inneren der Nervenzelle gibt, dann könnten sich die Proteine sehr wohl als Prägemasse des Gedächtnisses herausstellen.

Die Möglichkeit, daß Ribonukleïnsäure und die Proteïnsynthese am Vorgang der Gedächtnisprägung beteiligt sein könnten, ist auch durch Experimente gestützt worden, die man mit Plattwürmern angestellt hat. Diese Plattwürmer sind kaum mehr als einen Zentimeter lang und haben ein Gehirn von der Größe eines I-Punktes. Trotz seiner Primitivität hat der Plattwurm ein bemerkenswert gutes Gedächtnis. Man kann ihn zum Beispiel dazu erziehen, daß er sich auf ein Lichtsignal hin zusammenzieht.

Der vergeßliche Wurm

Wenn man einen solchen Wurm in zwei Teile schneidet, ersetzen beide Hälften die ihnen fehlenden Teile, den Schwanz und den Kopf. Und das Erstaunliche ist, daß beide sich erinnern: sie ziehen sich auf ein Lichtsignal hin zusammen.

Es gibt aber eine wirksame Methode, diesen Prozeß wenigstens teilweise umzukehren. Wenn man den aus dem Schwanzteil entstandenen Wurm in eine verdünnte Lösung eines Enzyms legt, das Ribonukleïnsäure zersetzt, vergißt er, was er gelernt hatte. Die Erinnerungstafel ist wieder unbeschrieben. Daraus läßt sich entnehmen, daß Ribonukleïnsäure und die von ihr synthetisierten Proteïne in irgendeiner Weise an der Speicherung von Wissen beteiligt sind, auch wenn das Enzym aus irgendeinem Grunde keine Macht hat, dieselbe Wirkung auf den anderen, aus dem Kopfende entstandenen Wurm auszuüben.

Obwohl die Theorie, daß Proteïne die Gedächtnisträger sind, noch nicht sicher bewiesen ist, sind viele Forscher davon überzeugt, daß auf molekularer Ebene eine Beziehung zwischen Erinnerung und dem Vererbungsmechanismus besteht. Desoxyribonukleïnsäure (DNS), Ribonukleïnsäure (RNS) und Proteïne spielen vielleicht bei der Prägung der Erinnerung an vergangene Dinge genauso eine entscheidende Rolle wie bei der Evolution und Entwicklung des Embryos.

Die Frage nach dem Wesen des Gedächtnisses überhaupt steht in enger Beziehung zu dem Problem des Abrufs eines Gedächtnisinhalts, wenn er erst einmal gespeichert worden ist. Dieses Problem ist von starker kultureller Bedeutung in unserer heutigen Gesellschaft. Es werden mehr und mehr Bücher und Zeitschriften publiziert, und damit wächst die Schwierigkeit, bestimmte Informationen zu «orten», in überwältigendem Maße an. Das Abrufsystem der Natur wäre zur Lösung dieses Problems wohl geeignet, wenn wir es nur nachahmen könnten. Auf die Frage: «Kennen Sie Friedrich Schiller?» können wir innerhalb von Sekunden richtig antworten. Während dieses Zeitraumes hat unser Denkapparat die lange Liste der Namen von Freunden, Bekannten, Personen des öffentlichen Lebens und erfundenen Charakteren der Literatur «durchgeblättert», die das Gedächtnis im Laufe der Zeit gespeichert hat, und eine brauchbare Antwort gefunden. Die Wissenschaft weiß nicht, wie dieser Prozeß vor sich geht.

Phantasie ist ein weiterer Aspekt der Gehirntätigkeit, der die Forscher sicher noch viele Jahre beschäftigen wird. Was geschieht denn eigentlich, wenn zwei verschiedene Begriffe zusammengebracht werden — wenn ein Dichter einen Menschen mit einer Insel oder ein Wissenschaftler das Atom mit dem Sonnensystem vergleicht? Können solche Geistesblitze aus einem einfachen biologischen Mechanismus stammen, der nichts weiter ist, als die Verbindung geprägter Proteïne zu neuen molekularen Gebilden? Auch hier wissen die Biologen keine Antwort. Und doch müssen Kombinationen irgendeiner Art im Gehirn stattfinden, wenn wir Entsprechungen, Vergleiche und Gleichnisse bilden.

Quer zum Bild verlaufen fünf Fasern eines gestreiften Muskels. Zwei Neuriten kommen von oben, die Befehle vom Gehirn bringen. Die Stellen, wo Nerven und Muskeln sich berühren, heißen motorische Endplatten. Das elektrische Signal vom Neuriten löst ein ähnliches Signal aus, das von der Endplatte über die Muskelfaser läuft und sie dadurch zur geforderten Kontraktion bringt.

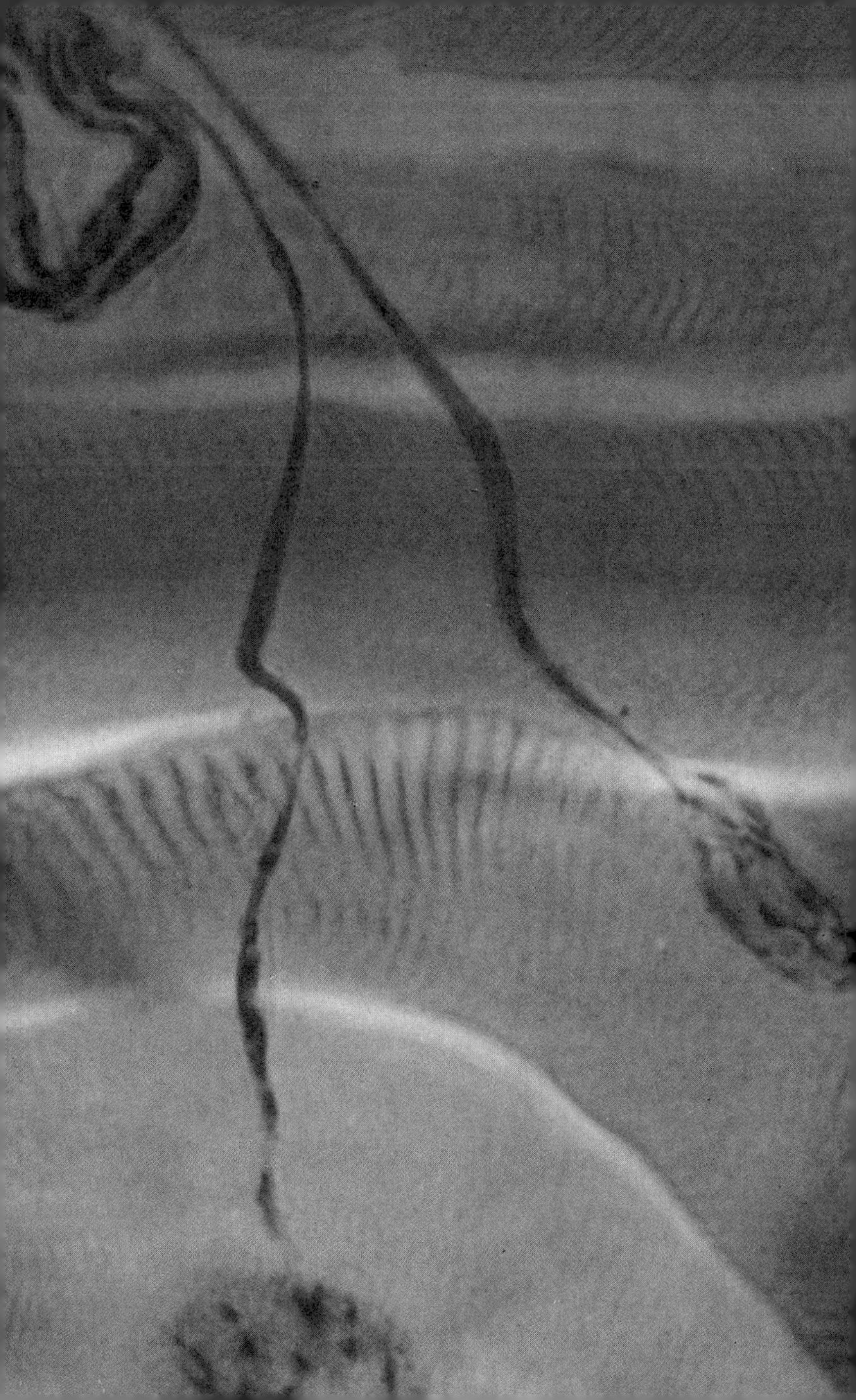

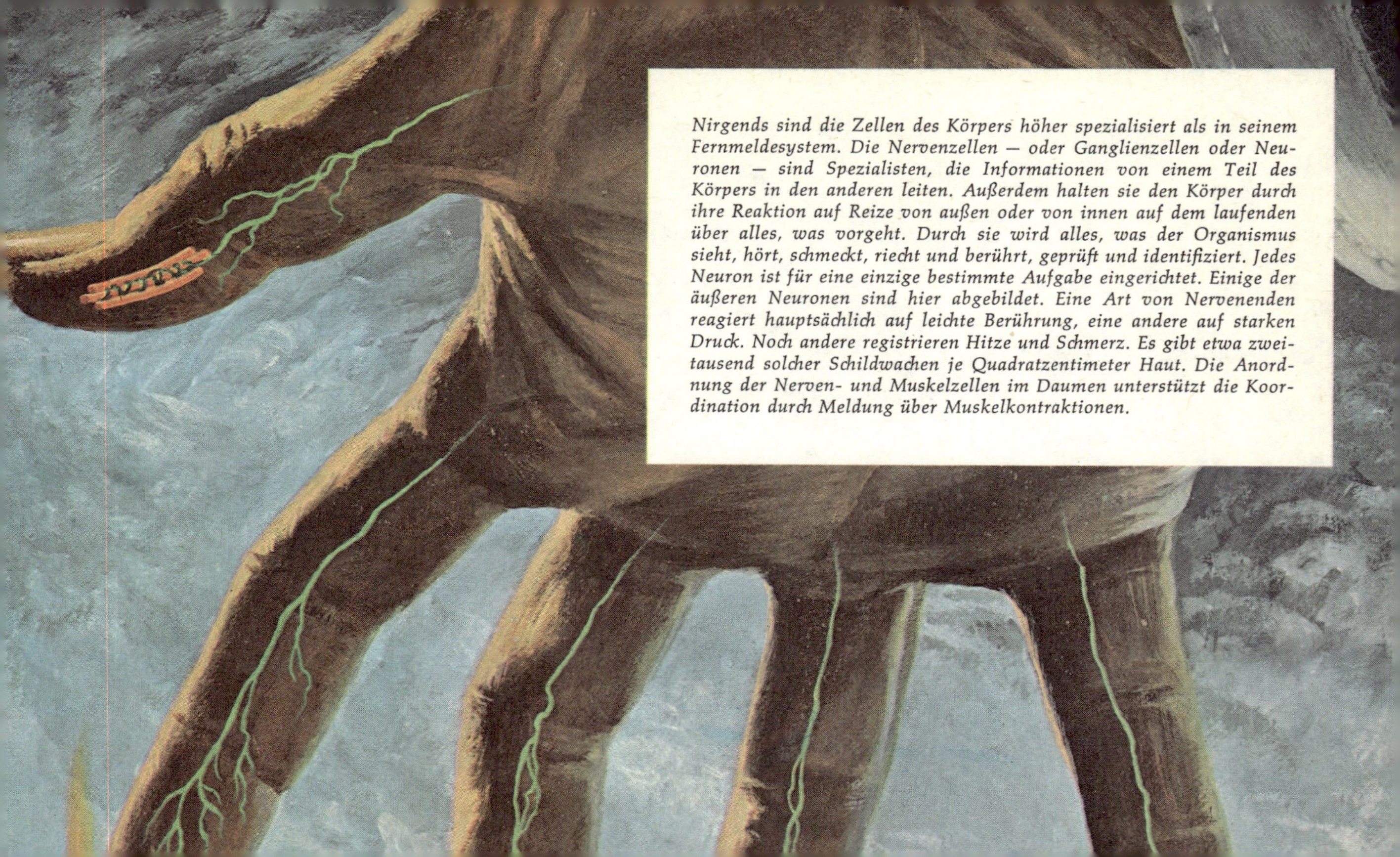

Nirgends sind die Zellen des Körpers höher spezialisiert als in seinem Fernmeldesystem. Die Nervenzellen – oder Ganglienzellen oder Neuronen – sind Spezialisten, die Informationen von einem Teil des Körpers in den anderen leiten. Außerdem halten sie den Körper durch ihre Reaktion auf Reize von außen oder von innen auf dem laufenden über alles, was vorgeht. Durch sie wird alles, was der Organismus sieht, hört, schmeckt, riecht und berührt, geprüft und identifiziert. Jedes Neuron ist für eine einzige bestimmte Aufgabe eingerichtet. Einige der äußeren Neuronen sind hier abgebildet. Eine Art von Nervenenden reagiert hauptsächlich auf leichte Berührung, eine andere auf starken Druck. Noch andere registrieren Hitze und Schmerz. Es gibt etwa zweitausend solcher Schildwachen je Quadratzentimeter Haut. Die Anordnung der Nerven- und Muskelzellen im Daumen unterstützt die Koordination durch Meldung über Muskelkontraktionen.

8

Die Zelle in Gesundheit und Krankheit

Das Leben ist ein Wettlauf mit der Vernichtung, ein unaufhörlicher Kampf um die Existenz. Und alle Zellen und Zellsysteme sind ohne Ende damit beschäftigt, sich Energie zu verschaffen und sie für ihre jeweiligen besonderen Zwecke zu verwenden. Jede biologische Handlung des lebenden Organismus, von der Synthese des ATP und der Proteïne bis zur Erzeugung elektrischer Impulse, geschieht im Hinblick auf sein wichtigstes Ziel – die Erhaltung des Lebens.

Um am Leben zu bleiben, muß jeder Organismus sich angesichts der Kräfte, die seine Existenz von außen bedrohen, selbst erhalten. Denn er wird vernichtet, wenn er aufhört, genügend Energie auf sich selbst zu verwenden. Dieses im letzten Grunde unvermeidliche Schicksal kann den Organismus in mannigfaltiger Form ereilen: in seiner Umgebung können sich Gifte ansammeln, die Temperaturen können über die für ihn tragbare Grenze hinaus ansteigen, die Nahrungsquelle kann versiegen, oder rivalisierende Organismen treten auf und nehmen ihm seinen Lebensraum.

Eine der Verteidigungsmaßnahmen ge-

Dieser Regenbogen aus Glas ist ein Proteïnseparator. Komplexe Proteïnmischungen, die von Viren stammen, werden in die Maschine geleitet, wo sie von Röhre zu Röhre fließen und in ihre Grundbestandteile aufgespalten werden. Die Analyse der so gewonnenen Substanzen ergibt die Struktur des Virus.

Diese Karikatur aus dem vorigen Jahrhundert verspottet einige der Mittel, die nach damaliger Auffassung Schutz gegen die Cholera bieten sollten. Der dick angezogene Mann hält eine Räucherlaterne zur Reinigung der Luft. Sein Gesicht ist mit einer Maske bedeckt, und er trägt ganze Bündel seltsamer Heilpflanzen. Für den Fall, daß sich diese Maßnahmen als unwirksam erwiesen, hatte er noch immer den Beutel um seinen Hals, der tatsächlich manchmal half, denn er war mit Kräutern gefüllt, die so unangenehm rochen, daß Krankheitsträger ihm aus dem Wege gingen.

gen diese äußeren Kräfte ist die Wand, die der Organismus um sich baut. Eine solche Wand ist die Haut. Sie bildet eine natürliche Grenze zwischen dem Individuum und seiner Umgebung. Aber keine Befestigung kann vollkommenen Schutz bieten. Große Gemeinden, Ansammlungen von Einzelwesen, sind außerdem sehr empfindlich gegen Angriffe aus dem Hinterhalt, und der menschliche Körper, der schließlich eine gewaltige Gemeinde von Zellen ist, bildet keine Ausnahme. Fremdstoffe finden immer wieder ihren Weg durch die äußeren Verteidigungsanlagen und greifen die inneren Systeme an. Angriffe dieser Art sind besonders problematisch, wenn die Fremdstoffe irgendwie in die Blutbahn gelangen. In solchen Fällen kann der ganze Organismus in Gefahr geraten.

Glücklicherweise gibt es eine zweite Verteidigungslinie, die bereit ist, Eindringlinge, die die Schutzwälle des Körpers überwunden haben, zurückzuwerfen. In dieser Linie stehen weiße Blutzellen von der Art, die man Lymphozýten nennt (Lympha heißt lateinisch: klares Wasser; Lymphozyten sind «Blutwasserzellen»). Sie befinden sich im Blut und in der Lymphe und sind einsatzbereit, wann immer sie gebraucht werden. Ihre Verteidigungsform ist der Angriff, und sie haben für die verschiedenen Angreifertypen auch verschiedene Waffen – eine Art Geheimwaffe, die nur ihr ganz bestimmtes Ziel treffen kann.

Die Anpassung der Abwehrmaßnahmen auf jeden Angriff ist natürlich nicht einfach, denn der Mensch ist für viele Arten von Bakterien und Viren empfänglich. Jede Art der Krankheitserreger ist durch spezifische chemische Verbindungen deutlich von den anderen unterschieden, Verbindungen, die entweder körpereigene Substanzen der Mikroben sind oder Toxíne («Giftstoffe»), die in die Blutbahn des Menschen abgegeben werden. Sie sind

Ein typischer Quacksalber, ein Scharlatan, der einem leichtgläubigen Publikum Wunderdrogen anpries. Dieser preist gerade die Heilkräfte der Schlange. (Da Schlangen gegen ihr eigenes Gift immun sind, stellten die Quacksalber es als «logisch» dar, daß Schlangenfleisch Menschen gegen Krankheiten immun mache.) Unter den vielen Allheilmitteln, die von den Scharlatanen angeboten wurden, gab es Horn vom Einhorn, pulverisierte Perlen, Moschus, ägyptischen Mumienstaub und Krokodilmist.

Moleküle mit einer charakteristischen Struktur und werden Antigéne genannt. (Antigen ist ein Kurzwort für Antisomatogen = Gegenkörpererzeuger; was Gegen- oder Antikörper sind, wird im nächsten Absatz erklärt.) Sie sind im allgemeinen Verbindungen von Eiweißstoffen (Proteïnen) und Zucker.

Wenn Antigene in die Blutbahn gelangen, gerät der Körper in einen Alarmzustand. Obwohl es noch viel über den Mechanismus der Reaktion auf Fremdstoffe herauszufinden gibt, weiß man doch, daß jedes Antigen die Lymphozyten zur Erzeugung großer Mengen bestimmter Proteïne anregt, die dann in die Blutbahn geschickt werden. Eigentlich führen diese Proteïne den Angriff gegen die Eindringlinge.

Wie aber funktioniert dieses System? Nehmen wir einmal an, der Körper wird zum erstenmal von Typhusbakterien angefallen. Da die natürlichen Abwehrfunktionen des Körpers noch nie zur Bekämpfung dieser Bakterienart gebraucht wurden und deshalb nicht auf sie vorbereitet sind, können sich die Typhusbakterien eine Zeitlang relativ ungehindert vermehren. Anzeichen für den Beginn des Gegenangriffs auf die Bakterien sind nicht sofort zu erkennen, da es einige Zeit (normalerweise vier bis zehn Tage) dauert, bis der Körper seine Verteidigung ausgebaut hat. Aber während dieser Phase, die man die Inkubationszeit («Brutzeit») nennt, sind die Lymphozyten sehr aktiv. Einige von ihnen beginnen mit der Bildung großer Proteïnmengen, deren Moleküle ein Negativ der Antigenkonturen der Typhusbakterien darstellen. Diese Reaktionsprodukte des Körpers heißen Antikörper. Sie werden in die Blutbahn geschickt, wo sie sich an die Antigene binden und sie dadurch so verändern, daß sie anfällig werden für den nächsten Waffengang.

Dieser Arzt, der wie eine Mischung aus Vogel und Mensch aussieht, war schon im siebzehnten Jahrhundert auf dem richtigen Wege, als er sich in dieser Form vor der Großen Pest von London (1664/65) schützte. Seine Kleidung bestand aus Leder, und seine Augen waren durch Glas geschützt, während sein Schnabel Räuchermittel enthielt. Mikroben waren noch nicht als Krankheitserreger entdeckt worden, aber die Schutzmaßnahmen waren wenigstens ein Hindernis für Bakterien (Pasteurélla péstis; entdeckt 1894). Die meisten Ärzte berührten ihre Patienten auch überhaupt nicht und entgingen dadurch gewöhnlich der Ansteckung.

Die nächste Phase des Angriffs wird von den «Freßzellen» des Körpers, den Phagozýten (griechisch heißt phágos «der Fresser», kýtos oder cytus heißt «die Zelle»), geführt. Sie greifen die durch die Antikörper geschädigten Antigene an und verschlingen sie. Der Kampf der verbündeten Antikörper und Phagozýten gegen die Eindringlinge geht, wenn man den Körper sich selbst überläßt, so lange weiter, bis die Krankheit überwunden ist oder die Verteidigungskräfte sich als ungenügend erweisen – worauf der Tod eintritt.

Die Verteidigungsreserve des Körpers

Eine Folge des Abwehrkampfes gegen die Infektion ist eine dauernde Veränderung des Körpers im biochemischen Bereich. Die Art dieser Veränderung zeigt sich, wenn der Organismus der gleichen Krankheit ein zweites Mal ausgesetzt ist. In den weitaus meisten Fällen ist er dann sehr viel besser zu seiner Verteidigung vorbereitet und ausgerüstet, denn das Blut enthält noch viele aus der vorherigen Infektion stammenden Antikörper. Außerdem läuft der Abwehrmechanismus schneller an, und die Antikörper werden in großen Mengen den Krankheitserregern entgegengeworfen, so daß die Krankheit viel schneller überwunden werden kann. Die biochemische Struktur des Körpers ist also in einer Weise verändert worden, daß immer eine Verteidigungsreserve vorhanden ist, die sofort gegen einen spezifischen Eindringling eingesetzt werden kann.

Dies gilt, abgesehen von solchen Infektionen, für die es diesen Schutz gar nicht zu geben scheint, unabhängig davon, ob die erste Begegnung mit der Krankheit eine auf natürlichem Wege eingetretene Ansteckung oder eine künstlich durch Impfstoffe herbeigeführte ist. Der Körper unterscheidet

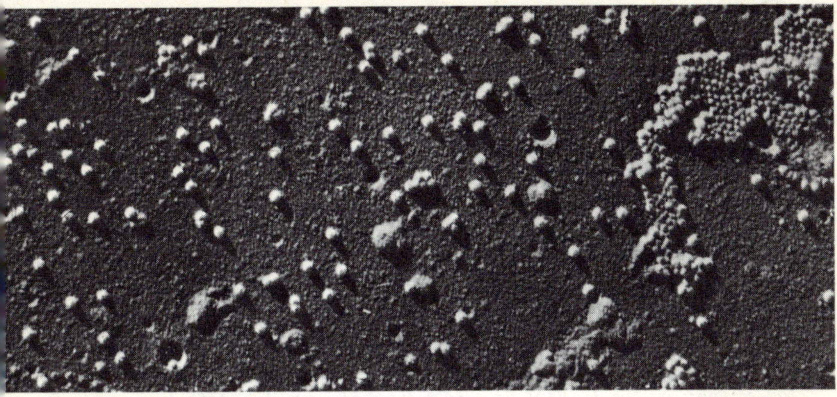

1953 vergrößerte ein Elektronenmikroskop ein Poliomyelitisvirus, den Erreger der spinalen Kinderlähmung, zum erstenmal 77 000fach.

nicht zwischen den lebenden Bazillen der echten Infektion und den meistens abgetöteten der Impfstoffe. In beiden Fällen folgt die Antigen-Antikörper-Reaktion (abgekürzt AAR) auf das Eindringen der Fremdstoffe. Deshalb kann eine Impfung ein Verteidigungssystem des Körpers aufbauen, bevor die Krankheit ihn überhaupt erreichen konnte. Die Bildung der Antikörper erfolgt also auf jeden Angriff fremder Stoffe auf den Körper. Die Fähigkeit des Organismus, sich der Anzahl und Verschiedenartigkeit dieser Bedrohung in seinen Maßnahmen anzupassen, ist erstaunlich. Ein Mensch kann während eines normalen Lebens bis zu 100 000 verschiedenartigen Antigenen ausgesetzt sein, und doch wird der Körper die entsprechenden Arten von Antikörpern entwickeln, um die Infektionen abzuwehren.

Die AAR kann leider auch Nebenwirkungen haben, die sehr unangenehm sein können. Sie werden unter dem Begriff Allergíe (das Wort bedeutet etwa «Fremdeinwirkung») zusammengefaßt, der eine krankhafte Empfindlichkeit gegenüber an sich harmlosen Substanzen bezeichnet. Das Toxín des Gift-Efeus (Rhus toxicodendron; ein Strauch aus Nordamerika und Nordostasien) ist ein Beispiel für solche Stoffe. Nach der ersten Begegnung mit dem Gift werden Antikörper ausgebildet, um dem schädlichen Fremdstoff entgegenzuwirken. Beim zweitenmal reagieren aber eine Reihe von Menschen überempfindlich, und die Antigen-Antikörper-Reaktion ruft einen Ausschlag hervor, eine unerwünschte Nebenerscheinung, deren Wesen noch nicht endgültig geklärt ist. Manche Menschen bekommen allergische Ausschläge oder Schwellungen, die sehr schmerzhaft und sogar gefährlich sein können, von Blütenstaub, Medikamenten und Tierfellen. Theoretisch kann fast jede Substanz ein möglicher Allergie-Erreger sein.

Wenn ein Organismus einen erfolgreichen Abwehrkampf gegen einen

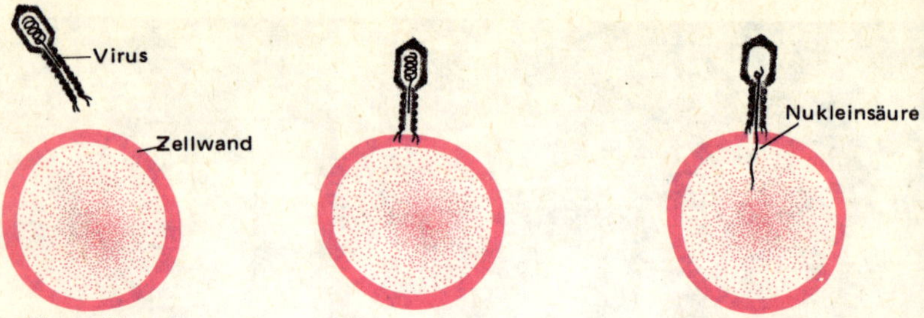

Ein Virus kann eine Zelle mit furchterregender Gründlichkeit angreifen und zerstören. Es gleicht einer winzigen Kaulquappe. Sein Kopf ist voll von DNS oder RNS, und es treibt einfach irgendwo, bis es sich an eine Zelle hängt, in die es sich hineinbohrt und ihr seine Nukleïnsäure aufzwingt. Die Zelle wird dadurch genötigt, dem Angreifer ihren Stoffwechselapparat zu überlassen. Das Virus vermehrt sich unheimlich schnell. Schon nach einer halben Stunde platzt die tote Zelle und entläßt einen Strom neuer Parasiten.

bestimmten Fremdstoff geführt hat, wird er oft immun gegen weitere Angriffe der gleichen Art.

Die Erforschung dieser Vorgänge bei der Immunisierung eines Organismus – der Art und Weise also, wie der Körper die Infektion überwindet – ist ein immer wichtigeres Feld der Biologie geworden. Führende Biologen der ganzen Welt haben sich mit diesem Problem beschäftigt. Ihre Untersuchungen unterstützen die Fortschritte auch auf anderen medizinischen Gebieten. Da ist zum Beispiel die Virusforschung, die nach neuen Wegen zur Bekämpfung dieser Mikroben sucht. Viren sind die kleinsten Krankheitserreger. Sie greifen die Zellen direkt an. Ihre Größe hat nur molekulare Ausmaße. Eine Kette von 2000 menschlichen Zellen würde immerhin etwa 25 Millimeter lang sein. Eine einzige dieser Zellen könnte jedoch mehr als 60 Millionen Viren der Kinderlähmung beherbergen. Da eine Reihe von Medizinern nun auch den Krebs für eine Viruskrankheit zu halten beginnt, wird die Virusforschung als besonders wichtig und dringend angesehen.

Die winzigsten Feinde des Lebens

Viren sind die kleinsten Feinde der Zellen, aber sie sind unwahrscheinlich angriffslustig. Ihr Bau befähigt sie zum direkten Angriff auf den Vererbungsapparat, der für den Zellaufbau verantwortlich ist. Ein schädliches Virus (das Virus hat seinen Namen von dem lateinischen Wort für «Giftsaft») repräsentiert den Kern der Infektion. Es besteht aus nichts weiter als einem Kern aus der erbtragenden Substanz DNS oder RNS, der in eine Proteïnhülle eingeschlossen ist. Das Virus greift die Zelle auf dem geradesten Wege an. Im Durchdringen der Zellwand wirft es seine Proteïnhülle

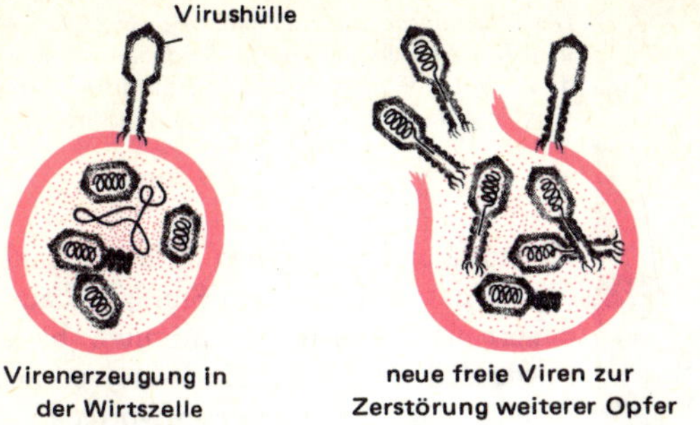

ab, und der DNS- oder RNS-Kern des Virus gelangt ins Zytoplasma. Darauf folgt ein Aktionsabschnitt, der eigentlich ein Krieg zwischen den beiden Gruppen von Erbmaterial ist. Wenn die Virussubstanz gewinnt, kann bis zu 80 Prozent der DNS der infizierten Zelle aufgespalten und zu Virus-DNS umgestaltet werden. Das heißt also, daß die Zelle jetzt statt ihrer eigenen

Hier dringt eine Anzahl der kaulquappenförmigen Viren gegen drei lebende Zellen vor, um sie zu zerstören (links). Das Bild rechts zeigt Viren, die sich sehr schnell in der Zelle vermehren. Die Aufnahmen wurden mit einem Elektronenmikroskop gemacht und zeigen den Angriff der Viren von außen und innen. Die Virologen wissen nicht, wie die Viren die Zelle töten oder sich in ihr vermehren. Wenn diese Frage erst gelöst ist, wird man vielleicht ein Heilmittel nicht nur für Kinderlähmung, sondern auch für Grippe, Erkältungen und viele andere hartnäckige Krankheiten finden.

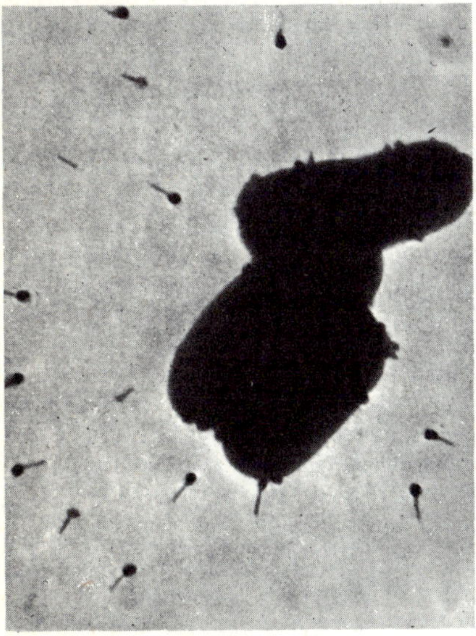

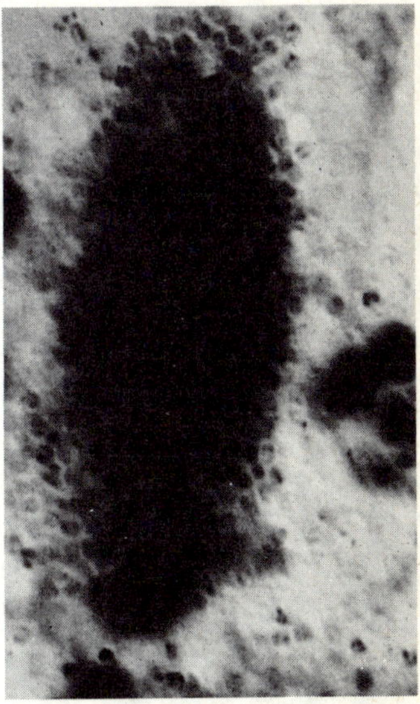

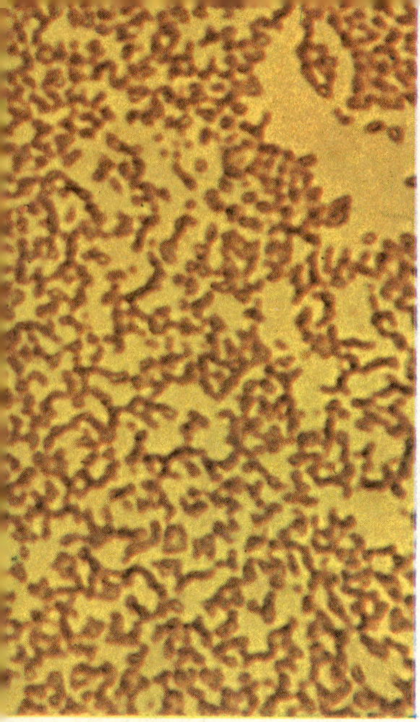

Der Stáphylococus aúrëus findet sich in großen Mengen. Die meisten äußerlichen Geschwüre werden von dieser Mikrobe verursacht. Das einzellige Schönauge (Euglena) unten ist ein harmloser Wasserbewohner.

Baustoffe und Erbanlagen in ihrem Nuklëus die für das Virus nötigen Stoffe aufbaut. Es dauert manchmal nur 20 Minuten, bis eine solche Zelle platzt und Hunderte von neuen Viren entläßt. Der Körper antwortet auf den Angriff der Viren genau wie auf die anderen Fremdstoffe — durch Erzeugung von Antikörpern, deren Antigene in diesem Fall die Proteïne des Virus sind.

Kühe gegen Pocken

Der erste Impfstoff, der je entwickelt wurde, war der gegen Pocken. Die Schwarzen Pokken oder Blattern sind eine Viruskrankheit, aber das wußte der Entdecker der Impfmethode nicht. Er hieß Edward Jenner (sprich: Dschénner) und lebte von 1749–1823. Den Anstoß für seine Arbeit bekam er durch Gerüchte, die aus landwirtschaftlichen Gebieten Englands zu ihm drangen. In der südenglischen Grafschaft Gloucestershire (ausgesprochen etwa «Gloßterschir») waren die Bauern überzeugt, daß jemand, der die verhältnismäßig leichte Krankheit der Kuhpocken überstanden hatte, weniger leicht von den Schwarzen Pocken befallen wurde. Anders als seine medizinischen Kollegen nahm Jenner diese Gerüchte ernst genug, sie

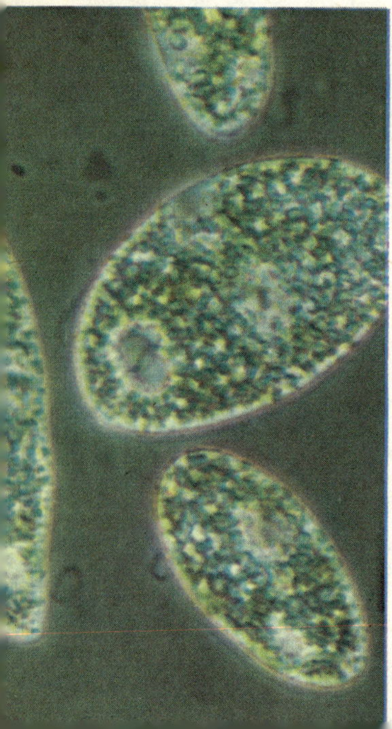

Diese Karikatur zeigt den englischen Arzt Edward Jenner (1749–1823), wie er Landbewohner mit seinem Blatternimpfstoff «frisch von der Kuh» impft, worauf ihnen an den verschiedensten Körperteilen kleine Kühe wachsen. Vor der Entdeckung des Impfstoffs starben 30 Prozent der Säuglinge in England an den Schwarzen Pocken.

VACCINE
POCK
hot from
y COW

Virus

Pyritkristall

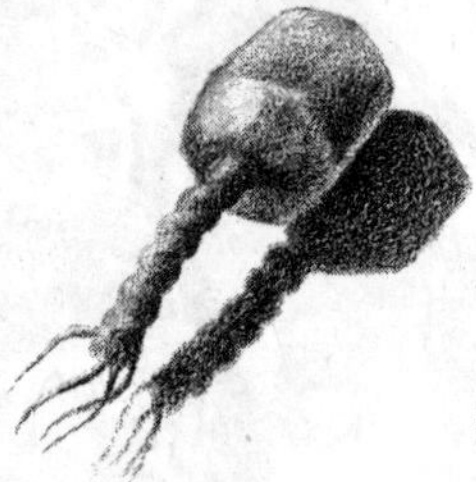

Virus

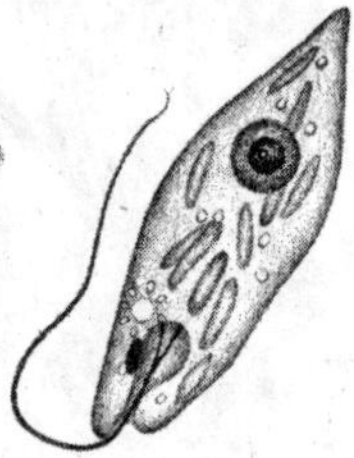

Euglena

Bis zur Entdeckung der Viren empfanden die Wissenschaftler zwar jede Definition des Lebens als problematisch, meinten aber wenigstens, zwischen lebenden und toten Stoffen unterscheiden zu können. Das Virus kann aber nicht grundsätzlich und korrekt als das eine oder andere bezeichnet werden. Einige Viren haben die Form von Pyritkristallen oder anderen Mineralien. Andere ähneln lebenden Organismen wie dem Geißeltierchen Eugléna. Das Virus hat keine Fortbewegungsmöglichkeit, es hat keine Energiequelle und kann nicht wachsen. Es enthält aber die wichtige DNS oder RNS. Vor allem kann es sich auch vermehren, aber erst nach Eroberung einer Zelle. Dann kann es eine gesunde und produktive Zelle zur Brutstätte für neue Virengenerationen machen.

wenigstens zu überprüfen. Sein Impfstoff aus lebenden Kuhpockenviren war bemerkenswert erfolgreich und immunisierte die Versuchspersonen gegen die sehr viel schlimmeren Schwarzen Pocken. Hundert Jahre später begann dann mit Pasteurs Milzbrandschutzimpfung an Tieren der nicht mehr aufzuhaltende Siegeszug der Impfstoffe, mit denen so schreckliche Viruskrankheiten wie Gelbfieber, spinale Kinderlähmung und Masern überwunden wurden.

Zukünftige Forschungen werden sich vor allem auch gegen solche Viren richten, die sich wie das Grippevirus nicht identisch vermehren. Ein bestimmter Stamm kann in diesen Fällen mutieren oder sonstwie verändert sein und Hüllen aus unterschiedlichem Proteïn besitzen. Die folgenden Generationen zeigen zum Beispiel Abweichungen im Bau und in der Zusammensetzung der Hüllensubstanz. In dieser Situation hat wahrscheinlich der für einen Typ entwickelte Impfstoff kaum eine Wirkung auf die Mutanten. (Eine Mutante ist ein Individuum, das eine erbliche Mutation, Veränderung, erfahren hat.) Das wichtigste Problem ist hier, eine Methode zu finden, die die Bildung von Antikörpern ermöglicht, die einen Eindringling mit veränderten Kennzeichen dennoch erkennen und ihn angreifen. Wenn ein Weg gefunden wird, die Erzeugung von «Allzweck-Antikörpern» im Körper anzuregen, dürften auch andere Probleme der Immunität gelöst werden. Tatsächlich haben Untersuchungen in neuerer Zeit eine bisher

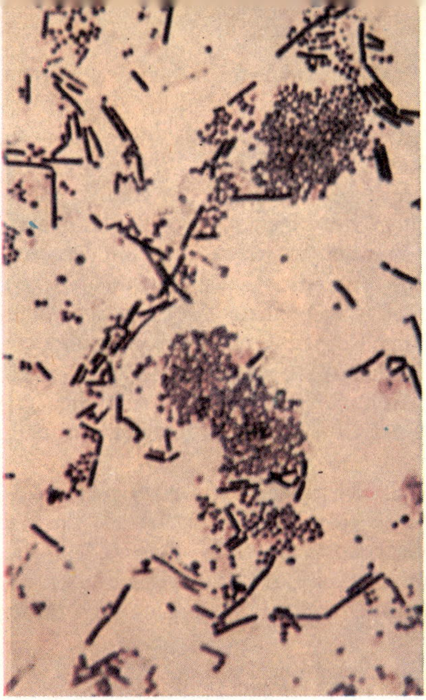

Bazillen (von lateinisch bacillum = Stäbchen) und Kokken (von griechisch kókkos = Kern) sind hier in mikroskopischen Kolonien zu sehen. Die Stäbchenform gab der ganzen Gruppe den Namen – Bakterien (von griechisch baktérion = Stöckchen, Stäbchen).

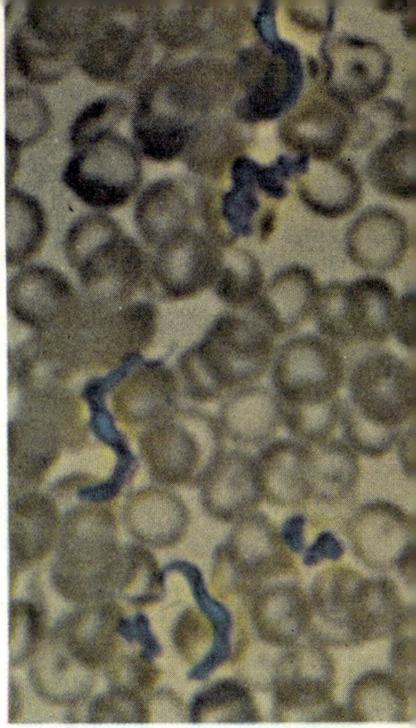

Trypanosóma gambiénse ist ein parasitisches Geißeltierchen, das durch den Stich der Tsetse-Fliege übertragen wird und die Schlafkrankheit erregt. Im Durchschnitt sind die Tiere 0,025 mm lang. Sie sind hier im Blut zu sehen.

unbekannte Art der natürlichen Abwehr entdeckt, die zu neuen Behandlungsmethoden führen kann. Die Forscher haben ein Anti-Virus-Proteïn im Körper entdeckt, das sie «Interferón» genannt haben. Diese Verbindung wird von vielen Zellarten erzeugt und wirkt auf mehr als einen Virustyp.

Obwohl alles in allem das Hauptziel der Bekämpfung von bakteriellen und Viruskrankheiten die Schaffung oder Verstärkung der Immunität ist, hat sich gezeigt, daß dieser Weg für andere Krankheiten durchaus nicht immer wünschenswert sein muß. Es gibt sogar ein wichtiges neues medizinisches Gebiet, in dem die wirksame Behandlung von der *Hemmung* gewisser natürlicher Immunitätserscheinungen abhängt. In diesem Fall arbeitet das System der Antikörperbildung gegen jeden Fremdstoff nicht im Interesse des Körpers.

Es handelt sich hier um das große Feld der Transplantationen. Schon lange suchen Ärzte nach Möglichkeiten, zerstörte Körperteile durch gesunde zu ersetzen. Der erreichte Fortschritt auf diesem Gebiet ist beträchtlich. Und die Liste der vom rein chirurgischen Standpunkt aus möglichen Operationen ist schon heute von beträchtlicher Länge. Leider aber sind die Ärzte trotzdem in ihren Möglichkeiten eng begrenzt, und zwar eben durch die automatisch ablaufende Antigen-Antikörper-Reaktion.

Diese Begrenzungen sind leicht an den Erfahrungen mit Hautverpflanzungen abzulesen. Bei Verpflanzungen der eigenen Haut des Patienten setzt die Heilung sehr schnell ein. Von den verwachsenden Rändern der Wunde dringen neue Blutgefäße in das verpflanzte Gewebe vor und festigen es innerhalb von Wochen für immer. Das verpflanzte Gewebe erfährt aber eine völlig andere Behandlung durch den Körper, wenn es von einer anderen Person stammt. Obwohl es zunächst scheint, als ginge der Heilungsprozeß normal vor sich, zeigt es sich, daß die Blutgefäße nicht fähig sind, die Versorgung des Fremdgewebes zu übernehmen, das nach zehn bis zwanzig Tagen abgestoßen wird.

Der Körper weist fremdes Gewebe in der gleichen Weise ab wie die Mikroben. In jedem Fall erzeugt er Antikörper, die auf das fremde Proteïn reagieren. Wenn er die Haut abstößt, gehorcht er einem Gesetz, dem alle Antikörper produzierenden Arten unterliegen. Das Gesetz gilt für alle Verpflanzungen fremder Gewebe, für Organe und ihre Teile genauso wie für die Haut.

Die einzige normale Ausnahme von dieser Regel gilt für eineiige Zwillinge. Von seinem «identischen» Zwilling kann ein Mensch jedes Gewebe übernehmen, da beide die gleichen Gene und deshalb auch die gleichen Proteïne haben. Der Körper behandelt Zwillingsgewebe als eigenes und nicht als fremdes. In allen anderen Fällen sind die Verschiedenheiten zu

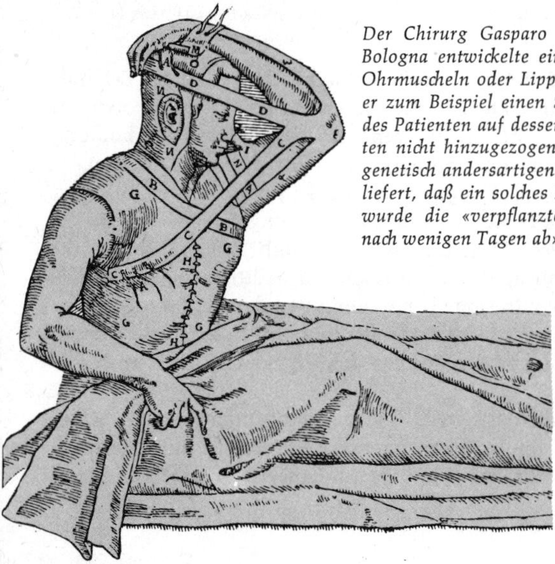

Der Chirurg Gasparo Tagliacozzi (1546–1599) aus Bologna entwickelte ein Verfahren, verletzte Nasen, Ohrmuscheln oder Lippen zu ersetzen. So verpflanzte er zum Beispiel einen Streifen Fleisch aus dem Arm des Patienten auf dessen Nase. Gewebespender konnten nicht hinzugezogen werden, weil der Körper die genetisch andersartigen Zellen abstößt. Es wird überliefert, daß ein solches Implantat ein Jahr hielt, dann wurde die «verpflanzte Nase kalt, eiterte und fiel nach wenigen Tagen ab».

groß für erfolgreiche Verpflanzungen, und man muß vorbereitende Maßnahmen treffen. Diese zielen darauf ab, die Abwehrmechanismen des Körpers zeitweilig außer Kraft zu setzen.

Angriff auf Antikörper

Eine Technik zur Vorbereitung von Gewebeverpflanzungen besteht aus starkem Strahlenbeschuß und dem Einnehmen besonderer Medikamente, die beide die Antikörper erzeugenden Zellen abtöten. Allerdings ist die Methode sehr hart, denn da sie die Abwehrkräfte des Körpers unterdrückt, wenn nicht zerstört, ist er allen Infektionen gegenüber sehr empfänglich. Der Patient muß nach der Behandlung wochenlang oder monatelang in vollkommen keimfreier Umgebung leben, und selbst bei solchen Vorsichtsmaßnahmen ist keine Garantie gegeben, daß die Verpflanzung richtig anwächst.

Die Strahlen- und Drogenbehandlung ist des öfteren für Organverpflanzungen angewandt worden, wenn die Aussicht bestand, daß nur dadurch das Leben des Patienten gerettet werden konnte. Mit dieser Methode wurde 1959 die erste erfolgreiche Nierenverpflanzung von einem zweieiigen Zwillingsbruder auf den anderen in Boston (USA) eingeleitet. Die Bedeutung dieser Operation liegt darin, daß bei diesen Zwillingen, die genetisch nicht identisch waren, weil sie aus verschiedenen Ei- und Samenzellen hervorgegangen sind, das brüderliche Gewebe als Fremdstoff eigentlich Antikörper auf den Plan rufen müßte. Viele Jahre nach der Operation war jedoch der Empfängerzwilling noch immer vollkommen wohlauf.

Dieser erste Erfolg leitete eine neue Epoche der Medizingeschichte ein. In einem knappen Jahrzehnt wurden über 1500 erfolgreiche Nierenverpflanzungen vorgenommen, und sechs von zehn Spenderorganen leisteten ihren neuen Herren länger als ein Jahr gute Dienste. Eine Ursache für diesen beispiellosen Erfolg war, daß man künstliche Nieren hatte, mit denen man schwer nierenkranke Patienten so lange am Leben halten konnte, bis geeignete Organspender gefunden waren. Solche Nierenspender sind zum Glück nicht allzu schwer zu finden, weil jeder Mensch mit zwei Nieren geboren wird und eine davon entbehren kann.

Leben mit fremden Herzen

Allerdings bieten sich andere Organe nicht so leicht zur Verpflanzung an. Aber einige Übertragungen sind immerhin gelungen, darunter die sensationellste Organtransplantation überhaupt: die des Herzens. Die erste erfolgreiche Herzverpflanzung wurde Anfang 1968 von Prof. Christiaan Barnard im südafrikanischen Kapstadt durchgeführt. Der Empfänger Louis Washkansky machte zunächst gute Heilungsfortschritte. Achtzehn Tage nach der Operation starb er jedoch, wahrscheinlich an den Folgen einer

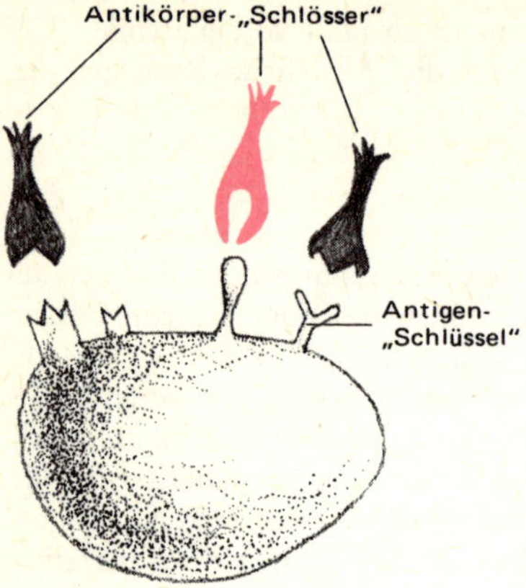

Die «Schlüssel-und-Schloß»-Theorie: 1885 legte der deutsche Bakteriologe Paul Ehrlich (1854–1915) die erste umfassende Theorie über die Immunität gegen Krankheiten vor. Er postulierte die Existenz von bestimmten Proteïnmolekülen, den Antikörpern, in der Blutbahn. Die Antikörper-Schlösser schwimmen in der Blutflüssigkeit, bis sie einem zu ihnen passenden Bakterien- oder Antigen-Schlüssel begegnen. Durch diese Vereinigung werden die Antigene unschädlich gemacht.

schweren Infektion und an der Abstoßung seines neuen Herzens. Aber trotzdem: Selbst das nur vorübergehende Gelingen dieser unermeßlich schwierigen Operation bedeutete einen atemberaubenden Fortschritt in der Chirurgie, und die Kunde davon eilte um den ganzen Erdball. Chirurgenteams an großen Kliniken weitteiferten mit der Glanzleistung ihres südafrikanischen Kollegen. Prof. Barnard selbst verpflanzte neue Herzen in andere Patienten, deren eigenes Herz versagte. Einer davon war der südafrikanische Zahnarzt Dr. Philip Blaiberg. Er lebte über 19 Monate lang mit dem fremden Herzen und führte in dieser Zeit ein fast völlig normales Leben.

Die ersten Erfolge bei der Organtransplantation haben die Anstrengungen beflügelt, neue Wege zur Überlistung der körperlichen Abstoßungsmechanismen zu bahnen. Eine der aussichtsreichsten Methoden ist die Bestimmung von Gewebegruppen. Ganz ähnlich wie bei den schon lange festgelegten Blutgruppen will man menschliches Körpergewebe in Gruppen einteilen, um einem Empfänger möglichst gut verträgliches Spendergewebe von nahe verwandter genetischer Beschaffenheit einzupflanzen. Je enger die Verwandtschaft, desto wahrscheinlicher faßt das Implantát (das eingepflanzte Gewebe) Wurzeln. Verpflanzungen zwischen eineiigen Zwillingen (deren genetische Beschaffenheit ja völlig gleichartig ist) lösen den Abstoßungsmechanismus überhaupt nicht aus. Ferner sind Transplantationen zwischen Menschen mit wenigstens teilweiser Übereinstimmung ihrer Erbsubstanz, zwischen engen Blutsverwandten also, meist erfolgversprechender als Verpflanzungen zwischen nichtverwandten Menschen. Eine sichere Methode zur Bestimmung von Gewebegruppen würde die Suche nach einem zum Patienten erbmäßig passenden Spender (ob blutsverwandt oder nicht) bedeutend erleichtern. Die Aussichten auf ein langes Leben mit dem neuen Organ müßten sich dann stark verbessern.

Eine Freßzelle (Phagozyt) dient dem Körper ebenfalls in dem schweren Kampf gegen die Krankheit. Mit ihren Scheinfüßchen umschließt sie die angreifenden Mikroben und vernichtet sie. Sie «frißt» auch die verbrauchten Zellen und größere Teile toter Stoffe, wie etwa den mit der Luft eingeatmeten Kohlenstoff.

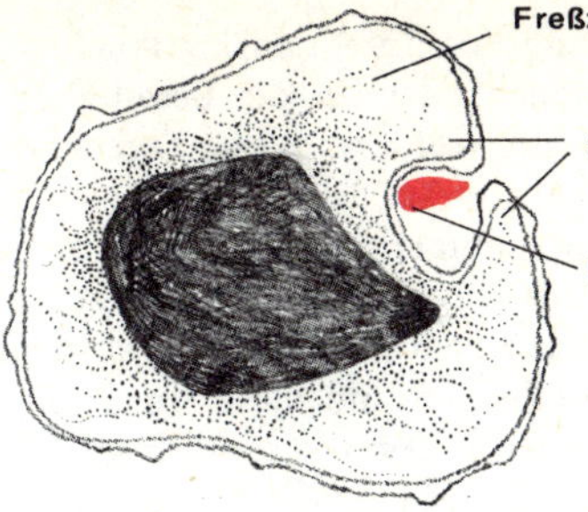

Die gleichen Zellvorgänge, die gegebenenfalls die Antigen-Antikörper-Reaktion in Gang bringen, wirken in dem gegenseitigen Erkennungssystem mit, das die Körperzellen befähigt, ihre eigene Art zu erkennen. Das System beginnt schon zwei oder drei Wochen nach der Geburt anzulaufen; es ist die Zeit, in der der Säugling seine eigene Antikörper-Produktion aufnimmt. (Während des embryonalen Stadiums und noch etwa ein halbes Jahr nach der Geburt ist das Kind hauptsächlich durch die mütterlichen Antikörper geschützt.)

Noch hat die Wissenschaft keine Antwort darauf gefunden, wie der Körper seine eigenen Zellen von fremden unterscheidet. Inzwischen überlegt man, ob nicht die «Selbsterkenntnis» des Körpers ein weiteres Beispiel für die Unterdrückung der Immunreaktion sein könnte: danach würde die Antikörper-Produktion unterbunden von chemischen Absonderungen der angestammten Zellen. Mit anderen Worten: Die Eigenart des Körpers wäre so übermächtig, daß sie sich den ganzen Organismus unterwirft. Eine andere Überlegung geht dahin, daß die Zellen eines Organismus vielleicht so etwas wie eine «Mitgliedskarte» haben, chemische Eigentümlichkeiten, die sie als zugehörig ausweisen.

Ein tödliches Mißverständnis

Wie nun auch immer der Körper bei seiner unablässigen Ausweiskontrolle vorgehen mag, fest steht, daß seine «Selbsterkenntnis» manchmal in Irrtum umschlägt und er in der Folge über sich selbst herfällt. Dann kann er sogar seine ureigensten Zellen vernichten, weil er sie fälschlicherweise für Eindringlinge hält. Jetzt kurbelt er seine Antikörper-Produktion an und nimmt den Kampf auf — einen Vernichtungskrieg gegen sein eigen Fleisch und Blut! Bestimmte Krankheiten der Nieren, der Schilddrüse, des Blutes und des Herzens führt man auf solche Fehlleistungen zurück.

Es liegt auf der Hand, daß die Erforschung der Immunreaktion des Körpers für die ganze Medizin reiche Früchte trägt. Das gilt für die Bekämpfung und Verhütung von Infektionskrankheiten genauso wie für die Gewebetransplantationen oder für die Beseitigung von Fehlern im Selbsterkennungssystem des Körpers. Solche Ergebnisse sind jedoch nicht der einzige Grund, weshalb dieses Forschungsgebiet die besten Geister anzieht. Die Biologen ahnen immer deutlicher, daß die Immunologie in naher Zukunft höchst wichtige Erkenntnisse darüber zutage fördern wird, was eigentlich die Einzigartigkeit jedes Organismus ausmacht. Unmöglich kann man heute schon vorhersehen, wohin diese angestrengte Grundlagenforschung eines Tages führen wird. Denn tatsächlich gehört dazu die wissenschaftliche Erklärung der Überträgerstoffe, der Eiweißsynthese und der langfristigen Informationsspeicherung. Auch der Wissenschaftler kann auf diesem Gebiet nur vermuten, was die Zukunft noch alles bringen wird.

Die Untersuchungen über die Rolle der Zelle für den Schutz des Körpers gegen Infektionen folgen der Methode, Vermutungen in der Praxis zu erproben. Die Immunitätsforschung ist genau wie die Erforschung von Muskel- und Nervenzellen, von den Bausteinen der Zelle und den Geheimschriften der Vererbung noch im Fortschreiten begriffen. Wie bei allen Untersuchungen auf Zellebene, wo die Moleküle zu unsichtbaren Atomen werden und seltsame Vorgänge selbst die Form der Energie verändern, arbeiten sich die Wissenschaftler auch hier von dem schmalen Saum bekannter Tatsachen in das weite Gebiet der kontrollierbaren Arbeitshypothesen vor. Die äußere Grenze dieses Gebietes, auf dem Versuch und Irrtum kämpfen, ist das Schattenland der vagen Vermutungen.

Die heutige biologische Forschung ist Pionierarbeit insofern, als die Hoffnung auf immer größere Entdeckungen beim nächsten Experiment oder auf dem nächsten Mikrofoto die Wissenschaft von der lebenden Zelle zu einem der erregendsten Gebiete der modernen Forschung überhaupt macht. Die Beschleunigung der Forschungsarbeit erfordert Fachwissenschaftler aller möglichen Gebiete. Nur durch intensive Gruppenarbeit können wir zum Verständnis der Zelle gelangen, jenem Körnchen lebender Materie, das so kunstvoll aufgebaut ist, daß es außer den Biologen auch die Physiker, Chemiker, Mathematiker und Kybernetiker auf den Plan ruft. Und mit jeder neuen Entdeckung ergeben sich noch kompliziertere Probleme.

Es kann noch lange dauern, bevor einige dieser Probleme gelöst werden können, obwohl der Fortschritt während der letzten Jahre geradezu atemberaubend war. In jedem Fall wird der Erfolg, wenn er kommt, gewaltig sein, denn in der Zelle wird der Mensch neues Wissen über das Leben finden und — über seine eigene Zukunft.

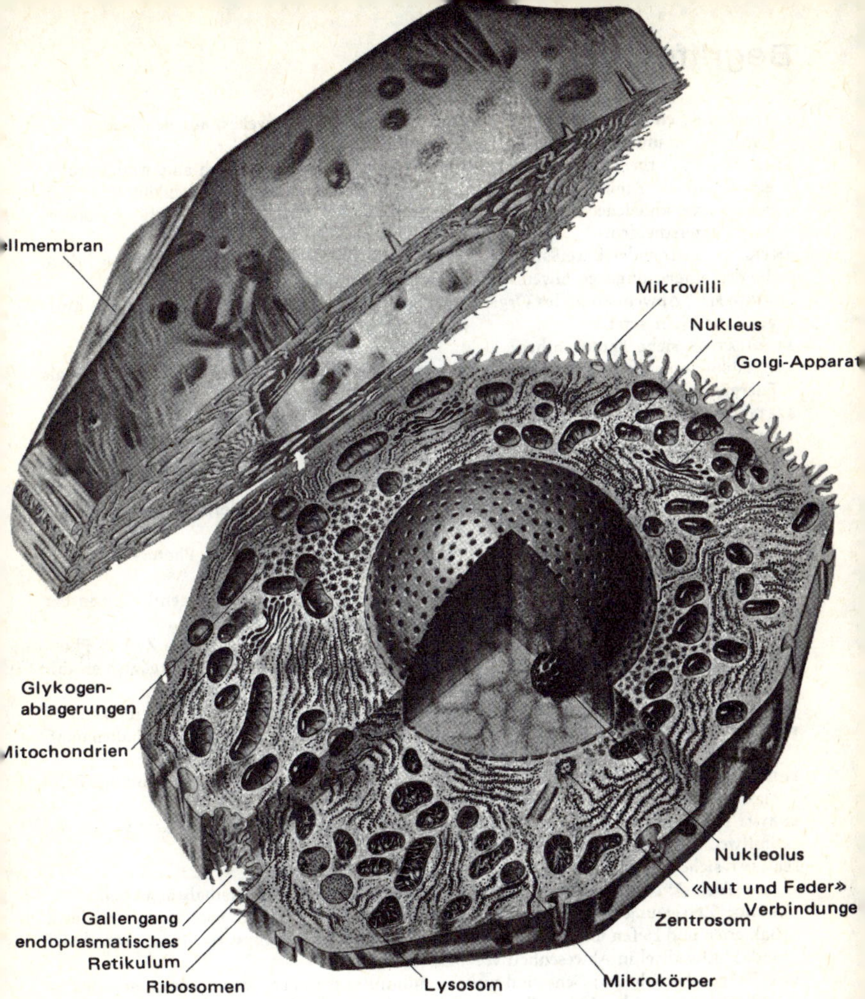

Die Zeichnung (vgl. Ausschnitt auf Seite 11) stellt einen Querschnitt durch ein Leberzellenmodell dar, das ungefähr zehntausendfach vergrößert ist. Erklärungen der bezeichneten Zellteile finden sich unter den entsprechenden Stichwörtern auf den Seiten 180 bis 182. Mit Ausnahme des Gallengangs enthalten die meisten Zellen die hier aufgeführten Bausteine der Leberzelle.

Begriffe der Zellbiologie

AKTOMYOSIN: einer der wichtigsten Bestandteile des Muskelgewebes, aus den beiden Proteinen Aktin und Myosin bestehend; Baustoff der Elementarfibrillen.

AMINOSÄUREN: organische Säuren, bei denen ein Wasserstoffatom durch eine Aminogruppe ersetzt ist; die Aminosäuren bilden die wichtigsten Bausteine der Eiweißkörper; es gibt rund 25 verschiedene Aminosäuren, die sich in ihrem Aufbau nur geringfügig voneinander unterscheiden.

ANTIGENE: artfremder Eiweißstoff (z. B. Bakterien), der im Organismus Antikörper bildet, die den eingedrungenen Eiweißstoff unschädlich machen.

ANTIKÖRPER: Abwehrstoffe des Organismus, mit denen er sich gegen eingedrungene Antigene zur Wehr setzt.

ASSIMILATION siehe Photosynthese.

ATP: Abkürzung für die chemische Verbindung Adenosintriphosphat, die in der Zelle als Energiespeicher dient.

AZETYLCHOLIN: von den Endigungen vieler Nervenfasern abgeschiedenes Gewebshormon, das einen Reiz von Nervenzelle zu Nervenzelle oder von Nervenzelle auf Muskel- bzw. Drüsenzelle überträgt.

BAKTERIEN: einzellige chlorophyllfreie Kleinstlebewesen des Pflanzenreiches ohne typischen Zellkern, deren zahlreiche Arten (darunter viele Krankheitserreger) sich durch Teilung vermehren.

CHLOROPHYLL: grüner Farbstoff der Pflanzen, der als Katalysator die Photosynthese ermöglicht.

CHROMOSOMEN (Kernschleifen): lange, fadenförmige Gebilde im Zellkern; enthalten in der Anordnung der DNS-Moleküle die Erbinformationen.

DNS (Desoxyribonukleinsäure): organische Verbindung, bestehend aus einem Zucker, Phosphorsäure und Stickstoffbasen; findet sich in Chromosomen sämtlicher Organismen mit Ausnahme einiger Viren; identisch mit der Erbsubstanz in den Chromosomen.

DOMINANT: vorherrschend, nennt man Erbanlagen, die schwächere, rezessive überdecken.

EMBRYO: Bezeichnung für die Frucht im Mutterleib bis zum dritten Schwangerschaftsmonat. Danach wird die Leibesfrucht Fetus genannt.

ENDOPLASMATISCHES RETIKULUM (Abkürzung ER): System aus feinsten Kanälchen im Zellplasma; dient dem Transport von Stoffwechselsubstanzen.

ENZYM: in der lebenden Zelle gebildete organische Verbindung, die als Katalysator die Stoffwechselvorgänge entscheidend beeinflußt.

FERMENT siehe Enzym.

FETUS: (Foetus): Bezeichnung der Leibesfrucht vom dritten Schwangerschaftsmonat an.

GÄRUNG: Zersetzung organischer Substanzen durch Mikroorganismen, vor allem durch Bakterien und Hefen unter Freisetzung von Gasen; unter Gärung versteht man manchmal auch Stoffwechsel in Abwesenheit von Sauerstoff.

GEN: Träger des Erbguts; Gene sind wahrscheinlich linear in den Chromosomen angeordnet und verdoppeln sich mit den Chromosomen im Verlauf der Kernteilung.

GLUKOSE: Traubenzucker.

GLYKOGEN: tierische Stärke, energiereiches Kohlenhydrat in fast allen Körperzellen, besonders in Muskeln und in der Leber.

GOLGI-APPARAT: ein Zellbaustein aus mehreren tellerartig übereinanderliegenden flach gewölbten Scheiben; dient der Sekretbildung, Speicherung und chemischen Umwandlung verschiedener Stoffe.

HÄMOGLOBIN: Farbstoff der roten Blutkörperchen; das Hämoglobin dient dem Transport, der Bindung und der Abgabe des Sauerstoffs.

KATALYSATOR: Stoff, der eine chemische Reaktion, ohne selbst an der Reaktion beteiligt zu sein, hervorruft, beschleunigt oder verzögert.

KOHLENHYDRATE: zusammenfassende Bezeichnung für organische Verbindungen aus Kohlenstoff, Wasserstoff und Sauerstoff (zum Beispiel Zucker, Zellulose und Stärke), die in großen Mengen von Pflanzen gebildet werden und für die Ernährung eine wichtige Rolle spielen.

KREBSZYKLUS (Zitronensäurezyklus): chemischer Umwandlungsprozeß, bei dem Brenztraubensäure abgebaut wird zu Kohlendioxyd und Wasserstoff; im Verlauf dieser Reaktionen wird Energie freigesetzt.

LYSOSOM: Zellbläschen, die Enzyme zur Aufspaltung großer Moleküle enthalten.

MEIOSE (Reduktions- oder Reifeteilung): zwei aufeinander folgende Kernteilungen, in deren Verlauf aber nur eine Chromosomenverdoppelung stattfindet, so daß nur die Hälfte des Chromosomenbestandes auf die Tochterzelle übergeht.

MIKROKÖRPER: Strukturen im Zellplasma, die wahrscheinlich verschiedene Enzyme enthalten.

MIKROVILLI: fingerähnliche Auswüchse auf der Außenseite der Zellwand, die die Oberfläche der Zelle zum Zwecke stärkerer Nahrungsaufnahme vergrößern.

MITOCHONDRIEN: Bausteine im Plasma der meisten Zellen; dienen den Atmungsprozessen im Zellinnern und den Stoffwechselvorgängen.

MOLEKÜL: kleinste Einheit einer chemischen Verbindung.

MUTATION: Erbänderung, plötzlich eintretende unplanmäßige Änderung im Erbgefüge eines Lebewesens oder einer Zelle.

NUKLEOLUS (Kernkörperchen): ein kompakter Körper im Zellkern, der Ribonukleinsäure enthält, von gewissen Regionen der Chromosomen erzeugt wird und sich im Verlauf der Kernteilung aufzulösen scheint.

NUKLEUS: Zellkern; ein Gebilde in fast allen Zellen, das die Erbsubstanz in Gestalt der Chromosomen sowie ein oder zwei Nukleoli und den Kernsaft enthält.

«NUT- UND FEDER»-VERBINDUNG: ein Begriff aus der Holzverarbeitung, der einen der vielen Verbindungsmechanismen beschreibt, durch den Zellen zusammengehalten werden.

ORGANELLE: organartige Bildung des Zellplasmas von Einzellern; die Organelle entspricht in ihrer Funktion dem Organ der Vielzeller.

PERIPHERES NERVENSYSTEM: das Nervensystem unter Ausschluß des Zentralnervensystems (Gehirn und Rückenmark der Wirbeltiere).

PHAGOZYTEN: Freßzellen, die besonders leicht fremde Körperchen, Erreger, andere Zellen usw. aufnehmen und unschädlich machen.

PHOTOSYNTHESE: Erzeugung organischer Verbindungen aus anorganischen Stoffen; bei Pflanzen die Synthese organischer Verbindungen aus Kohlendioxyd und Wasser unter Verwendung von Lichtenergie; wird auch Assimilation des Kohlenstoffs genannt.

PROTEINE: Eiweißstoffe; die wichtigsten Aufbaustoffe der Lebewesen; bestehen aus zahlreichen (oft vielen tausend) Aminosäuren, die sich zu langen Ketten zusammenschließen; die Spezifität der Proteine hängt von der Aufeinanderfolge der Aminosäuren ab; Proteine werden von allen Organismen synthetisiert, aber nur diejenigen, die sich hauptsächlich von anorganischen Stoffen ernähren, können sie auch aus anorganischen Stoffen aufbauen.

PROTOPLASMA: hauptsächlich aus Eiweißstoffen bestehende lebende Grundsubstanz aller pflanzlichen, tierischen und menschlichen Zellen.

REIZ: jede Veränderung der Umwelt, auf die ein Organismus oder der Teil eines Organismus mit einer Aktivitätsänderung antwortet, ohne daß die hierzu nötige Energie von der Umweltsänderung beigesteuert wird.

REZEPTOREN: Empfangsorgane in der Haut, die zur Aufnahme von Reizen dienen.

REZESSIV: überdeckt, nennt man eine Erbanlage, die nur dann in Erscheinung treten kann, wenn sie reinerbig vorkommt, d. h. wenn gleichartige väterliche und mütterliche Erbanlagen zusammentreffen; Gegensatz: dominant.

RIBOSOMEN: mit dem Lichtmikroskop nicht sichtbare Bestandteile des Zellplasmas, die für den Eiweißaufbau bedeutsam sind.

RNS (Ribonukleinsäure): eine der Nukleinsäuren, die der DNS nahe verwandt ist, aber eine etwas verschiedene Zusammensetzung hat.

SPORE: ein- oder mehrzelliger Fortpflanzungskörper, der sich vom Elternorganismus löst und aus dem entweder auf direktem oder indirektem Wege ein neues Individuum hervorgeht; im Pflanzenreich weit verbreitet.

SYNAPSE: die Stelle, an der Nervenzellen miteinander in Verbindung treten; sie setzt sich zusammen aus den Endösen der Nervenfasern und den Punkten der Zellkörper oder Dendriten, denen die Nervenfaserendigungen anliegen.

SYNTHESE: Aufbau einer chemischen Verbindung aus einfacheren Stoffen.

TOXIN: Giftstoff, der von einer Tier- oder Pflanzenzelle erzeugt wird; im Körper rufen die Toxine Krankheitserscheinungen hervor.

ÜBERTRÄGERSTOFFE (auch Aktionssubstanzen): Stoffe (z. B. Azetylcholin), die für die Weiterleitung der Nervenimpulse von einer Zelle zur anderen über die Synapse sorgen.

UNGESCHLECHTLICHE FORTPFLANZUNG: Fortpflanzung ohne Bildung von Geschlechtszellen (Gameten) bei Pflanzen und Tieren; umfaßt Sporenbildung, vegetative Fortpflanzung, Teilung und Knospenbildung.

URZEUGUNG: Hypothese über die Entstehung von Organismen aus unbelebter Materie.

VIRUS: Krankheitserreger, der parasitisch in Pflanzen oder Tieren lebt und sich nur bei Gegenwart lebenden Gewebes vermehren kann; das Virus, das aus Nukleinproteiden besteht, verursacht beim Menschen Grippe, Pocken, Masern, gelbes Fieber und andere Krankheiten.

ZELLMEMBRAN: eine dünne Wand, die die Zelle einschließt; sie besteht aus einer Fettschicht, die zwischen zwei Proteinschichten eingebettet ist.

ZENTRALNERVENSYSTEM (ZNS): eine Konzentration von Nervengewebe, durch die Lebenstätigkeiten eines tierischen Organismus koordiniert werden; bei Wirbeltieren aus Gehirn und Rückenmark bestehend.

ZENTRALKÖRPERCHEN: winziges, in der Nähe des Zellkerns gelegenes Organell, das meist doppelt in der Zelle vorkommt; bei der Zellteilung bildet das Zentralkörperchen den Pol der neu entstehenden Zelle.

ZYTOPLASMA: Zellplasma; das Protoplasma der Zelle ohne Kern.

Literaturhinweise

Allgemeines

BUDDENBROCK, W. VON (eigtl.: Wolfgang Freiherr von Buddenbrock-Hettersdorff): Die Welt der Sinne. Gemeinverständliche Einführung in die Sinnesphysiologie. 2. Aufl., Springer-Verlag OHG, Berlin, Göttingen, Heidelberg 1962

DARLINGTON, CYRIL DEAN: Die Gesetze des Lebens. Aberglaube, Irrtümer und Tatsachen über Vererbung, Rasse, Geschlecht und Entwicklung. Verlag F. A. Brockhaus, Wiesbaden 1959

FOERSTER, KARL: Die Welt der Mikroben. Mikrobiologie von heute. Ziemsen Verlag, Wittenberg 1956

FREISLING, JOSEPH: Allgemeine Biologie. Das Leben, seine Grundlagen und seine Probleme. Verlagsbuchhandlung Anton Pustet, Graz, Salzburg, Wien 1952

FRISCH, KARL VON: Biologie. 2 Bände; 3. Aufl., Bayerischer Schulbuchverlag, München 1967

FRISCH, KARL VON: Du und das Leben. Eine moderne Biologie für jedermann. (dms — das moderne Sachbuch. 54) 18. Aufl., Verlag Ullstein GmbH, Berlin, Frankfurt, Darmstadt 1966

LÖBSACK, THEO: Denn sie wissen nicht, was sie tun. Der Griff nach dem Leben im Atomzeitalter. C. H. Beck'sche Verlagsbuchhandlung, München 1959

UEXKÜLL, JAKOB VON: Der Sinn des Lebens. Gedanken über die Aufgaben der Biologie. Helmut Küpper Verlag, vormals Georg Bondi, Düsseldorf 1947

VOGEL, HANS: Mikrobiologie im Reagenzglas. Experimentelle Einführung in die Lehre von den Mikroorganismen. Hans Carl Verlag KG, Nürnberg 1952

WIESER, WOLFGANG: Gewebe des Lebens. Ein Leitfaden durch die zeitgenössische Biologie. Carl Schünemann Verlag, Bremen 1959

Zellbiologie

BELLER, KARL: Viren und Miasmen. Ein Streifzug zwischen belebter und unbelebter Welt. (Kosmos Bändchen) Franckh'sche Verlagshandlung, Stuttgart 1949

DITTRICH, HANS HELMUT: Bakterien, Hefen, Schimmelpilze. Einführung in die Kleinlebewelt. 3. Aufl., Franckh'sche Verlagshandlung, Stuttgart 1966

FÜLLER, HORST: Symbiose im Tierreich. (Die neue Brehm-Bücherei, 227) Ziemsen Verlag, Wittenberg 1958

GOEKE, GERHARD: Meeresprotozoen, Foraminiferen, Radiolarien, Tintinnien. Einführung in die Kleinlebewelt. Franckh'sche Verlagshandlung, Stuttgart 1963

KRAUTER, DIETER: Mikroskopie im Alltag. Einführung in die angewandte Mikroskopie auf einfacher Grundlage. (Handbücher für die praktische naturwissenschaftliche Arbeit, 36) 5. Aufl., Franckh'sche Verlagshandlung, Stuttgart 1966

MATTHEIMER, HERMANN: Mikromethoden für das klinisch-chemische und biochemische Laboratorium. 2. Aufl., Verlag Walter de Gruyter & Co., Berlin 1966

MUTH, ALFRED: Das Wunder Menschenhirn. Die abenteuerliche Geschichte der Gehirnforschung. Walter-Verlag AG, Olten, Freiburg i. Br. 1957

RIESEN, ILSE VON, und MARIANNE ALBRECHT: Einführung in die Zelldiagnostik des menschlichen Knochenmarks und Blutes. Für medizinisch-technische Assistentinnen und Studierende. Verlag Walter de Gruyter & Co., Berlin 1957

THIENEMANN, AUGUST: Die Binnengewässer in Natur und Kultur. Einführung in die theoretische und angewandte Limnologie. Springer-Verlag OHG, Berlin, Heidelberg, Göttingen 1955

Ursprung des Lebens

HERTWIG, OSKAR: Das Werden der Organismen. Zur Widerlegung von Darwin's Zufallstheorie durch das Gesetz in der Entwicklung. 2. Aufl., Gustav Fischer Verlag, Jena 1918

OPARIN, ALEXANDER IWANOWITSCH: Das Leben, Seine Natur, Herkunft und Entwicklung. Gustav Fischer Verlag, Stuttgart 1963

THENIUS, ERICH: Die Geschichte des Lebens auf der Erde. Hippolyt-Verlag Ges.m.b.H., Wien, St. Pölten, München 1955

Evolution und Vererbung

ASIMOV, ISAAC: Träger des Lebens. Die wundersame Geschichte von Wesen und Aufgabe des Blutes. Verlag F. A. Brockhaus, Wiesbaden 1963

BLECHSCHMIDT, ERICH: Vom Ei zum Embryo. Die Gestaltungskraft des menschlichen Keims. Deutsche Verlags-Anstalt GmbH, Stuttgart 1968

DARWIN, CHARLES: Die Entstehung der Arten durch natürliche Zuchtwahl. Verlag Philipp Reclam jun., Stuttgart 1963

FLANAGAN, GERALDINE LUX: Die ersten neun Monate des Lebens. (rororo. 6605) Rowohlt Taschenbuch Verlag GmbH, Reinbek 1968

GUENTERT, HANS: Vom Ei zum Menschen. Eine allgemeinverständliche Einführung in die Entwicklungslehre von Mensch und Wirbeltier. Ott-Verlag, Basel, Thun, Düsseldorf 1954

HUSS, WALTER, und HANS HEINRICH PFEIFFER: Zellkern und Vererbung. (Ces-Bücherei) Verlag Curt E. Schwab GmbH & Co., Stuttgart 1948

MAMPELL, KLAUS: Die Entwicklung der lebenden Welt aus der Sicht der modernen Abstammungs- und Vererbungslehre. (Beck'sche Schwarze Reihe. 18) C. H. Beck'sche Verlagsbuchhandlung, München 1962

WATSON, JAMES D.: Die Doppel-Helix. Rowohlt Verlag GmbH, Reinbek 1969

Zellen und Krankheiten

BOLLE, FRITZ: Mensch und Mikrobe. Abenteuer im Unsichtbaren. Safari-Verlag, Berlin 1954

FLEMING, ALEXANDER: Penicillin und seine praktische Anwendung. Thomas-Verlag, Kempen 1950

KRUIF, PAUL DE: Wunder der Heilkunde und die Ärztewelt. Verlag Orell Füssli, Zürich 1951

OTTE, HANS-JÜRGEN: Leitfaden der medizinischen Mikrobiologie, insbesondere für medizinisch-technische Assitentinnen. 4. Aufl., Gustav Fischer Verlag, Stuttgart 1967

PSCHYREMBEL, WILLIBALD: Klinisches Wörterbuch mit klinischen Syndromen. 184. Aufl., Verlag Walter de Gruyter & Co., Berlin 1968

WEIDEL, WOLFHARD: Virus und Molekularbiologie. Eine elementare Einführung. (Heidelberger Taschenbücher. 3) 2. Aufl., Springer-Verlag OHG, Berlin, Heidelberg, Göttingen 1964

Personennamenregister

Die Seitenzahlen können sich auch auf Abbildungen beziehen

Sachwortregister

Die Seitenzahlen können sich auch auf Abbildungen beziehen

Danksagungen

Redaktion: G. Hermann Gieselbusch

Die Herausgeber dieses Buches sind besonders zu Dank verpflichtet: Dr. Teru Hayashi, Professor der Biologie, Illinois Institute of Technology, Dr. David C. Luck, Wissenschaftlicher Beirat, The Rockefeller University, und Dr. Lee D. Peachey, Außerordentlicher Professor der Biochemie und Biophysik, University of Pennsylvania School of Medicine, als den allgemeinen Beratern. Die Rockefeller University und die Woods Hole Oceanographic Institution halfen bereitwillig bei der Vorbereitung dieses Buches, desgleichen die folgenden Personen: Dr. Robert D. Allen, Professor der Biologie, Princeton University; Dr. Vincent G. Allfrey, Außerordentlicher Professor, The Rockefeller University; Dr. Elso S. Barghoorn, Professor der Botanik, Harvard University; Albert H. Blum, Werbedirektor, Bausch and Lomb, Inc., Rochester, New York; Anthony Cerami, Dozent für Biochemie, The Rockefeller University; Dr. Britton Chance, Professor der medizinischen Physik, University of Pennsylvania Medical School; Dr. George Claus, New York University Medical Center; Dr. Eric Davidson, Wissenschaftlicher Beirat, The Rockefeller University; Dr. Gerald Edelman, Außerordentlicher Dekan, The Rockefeller University; Dr. Heinz F. Eichenwald, Professor der Pädiatrie, Cornell University Medical College; Institute of Animal Physiology, Cambridge University, England; Professor Aharon Katschalsky-Katzir, Vorsitzender der Abteilung für Polymerenforschung, Weizmann Institute of Science, Rehovoth, Israel; Dr. Hilary Koprowski, Direktor, Dr. Rupert E. Billingham und Dr. Stanley A. Plotkin, The Wistar Institute, Philadelphia; Dr. Virginia Littau, Wissenschaftlicher Beirat, The Rockefeller University; Mrs. Adele Mathyssee, The Burndy Library, Norwalk, Connecticut; Dr. Alfred E. Mirsky, Professor, The Rockefeller University; Dr. Norman D. Newell, Kurator der Wirbellosen Fossilien, American Museum of Natural History; Dr. Charles Noback, Professor der Anatomie, College of Physicians and Surgeons, Columbia University; Dr. William Rubey, Professor der Geologie und Geophysik, Institute of Geophysics, University of California in Los Angeles; Dr. Ruth Sager, Zoologische Fakultät, Columbia University; Lewis M. Stark und Bibliotheksassistenten, Abteilung für Seltene Bücher, Miss Elizabeth B. Roth und Wilson A. Duprey, Abteilung für Drucke, New York Public Library; Dr. William Stein, Professor, The Rockefeller University; Dr. Roman Vishniac; und Mrs. Alice D. Weaver sowie die Bibliothekare der Abteilung für Seltene Bücher an der New York Academy of Medicine.

Bildquellennachweis

(Die Zahlen vor den Namen geben die Seiten an, auf denen sich entsprechende Bilder befinden)

Umschlagvorderseite: Prof. Dr. Robert D. Allen, Princeton University
7: *Judith Hardy Stashin, Ph.* 9: *D. Yale Joel.* 11: *Zeichnung von Jack J. Kunz.* 12, 13, 14, 15: *Sol Mednick.* 16 oben: *mit freundlicher Genehmigung des Science Museum, London.* 16 unten, 17: *Zeichnung von George V. Kelvin.* 18, 19: *Zeichnung: Rowohlt-Archiv.* 20, 21, 23, 25: *Zeichnung von Jack J. Kunz.* 26 links: *John J. Lee, American Museum of Natural History.* 26 rechts: *Wards Natural Science Establishment.* 27 links: *Dr. Roman Vishniac.* 27 rechts: *Walter Dawn.* 28, 29: *Dr. Robert D. Allen.* 31: *Sol Mednick.* 32, 33: *Zeichnungen von Lowell Hess.* 34: *Wards Natural Science Establishment.* 35: *Zeichnung von Otto van Eersel.* 36: *Sol Mednick.* 37: *Zeichnung von Charles Gottlieb.* 38: *Zeichnungen von Fred Hausman.* 39: *Zeichnung von Otto van Eersel.* 40/41: *Ralph Morse.* 42/43: *Zeichnung von Blake Hampton.* 45: *Zeichnungen von Lowell Hess.* 46: *Zeichnung nach Richard Boland (verändert).* 47: *J. R. Eyerman.* 48, 49: *Zeichnungen von Fred Hausman.* 50: *Zeichnung von Otto van Eersel.* 51: *Elgin Ciampi.* 52/53, 55: *Fritz Goro.* 57: *Allen Grant.* 58, 59, 60, 61: *Zeichnungen von Fred Hausman.* 62, 63: *PIP Fotos.* 65: *Edmund B. Gerard.* 66: *Zeichnung von Otto van Eersel.* 67: *Dr. H. B. D. Kettlewell.* 69: *Zeichnung von Richard Boland.* 71: *Zeichnung von Otto van Eersel.* 72/73, 74, 75: *Fritz Goro.* 77: *Arthur Rickerby.* 78 oben: *Zeichnung von Otto van Eersel.* 78 unten: *Bettmann Archive.* 79: *Zeichnung von Otto van Eersel.* 80, 81: *Zeichnungen von Fritz Kredel.* 82/83: *Gordon Parks.* 84: *Zeichnung von Anthony Saris.* 85, 86, 89: *Gordon Parks.* 90: *Bettmann Archive.* 91: *Zeichnung von Richard Boland.* 92, 93: *Zeichnung von Charles Gottlieb.* 95: *Gordon Parks.* 96/97: *Dr. Robert D. Allen.* 99: *Dr. L. B. Shettles.* 102: *Zeichnungen von Lowell Hess.* 103: *Zeichnungen von Otto van Eersel.* 104: *Herb Orth aus* ‹Historiae Polyporum›, *Rösel von Rosenhof, mit freundlicher Genehmigung von Dr. Roman Vishniac.* 105: *Hermann Eisenbeiss von Photo Researchers Inc.* 106/107: *Dr. Roman Vishniac.* 108, 109: *Zeichnungen von Charles Gottlieb.* 110: *Dr. Andrew E. Rudnai.* 111: *James Whitmore.* 113: *Douglas Wilson.* 114, 115: *Dr. Roman Vishniac.* 117: *Paul Schutzer.* 118: *Walter Dawn.* 119: *Zeichnungen von Otto van Eersel.* 120: *Farbgrafik von Paul Peck, LIFE (26. Oktober 1962, S. 88/89).* 122, 123, 125: *Zeichnung von Otto van Eersel.* 126: *Zeichnungen von Richard Boland.* 129: *Zeichnung von Joseph Lambandero (verändert).* 130: *mit freundlicher Genehmigung der Bodleian Library, Oxford.* 131: *New York Public Library.* 133: *Zeichnung von Otto van Eersel.* 134, 135: *Arthur Rickerby.* 137: *Ralph Morse.* 138: *Andreas Vesalius:* ‹De humani corporis fabrica›, *mit freundlicher Genehmigung der New York Public Library.* 139, 140: *Zeichnung von Joseph Lambandero.* 141 oben: *Zeichnung von Charles Mikolaycak.* 141 unten: *Charles Singer:* ‹A Short History of Anatomy and Psychology›, *Dover Publications Inc., New York.* 143, 145: *Judith Hardy Stashin, Ph. D.* 146: *Erich Hartmann aus* ‹Magnum Photos›. 147: *Judith Hardy Stashin, Ph. D.* 148: *Clay Adams Inc., New York City.* 149: *Zeichnung von Charles Mikolaycak.* 151 oben: *Robin Bradshaw und Norman Snyder.* 151 Mitte: *Zeichnung von Otto van Eersel.* 151 unten: *Robin Bradshaw.* 152 oben: *Robin Bradshaw und Norman Snyder.* 152 Mitte, unten rechts: *Zeichnung von Otto van Eersel.* 152 unten links: *Robin Bradshaw und Norman Snyder.* 153 oben: *Robin Bradshaw und Norman Snyder.* 153 unten, 154, 156: *Zeichnung von Otto van Eersel.* 159: *Judith Hardy Stashin, Ph. D.* 160/161: *Zeichnung von Birney Lettick.* 162/163: *N. R. Farbman.* 164: *Time-Life-Archiv.* 165: *Culver Pictures Inc.* 166: *Radio Times Hulton Picture Library.* 167: *Wide World Photos.* 168, 169 oben: *Zeichnungen von Otto van Eersel.* 169 unten: *Dr. James Hillier.* 170: *Walter Dawn.* 171: *mit freundlicher Genehmigung der Verwaltung des British Museum, London.* 172: *Zeichnung von Otto van Eersel.* 173 links: *Eric V. Grave.* 173 rechts: *Walter Dawn.* 174: *Bettmann Archive.* 176, 177: *Zeichnung von Charles Mikolaycak.* 179: *Zeichnung von Jack J. Kunz*

674/8